CARMEN

Y

LOS SECRETOS

DE LA ISLA

MÍSTICA

Autora: Sara O. Soto (Sara Ortega del Rio)
Primera Edición
Pintura original de portada: Tomas Suarez (Tomy Suarez)
Diagramación, diseño de portada y contraportada: Carlos
Ruiz Estrada
Derecho de autor Mayo 31 del 2016 USA Copyright
Registration Number TXu 2-047-173
WGAWEST #1853214

CARMEN Y LOS SECRETOS DE LA ISLA MÍSTICA

Podré vivir muchas vidas…
pero la mejor será junto a
ti.

Sara Ortega Soto
Primera edición

sarasotoautor

@sarasotooneidol

@sarasotooneidol

Índice

Dedicatoria

A todos los seres de luz que guían mi camino
desde otra dimensión. A los maestros que he
encontrado en este plano llamado Tierra,
ayudándome a crecer espiritualmente y a ser
mejor versión de mí cada día.
A Carmen y Felo, dos personajes de la vida real
que me inspiraron para escribir esta historia.
Al ser iluminado que me llevó al encuentro con
mi musa, tú sabes que no te olvido.
Al pueblo de Duaba y a todos los habitantes de
mi Isla Mística.

Izquierda a derecha: Felo, Sara y Carmen
En memoria de Carmen Paumier Galán.

Prólogo

Desde muy niña Carmen descubrió que podía escuchar las plantas hablar, ellas especificaban el remedio que debía usar para curar a los enfermos. Con estos poderes que parecían mágicos, Carmen se convirtió en la curandera más famosa de un pequeño pueblo llamado Duaba, localizado al este de la isla de Cuba. Pero un encuentro con Deborah, un ser de otra dimensión, cambiaría su vida para siempre.

Deborah va confesando uno a uno los secretos milenarios que encierra la Isla Mística De las Siete Ciudades y las profecías que deberán cumplir las almas que en ella nacerán. Pero ¿Quién es en verdad Carmen, la curandera?

Esta es una historia rodeada de fantasías, encantos y espiritualidad que se confunden con la realidad. Indaga en teorías, hechos y personajes verídicos; otros tal vez fueron producto de la imaginación universal o quizás de una ilusión llamada vida.

Hay personas que con una sola mirada te traspasan el alma. Yo pude vivir unas horas junto a Doña Carmen, la curandera de Duaba. Su magnetismo, dulzura y sabiduría me inspiraron a transportar su conversación más allá de lo imaginario. A través de esta novela entendí que "Podré vivir muchas vidas, pero la mejor será junto a ti..."

Capítulo 1

Cuando las platas hablan

Cuando Carmen camina monte adentro comienza la magia. Sus oídos se agudizan y un susurro inusual le llega claramente. Las plantas, sin importar cuál sea su nombre o procedencia, le hablan directamente revelándole el propósito de su existencia en este mundo.

Todo se inició desde que Carmen era muy pequeña. Descubrió por accidente que, podía escuchar a las floras dialogar; pensó que aquello que le pasaba era normal y que todos podían percibir lo que ella oía. Con mucha naturalidad se lo comentó a su madre, Norma Galán Blet, una mujer alta, guapa, de tez morena, ojos negros y penetrante mirada, descendiente de una madre indígena y un padre tan negro que parecía un tronco quemado.

La niña le contó a su madre con lujo de detalles algunas de sus conversaciones íntimas con las plantas, pero Norma, a pesar de tener en sus venas la herencia de dos razas llenas de espiritualidad y conocimientos ancestrales y que además, adoran el entorno, no le creyó. Norma presumía ser espiritista, decía que los espíritus se le metían en su cuerpo al ser invocados. Con las revelaciones que le hizo su pequeña hija, quedó un tanto preocupada, le contó a su esposo Ed Paumier, un hombre fuerte de tez clara y ojos grises, mezcla de francés con africano, le aseguró que la niña tenía cosas de "gente loca" o que tal vez lo que escuchaba era la mismísima voz del diablo, por lo que estaba preocupada de que a Carmencita algún envidioso le habría tirado el "mal de ojo".

Ed Paumier, el padre de Carmen, le hizo caso omiso a lo que su preocupada esposa le apuntaba de su hija mayor. Él había visto casi todo en esta vida; su propio padre tuvo ciento y pico de hijos, por supuesto, con diversas mujeres y esa prole estaba regada por toda la región. Tener tantos medios hermanos y sobre todo medias hermanas, fue siempre un dolor de cabeza para el agraciado mulato, que no sabía si acabaría casándose, sin saberlo, con alguna de ellas.

Ed Paumier vio por primera vez a Norma en un pueblito perdido en la montaña muy lejos de donde él vivía. Fue amor a primera vista. El precavido enamorado, indagó de inmediato todo el árbol genealógico de la atractiva moza para estar seguro de que ella no era una de sus tantas medias hermanas diseminadas por esa zona; fue muy insistente en ir a conocer su familia. Usualmente a la mayoría de los hombres no les gustan estos menesteres, pero Ed tenía que salir de dudas y una tarde, sin ser invitado, se le apareció en la casa. Conoció al padre y a la madre de Norma, además a Ferni, la única hermana de su novia, unos cuantos años más joven que ella, convenciéndose así, que su prometida, no era una de las tantas hijas de su productivo padre. Ese mismo día y para sorpresa de todos, pidió su mano. Unas semanas más tarde, Norma y Ed se casaron en una íntima ceremonia cargada de ritos y buenos augurios.

Poco tiempo después nacería Carmen, su primera hija, era julio de 1912. El nombre escogido fue en honor a la virgen del Carmen, la que hizo bajar la lluvia en Monte Carmelo ubicado al oeste del lago Galileo en Israel y que significa: "Jardín de Dios", pero él no lo sabía, simplemente le gustaba el nombre de Carmen ya que le sonaba muy español, aunque en realidad, no lo era.

La parejita pasó varios años de feliz matrimonio. Además de Carmen procrearon dos hijos más. Pero él comenzó a repetir el mismo patrón de su padre y empezó a tener deslices con varias mujeres. En pueblo chico todo se sabe, por lo que su esposa de inmediato se enteraba y a gritos le reclamaba su infidelidad constante. Ella se presentaba en las casas de las supuestas amantes donde les reafirmaba que ella era la "esposa" además de maldecir y amenazarlas con echarle brujerías. Las mujeres de la región que conocían los mentados poderes de Norma, se atemorizaban y acababan dejando al conquistador, quien llegó al límite del aguante. Los celos bien infundados de Norma lo tenían harto y terminó abandonándola a ella y a sus tres hijos. Ed se marchó muy lejos, sin dejar rastros.

Norma y sus tres hijos se quedaron en la casa que habitaban a la orilla del mar. A pesar de estar joven, de poseer facciones exóticas y ser muy atractiva, Norma prefirió quedarse sola y terminar de criar a sus chiquillos con la ayuda de su hermana más pequeña, que en ese entonces contaba con dieciséis años. Ferni se convertiría en la tía más querida por sus sobrinos y la mano derecha de Norma.

Carmen fue testigo mudo de las peleas de sus progenitores y luego del abandono de su padre. El monte y las plantas eran su refugio. A pesar de su corta edad, la niña, hábil e inteligente, entendió que algo raro pasaba con ella, pues su madre hasta la amenazaba con darle una tunda si regresaba del campo con el cuento de que algún matojo le había hablado. Era casi prohibitivo comentar lo que escuchaba en el campillo; nadie le creía, ni su tía Ferni quien tanto la quería y mimaba. Hasta que una tarde, sin proponérselo, pudo demostrarle a los adultos que todo lo que contaba era cierto.

El primer milagro de la curandera

Ese día el calor era más denso que otras veces. Carmen regresaba a su casa tras un refrescante baño en el río cuando de repente escuchó los gritos que salían de casa de Tita, su mejor amiga y vecina « ¡Misericordia, Señor! ¡Se me muere la niña! ¡Alguien que me ayude!», Clamaba la madre de la criatura. Tita estaba grave y ni el único doctor del pueblo ni otros curanderos ya certificados por la población como Norma, parecían poder ayudar. Tenía una fiebre muy alta consumiéndole la razón; su cuerpo no respondía a los estímulos, estaba medio inconsciente y deliraba mientras su madre desesperada pedía ayuda.

Dolores, la madre de Tita, vio la regordeta figura de Carmencita asomarse a la ventana con sus dos trenzas largas enroscando el pelo negro azabache que adornaban su carita. Dolores había escuchado por Norma, que su vecinita sabía cómo curar. En los momentos de desesperación el ser humano se aferra a lo que sea, por lo que agitando su mano le suplicó: «Carmencita, ayúdame... ven acá, por favor» . De un golpe abrió la puerta empujándola hacia el interior de la vivienda. La palidez mortal de su amiga dejó paralizada a Carmen: «Ven aquí, niña, tu madre me ha contado que hablas con alguien en el campo, ¿eso es cierto?». Carmen retrocedió, ya había recibido sus buenos cocotazos y taconazos enredados en cintos por contar que oía a las matas hablar; su inocencia la hizo creer que aquello se trataba de una trampa y el instinto la llevó a abrir la puerta y salir huyendo. Corrió por la calle de arena y polvo hasta tropezar contra la falda de su madre quien con el ceño fruncido la esperaba impaciente en el amplio portal.

«¿A dónde crees que vas, niña?», le dijo mientras la agarraba fuertemente por una de sus orejas. «Ven conmigo, ¡ahora si vas a hablar con quién sea!, pero la hija de Dolores se tiene que salvar». Carmen no entendía bien, su corazón palpitaba rápidamente como un conejo asustado. «Te vas ahora mismo al monte y no regreses hasta que vengas con el remedio para salvaguardar a Tita, ¿me has entendido, niña?».

Y de un tirón la madre soltó la oreja enrojecida de Carmen quien no comprendía por qué ahora querían que fuera al campo a habar con las malezas. Corrió lo más rápido que sus descalzos pies la dejaron y se intrincó entre los matorrales huyéndole más que nada a los regaños y cintarazos. Empezó a escuchar murmullos que salían de los atajos, pero tanto era el susto que traía que no prestó atención y de cabeza se sumergió en las aguas de un arroyo que corría apresuradamente como ella, pero rumbo al mar.

Chapoteó y jugó en las aguas del riachuelo olvidándose por unos minutos de su encomienda mientras refrescaba su enrojecida oreja. Salió del agua empapada, se sacudió el pelo con el mismo estilo que lo hacen los perros cuando se mojan y comenzó su camino de regreso a la casa cuando de pronto escuchó muy cerca de ella una voz cristalina que la hizo detener en seco. Una de las plantas se dirigía a ella con familiaridad «¿Es a mí a quien buscas? Yo soy el remedio que salvará a la niña enferma». Carmen se acercó osadamente al arbusto. «Ven, Carmencita, ven, yo tengo el secreto», le susurró el árbol. La jovencita se aproximó y con toda solemnidad para su corta edad, prestó atención a cada palabra que la planta decía mientras que, pidiéndole permiso, iba cortando algunos de sus gajos. El arbusto concluyó: «Vete ya, salva a tu amiga, tú tienes el remedio, solo tú». Carmen regresó a su casa con las yerbas; su madre al verla entrar, la agarró fuertemente de una mano y salió corriendo rumbo a la casa donde Tita lentamente se apagaba.

La entrada de Carmen a casa de Tita fue muy bien recibida. La niña se acercó al lecho donde reposaba su amiguita mientras Norma, su madre, comentaba a los presentes en la pequeña sala: «Mi hija sabe mucho de plantas, eso es algo heredado de mí y de sus antepasados; yo recuerdo a mi madre curar enfermos y me pasó la sabiduría a mí y ahora ya ven, Carmencita es la que está dotada por la mano divina».

Su hija no entendía bien esos halagos que estaba recibiendo, pero sabía en su corazón, que la gloria era sólo de Dios que a través de ella y de la naturaleza podría ayudar a la enferma a recuperarse.

La madre de Tita confió en la pequeña curandera y pensó que no tenía nada que perder, optando por aceptar el remedio para su hija moribunda. Carmen indicó cómo debían hacer el brebaje. Pusieron los gajos dentro de un recipiente con agua sobre la leña para que comenzara a hervir y una vez que saliera la primera burbuja, lo retiraban inmediatamente; había que esperar que el líquido verdoso adquiriera la temperatura ambiental y luego lo tomaría poco a poco en un frasco de cristal. Carmen pronunció el nombre y el apellido completo de Tita agregando: «Que no sea mi mano la que cure, sino el poder de Dios».

También advirtió a los atónitos presentes que había que repetir tres veces: "BOHITI, BO'HIKE" llamando así al gran señor de los bosques y tierra, el espíritu del curandero mayor o Chamán de las tribus tainas que habían habitado esa zona. La noche sin luna parecía ser más larga que nunca, los grillos habían dejado de cantar, las hojas de los arboles no se movían, la noche interminable parecía que marcaría el rumbo y el destino de las personas que rodeaban la cama de Tita donde todos estaban esperando el desenlace fatal, pues en el fondo, algunos no habían creído en la ceremonia que Carmen había realizado; al fin y al cabo ella era a penas, una niña de nueve años.

Justo con la salida del primer rayo de sol, Tita comenzó a reaccionar; la fiebre había desaparecido, también el malestar. Las negras ojeras que enmarcaban su rostro comenzaban a cambiar de color. Abrió los ojos y le sonrió a Carmen que se había quedado dormida a los pies de su lecho y ante la mirada de los incrédulos, lentamente se levantó de la cama donde llevaba dos días postrada. Tambaleó por debilidad pues llevaba casi cuarenta y ocho horas sin ingerir alimento alguno y con pasos más firmes se dirigió a la cocina. «Quiero pan con miel de castilla y café con leche», le pidió a su madre quien aún asombrada al verla recuperada, corrió a prepararle el desayuno.

¿Cuál había sido el remedio que Carmen había traído del monte? ¿Qué poderes tenían los espíritus que había invocado? Ese fue el primer secreto que la niña guardaría en su memoria y que nadie supo, pues después de esa noche Carmen había cambiado, ya no contaba nada ni repetía lo que escuchaba de las plantas; había entendido el poder sagrado con que había nacido, un poder designado solo a ella para hacerle el bien a su prójimo y no podía ser usado por las fuerzas del mal.

Su mirada era distinta, parecía una mujer de treinta años segura de sí misma, no le importaba que algunos en el pueblo le llamaran "bruja" ni que otros niños no quisieran jugar con ella porque sus padres se lo habían prohibido.

Carmen se acostumbró a estar sola y hasta su mejor amiga, Tita, poco tiempo después de salvarle la vida, se mudó del barrio.

Ayudaba a su mamá Norma y a su tía Ferni en los quehaceres de la casa, cuidaba a sus hermanitos pequeños, vendía dulces que ella misma elaboraba. Pasaba horas estudiando junto a su tía que le mostraba el mundo a través de los libros. Carmen siguió ayudando a quien lo necesitara y su fama de curandera corrió por todas partes.

Pasaron muchos años y ninguna persona viva jamás se enteró de sus secretos; nadie lo supo... hasta ahora.

Capítulo 2

La santera y el pirata negro

Carmen creció en el pequeño poblado de Duaba del oriente cubano. Sus ancestros eran tan mixtos como las plantas que crecen en el campo. Por sus venas corre la sabiduría de los indios taínos, la superstición de algún negro africano, la devoción de un católico español y el orgullo de su herencia francesa. Ella carga y limpia las energías en el mar, pero sobre todo, su espíritu se fortalecía en los ríos, fuente de sabiduría por excelencia.

Tuvo la dicha de regocijarse con la naturaleza, siempre al alcance de sus manos. Las montañas, mares, plantas sagradas, arbustos, arroyos y el aire puro, fueron siempre su hábitat. Asimiló desde pequeña que era diferente al resto de los niños aunque no comprendía si para bien o para mal, pero entendía que cuando alguien tenía un problema grave, había visitado a todos los médicos o habían perdido toda fe de sanar, era a ella a quien buscaban y todos la identificaban de una manera: «Vayan a ver a Carmen, la curandera del río; si no los salva ella, nadie lo hará». Además de curar con plantas, también aliviaba con sus manos. Algunos comenzaron a decir que hasta había hecho caminar a un invalido que vivía en un caserío en las alturas de la montaña, cosa que nunca fue verificada, pero el pueblo lo dio por hecho y eso hizo que creciera más su fama. La niña nunca habló sobre este caso ni se vanagloriaba con sus logros. Era discreta y nunca testificó ni daba detalles sobre sus enfermos.

Quien practica este don no es totalmente feliz, ya que el que sana suele recoger toda la energía negativa de quienes cura. Algunas veces, tras terminar sus consultas, Carmen tenía alucinaciones, fiebres muy altas y veía cosas raras rondándole todo el tiempo. Su madre la trataba de limpiar con rezos evocando los conocimientos espirituales mientras que su tía Ferni, quien no era dada a supersticiones, trataba de buscar la respuesta en diversos libros que acumulaba en su habitación.

Muy cerca de la pintoresca casa de mampostería con tejas rojas, vivía una santera, la negra Cachitica, siempre vestida de blanco y azul en honor a Yemayá, reina del mar; e igual que todos en el poblado y tras los sucedido con Tita, pensaba que Carmen estaba poseída de algún espíritu encarnado de algún viejo sabio africano o de un aborigen taino.

Cachitica, aprovechando un momento en que la localizó a la orilla del río y sin que nadie la viera, comenzó a despojarla haciéndole una limpieza con yerbas para alejarle al espíritu supuestamente poseído. Le echaba buches de agua ardiente y fuetazos con gajos arrancado del monte. Carmen se volteaba y con sus manos trataba de protegerse. La negra santera no soltaba el cabo de su tabaco que permanecía encendido para no perder la conexión con los espíritus, según ella. La otra, en el forcejeo, le gritaba: "Dice ese gajo que él no fue hecho para despojar ni pegar, sino para curar". La negra miró el gajo incrédula: «! Ah! ¿Sí? ¿Eso dice el gajo? Pues dile de mi parte que yo lo uso para lo que me dé la gana.» Y con furia la negra alzaba la rama mientras le pegaba más duro para que saliera el "maligno" del cuerpo de la joven.

Finalmente logró escabullirse y Cachitica se sintió aliviada, pues en el fondo sí creyó que el gajo le había enviado un mensaje, no sin antes seguir instigándola: «Lárgate de aquí, endemoniá, tú tienes metido en el cuerpo un espíritu burlón...fuera, niña, vete de aquí antes que se me cruce a mí».

Poco tiempo después de ese episodio, Carmen escuchó unos toques tenues en la ventana de su cuarto; la niña abrió y allí parada estaba la negra Cachitica con unas estampitas de santos. Muy seria le dijo: «Estas son oraciones espirituales que han pasado de mano en mano desde mi tatarabuelo, bisabuelo, abuelo y hasta mis padres.

Tenlas siempre contigo, tu eres de verdad, los dioses te han escogido; cuando vayas a curar a alguien lee siempre estas oraciones y los espíritus iluminaran aún más tu mente». Carmen por un momento dudó de la sinceridad de Cachitica quien seguía parada frente a su ventana. Una ligera lluvia comenzaba a caer y el buen corazón de la niña se compadeció de la negra que permanecía inmóvil y con mirada de arrepentimiento. «Entra, Cachitica, no te mojes», le dijo. Ella brincó de un salto la ventana sentándose en la cama junto a Carmen.

Te voy a contar algo, Carmencita…. algo que jamás le he dicho a nadie .

La joven, extrañada ante el tono dulce de su voz, quedó mirándola fijamente.

−Estas estampitas que te acabo de dar, guardan un valor emocional y espiritual muy grande para mí agregó.

−Ya me dijiste, Cachitica, que vienen desde tus bisabuelos y más atrás. −Interrumpió Carmencita.

−Te voy a decir exactamente de dónde salieron estas estampitas −replicó la negra con voz grave como quien está a punto de hacer una gran confesión y comenzó su revelación:

−Yo soy descendiente de Diego Grillo, el pirata más famoso que recuerda esta Isla−

−¿Pirata? −interrumpió Carmen que solo conocía esos nombres por los libros de cuentos de su tía.

−¡Sí, un pirata! −Y ahora, con voz llena de orgullo prosiguió− ¡El primer pirata negro y cubano que existió en la historia! Era tan bravo y tan valiente que le decían "El Lucifer de los Mares", quien libró miles de batallas, no le temía a nadie, por lo que a todos le temblaban las carnes frente a él. Antes de nacer ya su historia estaba marcada. Su padre era un conquistador español, de esos que se dirigía a tierra firme.

Aquí conoció a una esclava africana de la cual se enamoró y de esa unión nació en La Habana, Diego, un mestizo al cual le pusieron el apellido Grillo, que por supuesto, no era el de su verdadero padre. Sería más o menos en año 1550.

Cachitica continuó narrando con jactancia, la interesante e histórica vida del famoso pirata Grillo.

– Por ser hijo de una esclava, Diego nació esclavo también; su madre, que había traído el conocimiento de la religión de África, le rezaba de memoria lo que está escrito en estas oraciones que te acabo de dar para que el niño creciera fuerte y su espíritu fuera libre.

Y así mismo fue. Cuando Diego tenía trece años escapó de su cautiverio. Conoce a unos bucaneros españoles que hacían sus pillerías en el litoral antillano... Diego Grillo, el bisabuelo de mi abuelo, adquiere grandes habilidades en navegación, pero su vida vuelve a dar otro giro cuando lo captura un temible corsario llamado Francis Drake.

Diego pensó que llegaría su final, pero nada de eso, todo lo contrario, el corsario inglés queda gratamente impresionado al descubrir el carisma, coraje, el espíritu inquieto y libre del joven mulato. Cuenta la leyenda que la mirada de Diego era penetrante, puro fuego que se metía hasta la medula del hombre o mujer que lo conocía y no importaba si era amigo o enemigo, todos quedaban hechizados con su mirada. El pirata Drake también quedó fascinado con la personalidad y valentía del joven mestizo; lo acoge bajo su amparo llevándoselo a Inglaterra.

– ¿Hasta Inglaterra? –interrumpió Carmen quien había aprendido geografía e historia por los libros y las anécdotas de su tía Ferni, impresionada con la historia de semejante personaje convertido en leyenda.

–Inglaterra está muy lejos de Cuba– explicó Cachitica– al otro extremo, al este del Océano Atlántico, que pasa por detrás de tu casa – Y continuó narrado la negra con ojos brillantes.

–Hasta allá se llevaron a Diego Grillo quien aprendió no solo el idioma de ese país, sino también se convirtió en un distinguido militar. Por sus habilidades logró ganar mucho respeto por parte, nada más y nada menos que de los Reyes de Inglaterra, recibiendo muchos honores como soldado... Años después regresa aquí, al Caribe, en una expedición junto a su protector Drake, quien inesperadamente muere, no sin antes dejar a Diego con el título de capitán, pero Diego Grillo ya sabía todo sobre los mares, especialmente los que rodean a Cuba y se une a otro pirata, uno de los más famosos de la historia a quien llamaban "Pata de Palo"; su nombre verdadero era Cornelio Jols.-

Carmen abría sus ojos hechizada con la fantástica historia que escuchaba y emocionada más que la otra prosiguió Cachitica- Junto a Cornelio, Diego logra muchos más reconocimientos, se destaca por sus aventuras y bravuras. Cada vez que se lanzaba a un nuevo episodio, el pirata negro recitaba de memoria y con fervor las oraciones que su madre le había enseñado cuando era un niño... Estas oraciones lo hacían mucho más fuerte y más audaz, parecía que era invisible ante los ojos de sus enemigos. Atacaba con ímpetu a los navíos españoles pues siempre le quedó la rabia contra su padre español que lo había abandonado a su suerte de esclavo. Una vez llegó a capturar más de once naves, todos pensaron que con tanta riqueza el pirata negro se retiraría, pero no fue así. Diego era incansable, tenía una fuerza y una suerte descomunal. Su último golpe fue en la bahía de Nuevitas. El primer puerto que divisó Colón antes de estar por estos lares. En ese entonces, Nuevitas era refugio de barcos españoles que salían cargados de oro. Él los asaltó y ¡también salió victorioso! Después de aquella gran proeza, Diego Grillo desapareció.

- ¿Y qué pasó con el pirata? -preguntó Carmen sentada a la orilla de su cama y mirando asombrada las estampitas de oraciones casi milagrosas que tenía entre sus manos. Cachitica prosiguió su relato con la misma voz de satisfacción, orgullosa de sus ancestros.

–El lugar donde Diego Grillo siempre regresaba y entraba como un niño, sigiloso y tratando de pasar desapercibido, era a su Habana. Ingresaba en el puerto a escondidas, para buscar y besar a la única mujer que amaba con toda su alma, a la que le debía todos sus logros: su mamá, que para ese entonces ya era libre. La madre de Diego había logrado que un escribano plasmara sus oraciones sagradas en unos cartones para que nunca pudieran ser olvidadas. Así fueron creadas estas estampitas. Cada vez que madre e hijo se encontraban oraban fervorosamente de rodillas y daban gracias por tantas riquezas, fama, favores y honores que los Dioses africanos les habían otorgado y sobre todo agradecían por la libertad que ambos gozaban aunque la libertad de Diego estaba limitada a vivir huyendo, por lo que su madre le suplicaba: «Ten siempre estas estampitas contigo, las mandé a hacer para ti, colócalas muy cerca de tu pecho, ya nunca más estarás solo y yo estaré en tu corazón». Su vieja madre besó el cantón y la frente de su hijo por última vez. Sigiloso como entró, así mismo se fue con rumbo desconocido llevando colgado cerca de su pecho las estampitas con el beso húmedo de la mujer que él consideraba sagrada. Y por mucho que los españoles lo buscaron y trataron de aprisionarlo nunca pudieron. Era el terror de los océanos.

Hubo quienes aseguraron que lograron atraparlo y lo ahorcaron, pero todo fueron falsos rumores.

El final de Diego Grillo

Sentada al borde de la cama de Carmen, Cachitica prosiguió con su increíble narración:

-A pesar de que era muy feroz, Diego Grillo no dejaba de ser un caballero. Las mujeres lo adoraban. Cuentan que hasta le salvó la vida a una dama de alta cuna en México donde también saqueó entrando por Veracruz. Navegó con mucha astucia por los mares de Cartagena, una de las ciudades más atacadas por los piratas en Colombia ya que desde allí partían navíos españoles cargados de oro rumbo a Europa.

Por ser un punto tan importante para contrabandistas, Cartagena estaba muy bien protegida y doblemente reforzada por la corona española.

Fue en Cartagena donde Diego casi es capturado al enfrascarse en una batalla cuerpo a cuerpo. Las espadas brillaban bajo el sol de los mares colombianos. Los españoles rodearon su nave saboreando de antemano la victoria y la gloria de poder aprisionar al pirata negro. El capitán español, un tal Rodrigo de Bastuar también intrépido, fuerte y valeroso logró entrar al barco pirata y tras un brutal enfrentamiento arrinconó a Diego. Con las ganas que le traía, se le lanzó encima como lobo feroz. En un instante, su puntiaguda espada penetró las carnes de Diego mal hiriéndolo en el costado derecho. La sangre brotó copiosamente. Tambaleándose cayó al suelo. El fuerte sol del Caribe nubló su vista, sus hombres trataron de llegar a él para ayudarlo, pero era más grande el ejército español que los piratas; todo indicaba que el final de Diego había llegado.

Rodrigo de Bastuar sonrió ante su eminente adversario. Levantando el espadín frente a las costas de Cartagena gritó a todo pulmón: «¡He capturado al pirata negro! ¡Venid todos y vedlo aplastado como una cucaracha... aquí lo tengo tirado en el piso como lo que es, una basura!». Diego no apartaba la vista de su celador mientras suavemente introducía su mano izquierda en la desgarrada camisa buscando su pecho teñido de sangre, y allí estaban, junto a su débil cuerpo, las oraciones que llevaba con él. El español, eufórico por el supuesto triunfo, seguía vociferando: «!Rendíos, Diego Grillo, ya no tenéis escapatoria! La corona te quiere vivo y tú serás mi botín frente al Rey!». El capitán Rodrigo le tenía odio personal ya que se rumoraba por todo el puerto que su actual esposa, una distinguida dama de la corte, había caído seducida ante los halagos y encantos del pirata negro, quien en cada puerto tenía un amor. Rodrigo celebraba su hazaña por adelantado, mientras Diego apretaba las oraciones con su mano sin apartar sus ojos del enardecido capitán. Como por arte de magia, aquella energía que emanaba de las sagradas escrituras africanas, le inyectó a Diego una fuerza tan descomunal que lo levantó del suelo y como una pantera le cayó encima al sorprendido militar español a la vez que le puso su daga en la garganta cortándole el aliento mientras un fino hilo de sangre "azul" rodaba por el pecho del oficial hasta caer a sus pies manchando las tablas de la borda y aún con la terrible expresión de la inesperada sorpresa.

Diego toma aliento y cubriéndose la herida con una mano, clamaba a toda voz:

«Ahora mismo quiero que se larguen todos estos hijos de putas de mi galeón, o le corto el cuello a este mal nacido». Los soldados, aterrados al ver el impensado giro de los acontecimientos, dieron un paso atrás y los hombres de Diego al verlo vivo y con energías, retoman el control. El tono de la voz del capitán español cambió. Ahora era de súplica: « ¡Que nadie se mueva o este... salvaje me mata! ¡Soltad las armas, que vamos a rendirnos!» La tropa obedeció las órdenes de su asustado cabecilla y comenzaron a retroceder mientras que los piratas, ágilmente, saqueaban las naves repletas de oro que los ibéricos a su vez robaban a los aborígenes de esas tierras. Por eso, "ladrón que roba a ladrón, tiene cien años de perdón".

Diego, aun sangrando a chorros, lanzó una antorcha encendida a las velas del barco español que comenzó a arder y con un gran esfuerzo dijo a toda voz: « ¡Así los quiero escuchar, gritando como ratas asustadas y lanzándose al mar para salvar sus asquerosas vidas!». De inmediato dio orden de zarpar rumbo a Cuba. A pocas horas de navegar por las aguas del Caribe, Diego caía desmayado por toda la sangre que había perdido, ahora en los brazos de su primer almirante "Barba Negra", quien siempre estaba a su lado y que justo hacia tres días, antes de librar esa batalla en Cartagena, lucía un rostro limpio y afeitado ya que unos filibusteros lo habían aprisionado por algunas horas. Entonces Barba Negra pensó que lo lincharían; la sorpresa fue descubrir que la venganza de sus enemigos se basaba en querer afeitarle su negra barba que daba pie a su sobrenombre. Lo dejaron libre pero irreconocible hasta para el mismo Diego que estuvo tres días riéndose de su amigo y cómplice de mares y terribles aventuras. Después de la derrota del capitán Rodrigo, el pirata negro y "Barba Negra" bordearon las aguas por varios días, el segundo cuidando al primero, quien poco a poco sanaba su herida y recobraba fuerzas.

– ¿Y cómo fue que Diego recobro sus fuerzas? – preguntó Carmen anonadada con la fábula.

–Fueron las estampitas de oraciones, esas mismas que tienes ahora entre tus manos. Aquella vez solo bastó que las tocara con sus dedos y con eso fue suficiente para que mi tatarabuelo arremetiera y venciera al enemigo. Después de ese día, el nombre de Diego Grillo cobró más fama que antes. Fue allí, precisamente, en Cartagena de Indias que lo bautizaron como el "Lucifer de los mares", el "invencible"

La nueva amiga de Carmencita siguió contando esa otra parte de la historia poco conocida de su tatarabuelo

−La verdad es que Diego Grillo murió de viejo. Los santos le indicaron que se fuera a la costa norte de la Isla de Cuba, lo que hoy llamamos Las Villas. En esa apartada región, Diego se convirtió en una persona respetable. Ahí le llamaron Don Diego, cambió de apellido, ocultó sus orígenes y calló su historia como antiguo pirata para que nadie nunca más lo relacionara con el "Lucifer de los Mares"...

Mi querido Diego Grillo tuvo seis hijos con una hermosa criolla de esa región. El primer y tal vez el único pirata negro cubano, murió a los ochenta y dos años rodeado del amor de su familia y con estas estampitas entre sus manos. Poco antes de partir de este mundo, le contó a su hijo menor, quien en verdad era él. Tras su muerte, su hijo guardó las estampitas y así fue como la historia pasó de generación a generación.

En las aguas del Caribe quedó vagando otro mulato que usó su mismo nombre: "Diego Grillo", confundiendo así a los perseguidores del original, que sabía de la existencia de esta réplica del pirata que fue entrenado por él mismo unos años antes de morir. A Don Diego le agradaba escuchar las historias fantásticas del doble que el mismo creó y que era hostigado por sus enemigos dejándole tener una vida placentera y feliz junto a otros lobos de mar que siguiendo su ejemplo y se asentaron en esa escondida región de Las Villas, donde muchas familias de abolengo con grandiosos apellidos, son bisnietos, nietos y nietas de antiguos piratas.

Luego de un descanso para poder asimilar la fantástica historia, Cachitica prosiguió

–Los descendientes de Don Diego seguimos contando su historia solo a personas escogidas. Llevamos el apellido Valdés, el que mi tatarabuelo optó cuando cambió las intrépidas batallas marinas por los brazos tiernos de su esposa y los besos inocentes de sus hijos. Grillo quedó atrás para protección de todos... Lo más evidente de su existencia son las oraciones que su madre le otorgó y que le dieron el poder, la buena suerte y las glorias que obtuvo en su vida; esas oraciones llegaron a mí por mi padre y a él por el padre de su padre.

Carmen estaba absorta con el relato de Cachitica. Miró fijamente las pequeñas cartulinas con las oraciones un poco deterioradas por el paso del tiempo pero que aún se podían leer perfectamente. Su regalo había tomado un valor sentimental y emocional incalculable.

-Y... ¿Por qué me das a mí estas oraciones tan sagradas que pertenecen a tu familia? -preguntó Carmen un tanto ingenua.

-Porque sé que tú eres especial, posees poderes especiales y los santos me dijeron anoche que tú eras la indicada para conservar estas oraciones y le harás un bien al prójimo cuando se las recites... Al fin y al cabo – continuó diciendo Cachitica con la voz cargada de nostalgia– Ya estoy vieja y nunca tuve hijos. Solo yo puedo escoger a quien pasarle esta joya de Diego Grillo y tú serás, en su momento, la encargada de contar esta historia y de llevar contigo estas oraciones hasta que decidas entregársela a tu sucesor antes de morir como ha ido ocurriendo por los últimos cuatrocientos años.

Carmen sonrió tiernamente a la negra, a quien ahora la veía con otros ojos. Era humana y sentimental como nunca pensó; traía el orgullo de su raza, de su gente y de sus ancestros y sintió el deseo de abrazarla en señal de agradecimiento mientras pensaba en las increíbles hazañas del pirata negro, el terror de los mares y tatarabuelo de Cachitica.

Desde entonces, Carmen guardó debajo de su almohada las oraciones espirituales que la acompañarían por el resto de su vida.

Capítulo 3

Esperando al Mesías de Duaba

El murmullo de las plantas algunas veces aturdía a Carmen, quien caminaba por los trillos del monte para evadir las voces que percibía y que la llamaban por su nombre constantemente. Cortaba por el atajo de la orilla del mar, al menos a las olas parecían no importarle su paso acelerado. Con su mirada siempre hacia abajo recorría los senderos y llegaba hasta el río, sabía que allí adquiría sabidurías milenarias.

El nombre de Carmen fue más allá de las montañas, atravesó los campos, ciudades y recorrió su país : "Donde pone la mano pone la cura", el refrán voló de boca en boca; además Carmen nunca cobrara un centavo por sus curaciones, eso la convertía en única y auténtica. Su fama creció, pero fue el destino quien se ocupó de colocar todo en su lugar y que, de alguna manera cumpliera su misión en esta vida.

La curandera sonreía cuando las personas le adjudicaban tantos poderes; ella sabía que solamente creer, hace milagros. La fe en este caso concebía que el enfermo se curara. El solo roce de sus manos, una oración de esas que Cachitica le otorgó recitada por su boca, adquiría el poder mágico que los enfermos o los preocupados por su salud buscaban. Ella comprendió con el tiempo que el pirata negro tenía una fe increíble en las estampitas que le dio su madre y eso lo hacía invencible. La fe mueve montañas, había escuchado decir.

Pero Carmen, la curandera, guardaba otros secretos que jamás había contado a nadie. Cuando ella envejeció y tal vez como Diego Grillo, al sentir próximo el final de sus días, quiso confesar lo que tenía guardado por casi un siglo oculto en su pecho.

Con voz tenue, dulce y poco más o menos con el aliento entrecortado, me reveló su historia una mañana de primavera cuando llegué a su casa, no por casualidad, sino por un plan trazado no precisamente por mí.

Me llamo Razziela, nací en Estados Unidos de padres cubanos, quise visitar la tierra de mis ancestros con esa curiosidad que arrastra la generación que ha pasado toda su vida escuchando hablar de un lugar encantador y maravilloso, pero a la vez prohibido, cerca pero lejano.

Entre múltiples excursiones alrededor de la Isla, había un sitio que me atraía como un imán, quería más que nada conocer a la persona que tanta popularidad y nombre había adquirido hasta en el extranjero. Por fin tendría frente a mí a Carmen.

Los espiritistas y adivinos habían pronosticado que en esas tierras nacería un niño prodigio, alguien que cambiaría el rumbo de los habitantes del lugar y de los forasteros.

Todos esperaban la llegada de un niño varón, pero el "Mesías" de Duaba, nunca se apareció, al menos en ese momento. Mas, sí existe una mujer alta, robusta, de piel indiada, pelo rizado, mirada dulce y voz cristalina como los ríos, llamada Carmen Paumier Galán que parece ser lo más cercano a lo que la población esperó por décadas. Carmen, la curandera, era para muchos el tan anhelado Mesías de Duaba.

Llegar a la casa de Carmen es como aterrizar en un oasis. Allí se respira paz, las energías están sincronizadas; solamente el canto de los gallos que caminan por el patio a sus anchas, alteran las ondas del silencio. Los sonidos oriundos se juntan y se conectan inmediatamente con el visitante. La naturaleza está presente en cada momento y el mar azul celeste de bravías olas te saluda desde muy cerca. A un costado, el río de agua trasparente forma un lago que se confunde con el mar. No muy lejos, las verdes montañas se alzan majestuosas y orgullosas. Por el sendero que va hacia el océano, te tropiezas con miles de cocoteros que su esposo Felo sembró en el trascurso de sus noventa y pico de años, creando un panorama difícil de igualar. La sensación de conocer lo que se supone sea el paraíso, me invadió al instante.

Cerca de la casa de Carmen observé una arboleda que llamó mucho mi atención: gigantesco, esplendoroso y solemne. Estaba contemplando una imponente ceiba, árbol que es reverenciado por ser sagrado. La ceiba es casi mágica; en la conciencia de las personas existe la creencia que está habitado por espíritus y santos africanos. Para los cristianos, representa la virgen María; es un árbol misterioso que nadie se atreve a derribar ni tan siquiera los elementos de la naturaleza cuando abaten. El huracán más feroz no es capaz de tumbarlo, el rayo no lo fulmina y el hombre de estas tierras lo veneran.

En el pueblo de Duaba, los mayores guardan y cuentan la historia de este árbol sagrado muy relacionada con Carmen. Dicen que hace casi dos siglos una anciana aborigen de los tainos plantó esa mata justo en ese sitio diciendo que ella tuvo una revelación y predijo que allí, cerca de la ceiba, nacería alguien que cambiaría el rumbo de la historia de ese pueblo. Antes de morir la longeva pidió que la enterraran debajo del arbusto para que su alma pudiera reconocer a la persona que ella había visto en sus sueños. Por los últimos doscientos años, los curanderos de la región y sus alrededores ya fueran blancos, negros, mulatos o indios, pasaban por la ceiba y daban dieciséis vueltas alrededor del arbusto pidiéndole la señal para dar razón sobre la persona que había sido predestinada por la vieja adivina.

Desde el portal de la casa de Carmen se divisaba la majestuosidad de la ceiba, no sé si es la misma que plantó la anciana hace doscientos años o la han sustituido, pero la mata está frondosa y se puede observar su fortaleza tal vez contenta de que por fin había llegado a quien anunciaron. Doña Carmen había rebasado a este mundo muy cerca del gigantesco árbol. Casualmente, después de su nacimiento, brotaron muchas flores silvestres alrededor del grueso tronco; para los vecinos, el mensaje era muy claro: las flores, que por dos siglos nunca existieron, eran la señal que todos esperaban. Ninguna de las leyendas que circulan por el pueblo parece molestarle o alterar la paz de Doña Carmen, ella escucha y hace silencio.

Los secretos de Carmen la curandera

La amabilidad de toda la familia es sincera, auténtica. Inmediatamente viene la invitación al café recién colado o degustar alguno de los dulces que fabrican unidos en una manufacturación sincronizada y supervisada por la propia Carmen, quien al verme entrar, me dio un abrazo como si me conociera de toda la vida.

–Vi que estabas contemplando la ceiba –me dijo con su voz pausada– ese es un árbol muy importante para las curaciones, incluso tocar una ceiba con tus propias manos te fortifica, tiene una energía muy fuerte. En algunos casos he visto que hace fecundar a las mujeres estériles.

La conversación con Carmen Paumier Galán comenzó a fluir. Seguimos hablamos de matas medicinales y legendarias. Le conté que mi abuelo por parte de padre había sido curandero también y muy bueno. Ella reanudó el tema:

–Hay otra mata que se considera sagrada aquí en Cuba, se llama siguaraya. En ella habitan las siete potencias, los siete orishas de la religión Yoruba. Pero el verdadero dueño de ese árbol es Changó, para los católicos Santa Bárbara. La siguaraya se considera el "primer palo del monte", se usa para abrir caminos y da buena suerte a quienes lo invocan– Carmen hizo una pausa y sonriendo prosiguió– Todo eso lo aprendí de Cachitica, mi querida vecina, quien murió hace ya un tiempo; ella siempre decía que ese mismo árbol le puede cerrar los caminos a tus enemigos si tú se lo pides con fervor.

La simplicidad del hogar de Doña Carmen y las buenas intenciones eran notables.

Elogié la belleza del alma de su casa y sus dulces hechos con tanto amor. Todo el que llegaba hasta ese rincón iba a lo mismo: hacerse una curación. Yo no fui la excepción y se lo insinué rápidamente. Carmen accedió y me aseguró que más tarde vería este asunto.

–¿Cómo te llamas? – preguntó de improviso como recordando que no nos habíamos presentado. Sonriendo le contesté

– Tengo un nombre poco común, me llamo Razziela.

Doña Carmen me observó detenidamente, casi con dulzura.

–Tu nombre es, al igual que el mío, de origen hebreo. Razziela significa "secreto de Dios"– Con un gesto de sorpresa en mi cara le respondí:

–¡No sé si mis padres conocen ese detalle del significado de mi nombre! o simplemente me lo pusieron porque les gustó... o por casualidad...

–Nada es casualidad... mira –dijo sacando algo del bolsillo de su bata de casa. –Estas son las oraciones que me regaló Cachitica y que pertenecieron a su tatarabuelo llamado Diego

Grillo – Yo quedé boquiabierta viendo las oraciones pues ya conocía la historia del Pirata Negro

–Usted, Carmen ¿cree de verdad que esas oraciones han sobrevivido por más de cuatrocientos años yendo de mano en mano?

Carmen miró las estampitas como si las descubriera por primera vez y firmemente me respondió:

–Sí, definitivamente creo que estas oraciones son las del "Pirata Negro", traen una carga energética muy fuerte. Sobre estas estampas han llorado, han suplicado, han agradecido, han bendecido, han revivido y han recobrado la fe. Aquí está escrito todo.

La fe que está impregnada a este pedazo de cartón es única...a ver ¡tócalas!

Yo extendí mi mano lentamente para palpar físicamente las oraciones que inmortalizaron a Diego Grillo. Al rozar mis dedos contra el cartón estrujado y borroso, sentí una fuerte electricidad que me hizo saltar de la silla.

.¡Wow! ¿Qué fue eso? –exclamé mitad en inglés y mitad en español . Doña Carmen sonrió y sentí que me no quitaba el ojo de encima.

Retomamos la plática cuando de momento, sin esperármelo, agarró mis manos mirándome fijamente y me dijo: «Ya me dieron la señal. Tú eres la persona indicada. Tú eres a quien estaba esperando... Razziela, la que llevará el secreto de Dios». Su comentario me agarró de sorpresa, no entendía bien lo que me quería decir; y prosiguió: «Tú vas a contar todo lo que yo te voy a decir, vas a repetir esto que he guardado en mi pecho por tantos años».

Quedé muda esperando su confesión. Apenas llevaba una hora de estar con ella. Mi imaginación voló y pensé que por venir yo de tan lejos, me diría que todos sus dones curativos fueron mentiras. Pensé que la gente creyó en esa falsa curandera por casi más de ochenta años. Haciendo mi propia "novela" y llegando a conclusiones, me acomodé aún más cerca de ella para no perderme ni una palabra: «Muy bien, Doña Carmen, dígame lo que desee, yo la escucho» –dije esperando lo peor. Sus pequeños y profundos ojos cansados me miraron penetrantemente, como previendo mis pensamientos.

–No crees en nada, ¿verdad?

–¡Yo sí creo, Doña Carmen! es que estoy un poco intrigada sobre lo que me va a contar –le respondí apenada y arrepentida de mis dudas. Traté de ponerle toda la atención del mundo mientras encendía mi grabadora. Ella, agarrando nuevamente mi mano, me dijo:

–Si tratas de grabar mi voz, estás perdiendo el tiempo, no se escuchará –

Eso, no se lo creí y ella sonrió

–Muy bien, ya veo que aún no entiendes – y prosiguió, mientras yo apretaba el botón rojo de "recording" o grabar

–Traje muchos hijos al mundo, pues son almas que me encargaron directamente para cuidar en esta tierra; ellos han sido mi motor, mi vida y lo que me han mantenido firme en este plano.

–¿Cuántos hijos en total, Doña Carmen? – le pregunté a modo de entrevista; ella se detuvo en seco y me dijo seriamente:

–A ver... déjame oír cómo me escucho en ese aparatico.

Eché el casete hacia detrás y comencé a escuchar el murmullo de las olas, el canto de los gallos que estaban cerca de nosotras, y mi voz: «¿Cuántos hijos en total, Doña Carmen?» Pero la voz de ella, tal y como lo había advertido ¡no se escuchaba nada! Abrí mis ojos en un gesto de sorpresa y traté de manipular el aparto nuevamente creyendo que algún error técnico estaba ocurriendo, pero regresaron los mismos ruidos, mi voz claramente, pero la de ella no aparecía. Entendí que estaba frente a algo más grande de lo que yo pensaba y sabía que tenía que usar mi mente y mi memoria para captar cada palabra que saldría de su boca pues esa, solo las auscultaría yo.

Con voz honda le dije:

–Estoy lista, Doña Carmen, yo guardaré en mi mente cada palabra que usted me diga, ya veo

que ningún aparato moderno la puede grabar –
Sonriendo más tranquila, me dijo:

–Comencemos desde cuando todo inició, sé que
tu alma también está lista y tu retentiva no
fallará; lo haremos a la antigua, de boca en boca,
de generación a generación. Todo este
encuentro ya estaba planeado por los seres que
nos rodean y que vienen del más allá –agregó
apuntando con un dedo hacia el infinito.

Inicia la verdadera confesión

Carmen parecía que iba a comenzar su narración y yo no tenía ninguna intención de interrumpirla.

Acomodándose en su rústico asiento y con los ojos medio cerrados, en actitud de recordar o revivir lo que contaría, comenzó su relato:

–Yo supe aquella noche que curé a mi amiga Tita, que mi cuerpo era parte de un gran pensamiento cósmico; así es, el Universo es un gran pensamiento y yo soy el instrumento de alguien muy superior que quería y quiere que se trasmuta su energía a través de mí. Todos somos capaces de escuchar las plantas hablar, todos estamos habilitados para dialogar con los espíritus iluminados y los no tan iluminados que nos rodean, pero el temor o el miedo es mucho más fuerte y no nos permite verlos. La ignorancia es la peor ceguera que existe.

Una tarde mientras me refrescaba aquí abajo, en el río, vi una joven señora aparecer así, de la nada. Era alta, podría decir que muy hermosa, su pelo ondulado y rojizo flotaba en el aire, su piel blanca, casi trasparente y fina, como si los fuertes rayos del sol de esta región no la rozaran, parecía... parecía como que venía de algún país nórdico y lejano; ella caminaba firme, se acercaba derecho hacia mí, me llamó por mi nombre:

«Carmencita». Yo no me asusté, estaba acostumbrada a que gente de todo tipo me solicitara para curaciones. Me acerqué a ella y extendiendo su mano se presentó:

–Hola, soy Deborah, llevo rato buscándote, esperando el momento.

Ella prosiguió:

– No estoy aquí por lo que piensas, más bien nuestro encuentro está planeado desde hace muchísimo y ahora es el tiempo perfecto. Sabemos que estas lista para recibir todo lo que tengo que decirte.

– ¿Qué quieres de mí? – le pregunté, ella pareció no perturbarse y continuó:

–Mi misión es trasmitirte la sabiduría que ha estado establecida por los siglos de los siglos, aún antes de que la tierra existiera.

A pesar de lo que decía, tampoco me sorprendí con sus palabras; de momento pensé era uno de esos árboles que me hablaban y que ahora habían decidido adquirir la forma de una mujer. Mirándola fijamente, traté de penetrar en el enigmático azul de sus ojos iguales al mar que tenemos ahí, a nuestra espalda, y sin un ápice de desconfianza, indagué:

–¿Quién eres?

–Digamos que una amiga, pero me puedes llamar Deborah.

Yo le contesté casi automáticamente:

–Mucho gusto, soy Carmen, aunque ya veo que conocías mi nombre.

–Carmen, hay algo que debes hacer de inmediato y es ponerte en afinidad con la inteligencia superior – Ella prosiguió pausadamente, haciendo caso omiso a mi cara de perplejidad – Solo así lograrás completar tu misión en este plano.

En esa época yo tendría trece años, pero ese detalle parecía no importarle, me hablaba como si yo fuera un adulto y yo, milagrosamente, iba entendiendo cada palabra que decía. Era como si lo único que estaba esperando en la vida era la llegada de aquel ser llamado Deborah y poder absorber lo que aquella mujer de facciones exquisitas y belleza exótica tendría que decirme: «Yo te ayudaré, la ayuda transita por mí», comentó extendiendo sus manos hacia delante.

–Personas como tú –agregó – que se ocupan de los problemas y la salud de los demás, el Universo les quita mucho de sus propios problemas, pero tienes que tener cuidado cuándo y cómo realizas tus curaciones, este día no es igual al de mañana ya que la energía cambia y hay momentos que todo es favorable y hay otros que no lo son; el Cosmos es un gran reloj donde existen momentos buenos y momentos malos. Yo te mostraré cómo usar los momentos malos, convirtiéndolos en buenos...

Doña Carmen contaba su historia y parecía que estaba en trance, su voz había recobrado energía, vitalidad, mientras que yo, ahora, no escuchaba ni el canto de los gallos ni el murmullo de las olas del mar rompiendo detrás de su patio. Las hojas de la gigantesca ceiba no se movían con el viento; solo tenía oídos para escuchar su cuento que me parecía tan mágico como su vida. Por momentos contenía mi aliento pues cada palabra debía de ser recordada. Carmen bebió un sorbo de agua...

–Deborah hablaba, yo observaba cada rasgo de su cara y escuchaba cada palabra sin atreverme a interrumpir. Mi intuición me decía que aquella mujer al igual que las plantas a las cuales oía, eran cosas que no podría contárselo a nadie, ni a mi madre que no me creía del todo, ni a mi tía Ferni que tanto quería y mucho menos a Cachitica que me había regalado las estampitas de oraciones, el mayor tesoro del pirata negro.

Estaba segura que esto no lo entendería nadie. Justo en ese instante, mis pensamientos fueron interrumpidos por otra voz conocida que sonaba a pocos metros de Deborah y de mí:

–Carmen, niña, ¿qué hacen ahí tan alejadas?– ¡Era Cachitica! Tal parecía que la llamé con el pensamiento; sus dientes blancos hacían juego con su ropa toda blanca donde resaltaban unos collares de cuencas de diversos colores invocando a sus dioses.

–¡Es Cachitica, la santera! –le dije en un susurro a mi nueva amiga.. –Ahora va a tratar de saber todo sobre ti.

Deborah sonrió, no pareció inmutarse y Cachitica, con la imprudencia que la caracterizaba, se paró justo en medio de nosotras dos y siguió hablando.

–Veo que estas muy bien acompañada –me dijo mientras miraba de arriba abajo a Deborah..

– ¿Quién es esta niña que nunca la había visto por estos lares?

– ¿Niña? ¿Dijo niña? –me dije mirando una vez más a Deborah que me parecía una mujer en sus treinta años... Tartamudeaba. –Pues ella... ella se llama... –Ágilmente Deborah me interrumpió:

–Soy la hija de Galindo – le contestó pausadamente.

–Vivo allá, señora, al subir la montaña. Vine en busca de Carmen porque tenemos un enfermo por esos rumbos.

–Muy bien, niñas, tengan cuidado en el camino y que no las agarre la noche.

Sin prestarle más atención a Deborah, Cachitica me preguntó:

–Dime, ¿qué remedio me recomiendas para un pasmo de intestinos?

–Yo...yo mañana paso por su casa; por el momento tome agua de romerillo.

Apenas logré murmurar otra mentira. Chachitica se alejó y rápido me volteé a Deborah quien seguía de pie a mi lado ensimismada en el paisaje como si nunca lo hubiese visto o como si nada hubiese pasado.

– ¿Cómo es que Cachitica se ha creído eres una niña como yo? ¿Cómo es que no ha visto que eres una mujer? –Deborah se sentó plácidamente en la arena muy cerca del mar.

–El cuerpo es una máquina que trasforma el pensamiento en acción. Cachitica vio lo que yo quise que viera para no llamarle la atención, así son la mayoría de los seres humanos, ven lo que ellos mismos quieren ver, no la realidad que tienen frente a sus ojos, por eso todo lo que te rodea puede ser una ilusión, tal vez este río no esté pasando por aquí, ni ese mar este ahí, puede ser que yo no esté sentada en esta arena ni tú parada viéndome con cara de sobresalto.

Mi cara reflejaba la incertidumbre que me paralizaba, no sabía qué pensar ante este ser desconocido que cada vez me atolondraba más con sus palabras, pero una fuerza como un imán superior a mi voluntad, me dejaba inmóvil, me ataba a la arena que pisaban mis pies como si tuviera un ancla en ellos. No pude contestarle a Deborah, miré a mí alrededor y vi el río; del otro lado estaba el mar, pero ella aseguraba que todo podría ser un espejismo.

–Tranquila, tendrás tiempo de entenderlo todo, de asimilarlo y comprender que vivimos varias dimensiones a la misma vez; el ahora no es ahora, el momento es eterno – Con un gesto más dulce en su rosto y moviendo la mano me dijo:

–Ven, siéntate aquí, que tenemos que hablar antes que caiga el sol en este lado del planeta... pues de dónde vengo, las estrellas ya están afuera.

Miré el cielo para ver las nubes pasar como siempre y me senté al lado de Deborah que prosiguió su narración:

–Todo funciona en el subconsciente, nos programamos o nos programan desde que nacemos, así funcionan las personas –me atreví a interrumpirla.

– ¿Y cómo logramos no programarnos?

–Tú lo sabes hacer muy bien, Carmen, ya tu alma esta evolucionada, tu conciencia alerta a los mensajes, eres como una antena. Eres capaz de curar con tus manos y naciste con ese Don, nadie te lo enseñó ni fue heredado. Naciste dentro de una familia donde conocían y trataban de realizar esa práctica, tú misma pediste antes de llegar a este mundo, que tu madre fuera Norma, de ella tienes mucho que aprender y las atan asuntos mayores. El don o el regalo que traes, es propio, es un obsequio que te dio tu creador precisamente para que ayudes lo más que puedas a los seres humanos. Mientras ayudas a otros, vas limpiando impurezas del pasado, programas que no te sirven para tu evolución. En algunos lugares le dicen "Karma"

– ¿Qué es el karma? –pregunté sin entender bien el significado.

–El Karma significa "acción" son lecciones o deslices del pasado que tu alma debe enmendar. Karma es una palabra hindú. La repetimos mecánicamente en occidente, pero tiene otros nombres.

–¿Y eso es siempre malo? –pregunté.

–Pues digamos que son acciones y decisiones que tomaste en algún momento con una conciencia mucho más inferior a la que tienes ahora. Tu alma debe brillar y enmendar esa "falta" como diría tu madre: lo que se hace se paga en esta o peor en la próxima vida. Eso de "ojo por ojo, diente por diente", es contigo mismo, con tu propia alma. Lo malo que hagas a alguien te lo harán a ti y el bien que hagas regresará a ti. Es la ley del infinito.

Quedé un poco confundida con aquella explicación pero pensé que en algún momento me entraría en la cabeza. Quería aclarar aunque fuera, una sola duda de las tantas que tenía.

–¿Hemos vivido otras vidas antes que esta?

-En el gran teatro que es vivir, los papeles van cambiando. Tu alma es inmortal y sí, hay otras vidas antes que esta- Vi sonreír a Deborah por primera vez; tenía dientes blancos y bien alineados.

-¿Piensas que el Creador pasó tanto trabajo en hacerte única en el Universo solo para que vivas unos pocos años? Pues no-Ella misma se contestó.

- Tu cuerpo es una máquina perfecta y tu alma más aún... fuimos creados para que duráramos eternamente, solo que aquí en la tierra el tiempo corre diferente al resto del Universo y por eso en el tiempo terrenal las horas y los días se van rápidos. -Deborah alzó su cabeza y miró fijo al sol, los rayos parecían no molestarles a sus pupilas.

-Es hora de que me vayas, no por mí, sino porque a ti te esperan. Regresaré muy pronto.

El regreso de un viejo amigo

Me levanté ágilmente de la arena, sacudí mi trasero y miré el cielo; el tiempo efectivamente había pasado rápidamente. Recordé que al día siguiente yo cumpliría catorce años; mi madre buscaba siempre un pastel para partirlo junto a la familia que se había reducido solo a ella, mis dos hermanos y a mí. Tía Fermi hacia tres años se había marchado a la capital para terminar su carrera en la Facultad y tratar de prosperar lejos del campo. Yo debía de estar en casa con ellos.

–Mañana cumplo catorce años, no voy a poder salir de mi casa, estaré con la familia. Deborah me miró y volvió a sonreír

– Feliz retorno solar; sé que mañana celebras tu cumpleaños. Es tu tiempo correcto, el ciclo de siete que se repite. Yo vine para prepararte y custodiarte hasta que estés apta para cumplir tu destino.

No sé si entendí mucho lo que Deborah me dijo pero mi instinto me decía que ella hablaba con la verdad y a pesar de que mi cabeza no concibiera muchas cosas, mi esencia iba entendiendo cada palabra que pronunciaba.

Comencé a alejarme rumbo a mi casa. Una bandada de pájaros volaron sobre mi cabeza y me voltee para decirle adiós, pero Deborah, ya no estaba; cómo mismo llegó, así mismo se fue.

Seguí tranquilamente mi camino pensado en el encuentro del día de hoy con esa enigmática mujer. Iba concentrada en mis pensamientos cuando comencé a escuchar vagamente unos gemidos muy leves. Me detuve en seco para averiguar de dónde procedía. Confundido con la maleza divisé un bultico blanco de lunares negros; me acerqué pensando era un juguete de esos de peluche que algún niño de la zona había dejado abandonado. Mientras más me aproximaba, más claramente escuchaba sus quejidos. ¡Era un ser vivo! Me agaché lentamente y con precisión descubrí que el bulto no era otra cosa que un perro casi recién nacido. Posiblemente alguien lo habían abandonado separándolo de su madre; los animales tienen el instinto maternal muy avanzado y son protectores de sus cachorros, a veces más que algunas mujeres.

Lentamente acaricié su pequeño lomo. «Qué lindo eres, ¿Dónde está tu mamá? Le pregunté mientras trataba de encontrar alguna señal de otro animal, pero no había nada, dulcemente mientras lo levantaba del suelo le dije "te voy a llevar a mi casa"; siempre quise tener un perro y aquel era mi regalo de cumpleaños.

Lo detallé con cuidado reconociendo su cara. Tenía sus ojitos azules como los de Deborah. «Pareces un vikingo, te vas a llamar Odín», le susurré y hablándole como si me entendiera le comenté "Leí en uno de mis libros que Odín significa: el Dios más noble e importante".

Lo cargué acomodándolo entre mis manos. Se quedó tranquilo y sus ojos medios abiertos me miraron con un gesto de agradecimiento. Corrí feliz con mi pequeño paquete rumbo a casa.

En una misma tarde había tenido dos encuentros placenteros: primero con mi nueva amiga Deborah y ahora con Odín. Ni una palabra a mi madre de Deborah, pensé mientras entraba a la casa radiante de dicha..

- ¡Mamá, mamá!... ¡mira lo que me encontré cerca de aquí… un cachorrito!

Mi madre salió del cuarto colocándose nerviosamente una bata de casa.

- ¡Niña! , tú siempre tan atolondrada. A ver, ¿qué traes ahí?

- ¡Mira! –le dije mientras le mostraba el cachorro
- Se llama Odín.

El perrito se enroscaba más entre mis manos..

–¡Mira qué bello! tiene los ojos azules y parece una mota manchada – Mamá lo miró detenidamente, nunca le habían gustado los animales. Lo observó detalladamente y por un instante su rostro se iluminó, pero con la misma respondió:

–Pues a mí, me parece un perro callejero, seguro está lleno de pulgas –dijo en gesto cortante.

-¡No le digas eso al pobre Odín! él es mi regalo de cumpleaños, quiero se quede a vivir con nosotros-Comencé a quejarme. En eso, otra vez se abrió la puerta del cuarto de mi madre, pensé eran mis hermanos, pero no, de la habitación salió un hombre alto, moreno de finos y acomodados bigotes caminando como "Pedro por su casa"; creo que lo había visto alguna vez por los cafetales, no sabía quién era y mucho menos lo había visto nunca dentro mi casa. Con el desparpajo plasmado en su rostro habló.

-Déjala, Norma -el visitante interrumpió nuestro pequeño altercado con una confianza que no entendía quien se la había dado.

- Yo mismo le traje el perrito a tu hija de regalo, se lo dejé ahí, cerca de la puerta -dijo sonriente mientras pasaba la mano por su cabeza. Odín emitió un pequeño gruñido y se puso inquieto. Observé al individuo de arriba abajo, no sabía ni como se llamaba ese intruso y además estaba mintiendo.

- ¿No te recuerdas de mí, pequeña? Soy Felipe Ignacio, el que trabaja en el cafetal, soy muy amigo de tu madre-agregó mientras cruzaba con ella miradas de complicidad.

-Pues, yo... señor Felipe, recuerdo haberlo visto una sola vez. -El hombre rió haciéndose el simpático mientras su mano grande y llena de bellos intentaba mimar al cachorro que se escurría entre mis dedos huyéndole a su contacto. Súbitamente mi madre cambió de actitud:

—Muy bien, niña, te saliste con la tuya, si Felipe te regaló el perrito, pues esa cosa... se quedará aquí.

¡Salté de la alegría! y sin importarme nada más, corrí al lavadero y le di un buen baño a Odín, que se sacudía y comenzaba a mover su colita. Le preparé un poco de leche que le suministré con un gotero. A lo lejos escuchaba el murmullo de las voces de mi madre y su amigo quien parecía se estaba despidiendo en susurros que no entendí.

Para mí, el día había terminado, mis pequeños hermanos jugaban en el patio de la casa cerca del mar y yo me dispuse a presentarle a Odín, mientras me alistaba para esperar que amaneciera y fuera el 16 de Julio, día me mi cumpleaños. Había nacido bajo el signo de Cáncer, una noche de luna llena hacía solamente catorce años.

Capítulo 4

Retorno Solar

Los rayos del sol acariciaron mi rostro y desperté con la alegría de sentir el diminuto cuerpo de Odín bien cerca de mí.

–¡Carmencita!... ¡Despierta, niña!

Era la voz de mi madre que retumba en toda la casa y percibí la risa alegre de mis hermanitos que muy despacio se acercaron a mi cama con el pastel adornado en color rosa.

– ¡Felicidades, Carmencita, en tu día, que lo cumplas con mucha alegría, muchos años de paz y armonía, felicidad, felicidad, felicidad! .

Todos aplaudieron y yo soplé mis catorce velas, me sentía toda una mujer. Mis hermanitos volvieron a cantar el tradicional "cumpleaños feliz" pues amaban los días de fiesta. Le presté atención al simple canto que repetimos automáticamente. Las palabras traen un deseo, inmenso, impregnado en cada nota, el mensaje es corto pero preciso: "muchos años de paz y armonía...felicidad, felicidad, felicidad", pero ¿Qué será la felicidad para las demás personas? me pregunté.: ¿Alguien puede decir que es completamente feliz? Yo, en mi mundo, a mi manera y en ese momento, me sentía feliz. La voz de mi madre interrumpió mis pensamientos.

−Ya te estás haciendo una mujercita − dijo mientras depositaba un beso en mi frente − En realidad siempre has actuado como una mujer desde que tenías seis años y ese descarado de tu padre nos abandonó.

−Mamá, ya olvídate de eso, no hables de mi padre. Hoy vamos a disfrutar el día.

Quiero comer el pastel, tomar café con leche y luego preparamos una rica comida para que los niños disfruten también.

El diminuto Odín trataba de correr de un lado para otro perseguido por mis hermanos. El cachorro parecía disfrutar la acción, ya comenzaba a emitir pequeños ladridos. Mi mascota será un buen compañero para todos en la casa aunque mi madre lo viera aún con ojos retorcidos.

Caminé hasta el fondo del patio, este mismo patio que estás viendo −puntualizó Doña Carmen como recordándose de pronto que yo estaba allí escuchando su relato sin atreverme a interrumpirla.

−Siempre en las mañanas me gustaba estar a solas, tomaba varias horas para pensar, elevar oraciones al cielo y analizar todo sin saber en ese momento que lo que hacía era meditación. Tenía la impresión que mi paso en la tierra estaría marcado, pero no sabía si era el hecho de que yo podía escuchar a las plantas y tenía el don de curar.

En realidad aún no entendía cuál era mi verdadera misión... presentía que podría ser algo diferente y tal vez difícil.

Esa mañana de mi cumpleaños pensé mucho sobre el encuentro del día anterior con la enigmática mujer de cabellos rojos. No sabía si regresaría. "Tengo que meterme en la cabeza que Deborah volverá pronto" pensé. Ya sabía que lo que mucho piensas, se hace realidad. El cuerpo es una máquina que trasforma pensamientos en acción, por eso hay que tener mucho cuidado con lo que especulamos.

Un mal pensamiento te puede destruir, enfermar, incluso matar. Cada palabra, cada letra, esconde grandes sabidurías; con la palabra y el pensamiento nos convertimos en creadores.

Con pasos aun cortos, Odín caminaba junto a mí, callado como respetando mis momentos de introspección. Me agaché para acariciar su pequeño lomo. ¿Quién te dejó ahí camino a mi casa para que yo te recogiera? Pareció responderme y ladró con un pequeño gemido como tratando de contestar mí pregunta. A las plantas las entendía perfectamente, pero a Odín ¡ni una palabra! Caminé largo rato por la orilla del mar; con catorce años de edad, me sentía ya vieja...

El día trascurrió en paz y armonía. La familia se reunió con algunos vecinos y personas a las que había curado en el trascurso del año y que se sentían agradecidas, pasaban a felicitarme. El agradecimiento es un don divino, me gustaba compartir con ellos aunque fuera un rato; yo también les agradecía que hubieran puesto en mis manos su salud. Algunos me enviaban flores, comidas de todo tipo, cestas de frutas y mariscos recién capturados del mar. Mi madre estaba de buen humor; su amigo Felipe regresó esa tarde a visitarla con flores silvestres en sus manos y con un regalo para mí que no abrí. Él hacia el mayor esfuerzo por ser simpático conmigo pero había algo en su energía que no me acababa de gustar.

Mi hermano Kiko, el más chiquito de la casa, lloraba cuando lo veía, Odín ladraba y se inquietaba, pero Rita, la del medio, se dejaba seducir por su trato. No entendía por qué mamá no percibía lo mismo que yo, pero también sabía que tenía que permanecer callada y no opinar. Mi madre, cuando se embrutecía, se embrutecía.

A la fiesta no podía faltar Cachitica con su pintoresca figura y llena de tamales confeccionados por ella misma. En otro intento por tratar de congraciase conmigo, Felipe alzó su cerveza y comenzó su improvisado discurso: «Quiero brindar por Carmencita, la hija de mi querida amiga Norma que hoy cumple catorce años… Ya eres una hermosa mujercita, una flor abriéndose, linda, inteligente…y tienes el don de curar enfermos.»

Mientras más hablaba, más mal me iba cayendo aquel hombre. Él prosiguió tomando protagonismo: «por tus poderes y por tus dones». Lo interrumpí no muy educadamente:

−Disculpe usted, Felipe, yo no acepto ningún tipo de reconocimientos ni recompensas económicas por lo que hago, el que tiene todos los honores es Dios.

−Sí, pero Él te dio el poder... − insistió

−El me prestó la vida y no, señor, yo nunca voy a usurpar el lugar del Dios... Él se manifiesta a través de mí.

−Bueno, Carmencita, no tienes que enfadarte

Mi madre trató de suavizar mis comentarios en tono poco amable..

−Carmen debe de estar cansada, ha tenido muchas emociones desde que se levantó. − trató de disculparme. Odín también estaba serio y atento a cada movimiento de Felipe quien disimulando con su sonrisa retorcida dijo:

−Es cierto, Carmencita, el poder es de Dios − y sin un ápice de disgusto en su voz prosiguió..

−Bueno, Norma, yo aprovecho para retirarme, ya es tarde y el camino se pone muy obscuro.

Felipe se marchó de la casa sonriéndole a todos. Yo ya sabía lo que me esperaba.

Las personas que quedaron se fueron retirando poco a poco; cuando quedamos a solas, mi mamá no se pudo contener:

–¡Ven acá, criatura! –comenzó en tono represivo.

–¿Qué hice?

–¿Qué hiciste? No te me hagas la boba, niña, ya cumpliste catorce años, tú sabes que te portaste grosera con Felipe, que es un amigo de la casa.

Ya no pude contenerme y desafiando su autoridad le pronostiqué, sin pensar en lo que decía:

–Felipe será amigo tuyo, ¡mas no de esta casa! Un día no muy lejano te vas a arrepentir de haberlo entrado a nuestro hogar; nunca traigas el diablo a tu casa, porque llorarás lágrimas de sangre, pero cuando eso suceda, será tarde.

Mi madre quedó mirándome fijamente, parecía que las palabras que yo acababa de pronunciar la había dejado congelada. Con voz seria me advirtió: «procura portarte bien con Felipe, Carmen, o te ira muy mal conmigo».

Así acabó el día de mi cumpleaños: con una discusión absurda con mi madre por culpa de un desconocido. Caí exhausta en mi cama. Odín parecía que todo lo que sentía él lo entendía. No se movió en toda la noche.

Capítulo 5

La tía Ferni

No sé cuánto tiempo había trascurrido desde que Doña Carmen había comenzado su relato, yo tenía toda mi concentración en sus palabras.

Se levantó de su asiento y pensé que acabaría por ese día, pero sin saberlo, estaba estudiando mi mente. A continuación me dijo:

–Espérame un momento, por favor, tengo que tomar un té de hojas para aclarar mi memoria y no permitirle a mi cansado cerebro que se olvide de nada.

–¿Un té? –pregunté cómo al que le interrumpen una película o una telenovela a mitad del mejor momento.

–Tengo unas hojas que son muy potentes para reforzar mis recuerdos, si los doctores recurrieran a las plantas naturales no tendrían que recetar a nadie con medicamentos químicos ni existirían viejos con pérdida de retentiva.

Doña Carmen caminó rumbo a su cocina arrastrando un poco los pies que cargaban su pesado cuerpo y aproveché como se hace en los recesos, ir al baño, tomar agua fresca y esperar a que volviera. Miré atentamente el entorno, hasta cierto punto curioseando más su casa. Observé que en la entrada de la puerta que va para su sala había tres gigantescas piedras de cuarzo:

uno rosado, otro verde y otro blanco. Las piedras estaban brillantes y hermosas, me quedé contemplándolas y pensando cuál sería su valor monetario pues eran exóticas y poco comunes. Escuché los pasos de Doña Carmen, venía con el té y algunas naranjas peladas en sus manos.

–Traje naranjas, son anti oxidantes naturales. Nunca mezcles los frutos ni con las comidas ni con la leche ya que al hacerlo inhibe la absorción del hierro en el cuerpo.

Cuando comas frutas tampoco la mezcles con otras que no sean de su misma familia.

Es igual que cuando beben alcohol. Si tomas cerveza no mezcles con ron, de lo contrario te caerá mal. Así es todo en la vida, trata de no mezclar a las personas buenas con las que no lo son.

Asenté con la cabeza mientras casi con la boca llena respondía:

–Muchas gracias, me encantan las frutas– Carmen se acomodaba en su sillón mientras me aconsejaba:

–Come siempre el frutos maduros pues en los frutos verdes hay solanina, que es una sustancia tóxica al organismo... Algunas mujeres embarazadas les dan gana de comer cosas verdes, eso es falta de vitaminas en el cuerpo, pero no es recomendable...Vamos a proseguir con nuestra conversación–comentó la doña cortando de pronto sus consejos medicinales para retomar el hilo de su conversación. Yo estaba lista para ir descubriendo palabra a palabra toda su historia.

–En la mañana siguiente a mi cumpleaños, unas voces fuertes que venían desde la sala me despertaron. Oí las risas de mi madre y pensé era el tal Felipe que estaría de nuevo metido en la casa. Odín abrió sus ojos junto conmigo y lánguidamente me acerqué a la sala. « ¡Tía Ferni!», exclamé con alegría y sorpresa. Ferni, la hermana menor de mi madre había regresado de La Habana donde finalizó sus estudios y había montado un negocio de exportación el cual le iba muy bien. Hacía tres años y algo que no la veíamos. Corrí a sus brazos y me le eché encima. Era una mujer alegre a diferencia de mi madre. Ella era objetiva, mundana, vivaracha y moderna; viajaba mucho... Por aquí mismo, dentro de Cuba, conocía cada centímetro de esta Isla aunque nunca cruzó el mar.

– ¡Mi Carmencita querida, mira que grande estás! llegué veinticuatro horas tarde a tu cumpleaños, ¡pero llegué! –me dijo dándome un fuerte abrazo trasmitiendo todo su amor. Abrió la maleta y sacó un paquete envuelto en papel color rojo.. Aquí te traje este regalo, no creas me olvidé que cumpliste catorce años. Abrí el bulto rápidamente mientras mis hermanitos también corrían por sus presentes.

– ¡Un libro! ¡Gracias, tía! –El título me cautivó: "Misterios". Yo sentía que cada día traía un misterio y me apasionaba descifrarlo. Pensé que con ese libro sería mucho más fácil entender el enigma de la vida, que a mi edad de adolescente me inquietaba y se comenzaba a complicar.

–Lo voy a empezar a leer hoy mismo –le dije mientras le daba un beso. Odín ladró de alegría.

–¿Y ese perrito tan lindo de dónde salió?

Odín le movió su cola blanca con lunares negros; definitivamente le había gustado mi tía Ferni. En la sala todo era una algarabía: papeles de regalos tirados por todas partes, risas y caricias, parecía el día de Reyes Magos a pesar de que estábamos en pleno verano.

–Ven, mi hermana–Mi madre interrumpió la improvisada fiesta.

– Tengo que contarte muchas cosas que han pasado en tu ausencia, vamos al patio, nos tomamos un café y hablamos como en nuestros viejos tiempos.

Las dos se perdieron abrazadas y felices por la puerta de atrás.

Yo aproveché para recoger un poco la casa. Mi obligación por ser la mayor de los hermanos era la misma que la de adultos. Ponía siempre atención a todo. Desde chica sabía cocinar, hacer dulces, limpiaba, tejía, luego me convertí en artesana y además atendía los pedidos que venían de las personas enfermas que eran a diario. Estudiaba todo lo que podía, aprendí a leer y escribir gracias a mi tía que fue como una maestra para mí. Yo siempre tuve fascinación por los libros pues a través de ellos iba conociendo el mundo.

Ese día tenía prisa por terminar e irme a caminar y sentarme en mi rincón preferido.

Quería leer el libro que tía me había traído de la capital y disfrutar el primer día de mis catorce años. Coloqué la escoba en una esquina tras la puerta pues había escuchado a Cachitica decir que una escoba en esa posición alejaba personas y visitas no deseables en la casa, y esta se la dediqué a Felipe. Me lavé las manos, trencé mi pelo y me fui.

Caminé por la orilla del mar. Odín trataba de seguir mi apurado paso aunque de vez en cuando se entretenía jugueteando con las olas que rompían fuertemente en la orilla y lo salpicaba haciéndolo que retrocediera un poco asustado por el improvisado baño.

Doña Carmen sonrió recordando a su cachorro. Segundo seguido, prosiguió.

– Le ladraba al mar que retrocedía a su gruñido como si ambos se entendieran, luego salía corriendo tras de mí sin perderme ni pie ni pisada. Yo contaba con un amigo fiel.

–Este mismo panorama... –apuntó con su dedo alrededor de su casa como haciendo referencia al sitio donde nos encontrábamos –Es lo único que he visto en ochenta y siete años y te confieso que no me canso de verlo.

Levanté la vista y pensé que yo también me pasaría esos mismos años de mi vida y muchos más en contemplación con aquel paraíso donde había vivido Doña Carmen toda su vida en aparente armonía con su medio ambiente y con los seres que la rodeaban.

El océano rompía con sus fuertes olas a pocos metros de la casa de tejas rojas. Las ventanas abiertas de par en par invitan al aire fresco a entrar sin obstáculos y salir a sus anchas por otras ventanas. Rosas de diversos colores y flores exóticas resguardaban la entrada del portal que daba a la carretera por donde llegaban los curiosos visitantes como yo. Muy cerca, una hilera de cocoteros adornaba el paisaje.

La arena gris y el sendero rojizo donde a cada paso tropezabas con reliquias de una civilización antigua, bordeaban el camino entre inmensos árboles que terminaban en la desembocadura del río uniéndose con el mar. Las montañas saludaban a los curiosos visitantes desde lejos y un aire puro, cálido y armonioso circulaba por todas partes.

Doña Carmen continúo después de mi pequeña distracción.

–Ese día me senté en un tronco seco tirado en la arena situado frente al mar, comencé a leer el libro que me regalo mi tía. En su primera página rezaba: "solo se revela aquello que está escondido". Esa primera frase me gustó y me intrigó mucho, me hundí en las letras no sé por cuanto tiempo mientras Odín se revolcaba con la espuma del mar.

Los mensajes de Deborah

—La vida te pone pruebas fuertes y difíciles que le llegan al hombre de ángeles caídos, ellos saben dar sufrimiento y poner obstáculos... Si tan solo pudieras verlos... hay muchos que están rondando siempre al ser humano para ver cuál es el más débil, el más vulnerable... y así lanzar su furia a través de ellos.

La voz de Deborah me sorprendió, pues estaba repitiendo una estrofa que yo en ese instante comenzaba a leer y ella, aparecida de la nada, estaba allí parada a mi lado, no sé cuándo tiempo ni cómo llegó porque Odín no ladró; seguía como si no la viera. Sin importarle mi cara de asombro, Deborah prosiguió.

— Toda prueba viene de fuerzas nocivas, Carmencita.

— ¡Deborah! Justo estoy leyendo sobre eso, y me pregunto: ¿existen realmente los ángeles caídos? ¿Hay algunos rondando por aquí?

—Muchos —me respondió tajante, sin pensarlo.

—Pero, ¿cómo puedo espantarlos?

—Puedes, pero también hay designios ya marcados que tienen que cumplirse.

Muy despacio prosiguió.

— Cuando sientas su presencia a tu alrededor lograrás protegerte repitiendo en voz alta y firme: «Que caigan sobre ellos el terror y el pavor». Con esa frase se van, se esfuman, pero otros son persistentes y regresan.

Las palabras de Deborah erizó mi piel, yo sabía que tenía razón, ya los presentía.

–¿Qué puedo hacer, Deborah, cuando encuentre cara a cara a un ser maléfico de esos que hablas? –pregunté pensando en Felipe, que me inquietaba.

–Orar, orar mucho para que la prueba no sea tan difícil, o por lo menos estés lista a perdonar. Tú, Carmen, tienes el don de presentir y leer energías, todos los seres humanos poseen esa gracia pero no lo desarrollan. La gente ve lo que quiere ver y se dejan llevar por algo que aparentemente luce bonito o atractivo para el ojo humano, pero el alma está siempre al descubierto ante los ojos del creador; Él no ve la envoltura... ve la esencia.

–Entonces, ¿por qué ese mismo creador que todo lo ve y lo sabe no detiene a estos seres malignos?

–Porque para eso el hombre que habita esta Tierra está amparado bajo la ley del libre albedrío. Ese es uno de los regalos más grande que los humanos poseen, no son títeres del Creador ni del destino, tienen lengua y hablan, tienen cerebro y piensan...Son los privilegiados del Universo. Hay ángeles caídos que los envidian porque no pueden tener un cuerpo físico por donde además experimentan placeres, como ahora mismo tú estás frente al mar oliendo el salitre, respirando aire puro y sientes la sensación de la brisa en tu cara... al rato te dará hambre y querrás ir a comer y disfrutaras de todos esos placeres que ofrecen los cinco sentidos.

– ¡Vaya! ¡Menuda sencillez que nos envidian esos ángeles caídos! Pensé que querían las riquezas y el dinero de los poderosos.

Deborah soltó una carcajada que hizo que Odín, moviendo su rabo, corriera hacia ella. Ella se agachó y acarició el pelo blanco de pintas negras del cachorro.

–Hasta los animales inferiores disfrutan algunos de esos placeres...pero nunca como lo hace el humano, lógicamente.

Me daba la impresión que las conversaciones con Deborah marcaría el rumbo de mi vida. Esa mujer que hacía apenas veinticuatro horas que conocía, la que salía y entraba a la playa sin dejar huellas en la arena, la que sabía lo que yo estaba leyendo y la misma que ante los ojos de Chachitica, la negra, era una niña igual que yo, me tenía más que intrigada pero no quería espantarla con mis dudas, traté de actuar lo más natural posible.

–Deborah, ¿dónde están entonces los ángeles de la guarda, los que se supone nos cuiden?

–Están también aquí, a tu lado, y tratan de proteger al ser humano todo el tiempo, especialmente cuando te pones en sintonía con ellos, pero para conectarlos tienes que entrar a un nivel de conciencia más profundo... Primero hacer contacto con tu ser interior, el que todo lo sabe, ese que no se equivoca. El momento en que los humanos dejen que su intuición hable por ellos, sus vidas será más fácil, podrán percibir a leguas el peligro, lograrán tomar decisiones correctas y acertadas, desarrollaran el don de leer las energías... y esto sería un mundo más maravilloso de lo que es.

Quedé pensando en esas palabras. Miré fijo al horizonte y a lo lejos divisé mi casa donde distinguí la figura de mi madre conversando alegremente con mi tía. Deborah prosiguió:

-Tu intuición nunca falla ¡nunca! Cuando sientas que alguien te está proyectando un sentimiento de ansiedad, molestia o inquietud, esa energía no va contigo, aléjate, no insistas en conquistar lo inconquistable, pues tarde o temprano algo hará que te darás cuenta que no podían mezclarse, entonces te acordarás el día que lo conociste cuando tu voz interior te advirtió, pero no prestaste atención.

- ¿Y qué es la voz interior? ¿De dónde sale? - insistí.

-Esa voz es sagrada... Algunas personas dicen que es el ángel de la guarda quien habla, pero, ¡no! Esa voz es tu propia divinidad, tu espíritu, la chispa divina que llevas dentro, la que es eterna, la que posee el conocimiento de muchas vidas y de la eternidad. Ésa es quien te advierte a cada rato, llena de sabidurías, lo que debes o no debes hacer, pero la mayoría de las personas no le prestan atención. Si se dejaran guiar por la divinidad de la voz interior, muchas tragedias se evitarían y en vez tener en sus vidas una serie de acontecimientos caóticos, tendrían una serie de sucesos cargadas de bendiciones.

–Mi voz interior me dice y me advierte, yo lo sé– comenté pensando en voz alta..

–Pero, ¿cómo evitar que algo malo suceda?

–Tú lo sabes, Carmen, lo presientes y trata de advertir a los demás, pero no quieren escucharte; es más fácil negar la verdad que enfrentarse a ella, entonces es cuando el destino toma el giro que ellos mismos han trazado... Recuerda que no hay peor sordo que el que no quiere oír, ni peor ciego que el que no quiere ver. ¡Que se atengan a las consecuencias de sus decisiones! De eso se trata la vida, de múltiples decisiones, acertadas o caóticas.

–Mi intuición me dice que el amigo de mi madre no es buena persona, pero no sé qué hacer, cada vez que le digo algo, me da jalones de orejas y no quiere escuchar.

Deborah interrumpió.:

–¿No te acabo de decir que: "no hay peor ciego que el que no quiere ver, ni peor sordo que el que no quiere oír?"

Asentí con mi cabeza, ya había oído eso muchas veces, pero nunca había comprendido hasta hoy el significado. Deborah continuó:

–La base del mundo es la misericordia pero casi nadie la lleva a cabo. Cuando alguien está en un mal momento ya sea enfermo, deprimido, encerrado en una cárcel o metido en un callejón sin salida, las personas a su alrededor y muchas veces la misma familia o amigos cercanos, voltean la cara y se hacen los que no ven... Tú si has practicado misericordia desde muy temprana edad, has tenido compasión con los que acuden a ti y no les cobra por tus servicios, eso te da una licencia especial con los seres del mundo que los ojos no ven, en cambio hay otros que dicen que pueden curar o adivinar el futuro cobran una millonada y lo peor... ¡las personas caen en la trampa!

La gente está ávida de que le digan lo que sea, aunque esto fuera una mentira. Los individuos quieren que le curen el alma después que ellos mismos la han enfermado; solamente uno mismo se puede curar. Los falsos profetas y adivinos se aprovechan de estos escasos de espiritualidad, toman ventaja y se están enriqueciendo a costillas del dolor ajeno; ese no es tu caso, Carmen. Te hemos observado desde la primera vez que ayudaste a tu amiga Tita y no has cobrado ni un centavo. Por eso me enviaron aquí para que acelerar tu proceso.

Me senté casi en la punta del tronco pues no entendía quien había mandado a Deborah a darme esas charlas que tanto me estaban gustando, y ni imaginé que ella sabía que la primera persona que salve en mi vida fue a Tita.

–Y tú ¿cómo sabes tanto de mí? ¿Cómo es que estás al corriente de que Tita fue la primera persona que sané? –Sin darle importancia a mis preguntas respondió:

–Ese cuento de Tita corrió de pueblo en pueblo y llegó a mis oídos– E inmutable, prosiguió.. –El que no practica la misericordia tendrá una vida muy dura. Dios quiere que tú seas misericordioso como lo es Él. La primera clemencia es tener piedad de ti misma; quiérete, respétate, sé honesta contigo misma, solo así podrás serlo con los demás; la misericordia comienza por casa y cuando digo casa me refiero a tu cuerpo, a tu ser.

–Entiendo lo que es misericordia –le dije mirando fijamente el azul de sus ojos que parecían dos cuencas del cielo.

–¿Y fe? ¿Sabes lo que es la fe, Carmen?

–Pues la fe es creer en lo que no se ve, es como cuando yo digo que las plantas me hablan y nadie me cree porque nunca la han escuchado, pero aun así, tienen fe en mí, porque han comprobado que puedo sanar. También dice mi mamá que la fe mueve montañas aunque yo nunca he visto ninguna de las montañas de estos lugares moverse y ¡mira que lo he pedido!... ¡que se muevan esas lomas para yo atravesar el pueblo y llegar más rápido al centro!

Deborah sonrió; sus dientes blancos y parejos adornaban un rostro perfecto. Deborah no tenía comparación con nadie que vivía por los alrededores, no era tanto su belleza física lo que cautivaba, sino la paz interior que trasmitía y la sabiduría con que hablaba; ella parecía prever mis pensamientos.

–Carmen, recuerda que todo lo que estamos viendo no es lo que realmente es. Por ejemplo, la fe no se puede ver, pero se siente, tienes que sentirla con todo tu cuerpo, solo así se obra el milagro. Cuando tú curas, tienes fe en lo que las plantas te dijeron y recomendaron, y lo haces al pie de la letra sin dudar, esa es tu fe; tú crees, no dudas, no titubeas, no tienes miedo. La fe es saber que hay un mundo espiritual que está guiando nuestros pasos y que hay seres cerca de nosotros que no se pueden ver con el ojo físico, pero tampoco se puede dudar de que existen... si dudas no habrá milagro.

Amar a Dios es tener fe en su luz, en su omnipotencia, en su amor incondicional hacia todo lo que Él creó.

–Yo creo en todo lo que dices Deborah, tengo fe en ti. Siento que eres alguien especial, hablar contigo me da paz, tranquilidad. Presiento que eres la maestra que pedí viniera a mí.

–Sé que pediste ayuda y se te concedió. Estamos tratando de rescatar las almas que nacieron, crecieron y vivieron hace muchos siglos atrás en un continente maravilloso con una amplia cultura, conocimientos esotéricos y sabiduría espiritual. Ellos conocían cada secreto que guarda el cielo. Eran seres evolucionados, casi profetas, capaces de comunicarse con el mundo animal y mineral con la misma facilidad que lo hacían entre los humanos. Manipulaban los cristales preciosos a sus antojos, los programaban y escribían en ellos como si fueran libros. Pero un día, ese lugar desapareció y su gente se disipó por el mundo. Muchas de esas almas volvieron a nacer aquí, donde estamos ahora tú y yo. Llegó el momento de recobrar lo que quedó olvidado, llego el momento de recordar.

–Pero, ¿de quiénes y de qué lugar hablas?

El hombre de arribó del mar

Los ladridos insistentes y fuertes de Odín interrumpieron súbitamente nuestra conversación. Algo había visto en el mar. Las dos nos levantamos del tronco del árbol tirado en la arena y nos acercamos a la orilla del océano. Allí, casi zozobrando acababa de llegar un pequeño bote rústico pintado de azul. Deborah entró al mar sin ningún temor desafiando las fuertes corrientes y las altas olas que rompían contra la playa desolada. La vi inclinarse buscando algo dentro de la barca. Un muchacho de unos diecisiete años se levantó del piso de la lancha, traía pantalones desaliñados por las rodillas y la camisa blanca, manchada, abierta y sin botones; parecía que hubiese navegado largo tiempo. Su pelo rizo, de color claro como la mazorca de maíz, se enredaba más con la brisa. Lucia extenuado. Se bajó rápidamente del bote y nos sonrió en señal de agradecimiento. Sus ojos, verdes como las plantas, me hablaban; lo miré de arriba abajo y tuve la sensación de que ya lo conocía, no me era un ser incógnito pero no lograba recordar dónde lo había visto, tal vez en alguno de mis sueños. Quedé impactada con su magnetismo. Deborah le extendió su mano.

–Bienvenido a estas tierras, soy Deborah.

–Gracias, muchas gracias por ayudarme a salir.... estaba medio anclado y casi llego para morir en la orilla, las olas son muy fuertes aquí, es mar abierto y el viento te arrastra sin control. ¿Cómo se llama este sitio?

– Duaba – le contestó Deborah mirándolo tranquilamente como si lo hubiese estado esperando.

– ¡Qué bien! pues parece que llegué a donde quería! –contestó el joven con la voz aliviada.

Yo miraba al desconocido atentamente, tenía un atractivo que no podía disimular y me puse visiblemente nerviosa. Deborah salió al paso.

– ¿Cómo te llamas?

–Me llamo Fernando, pero me dicen Felo. ¿Y tú, cómo te llamas? –dijo volteándose hacia mí. Quedé medio hechizada y tardé unos segundos en responder.

– Carmen, soy Carmen – Él extendió su mano fuerte y varonil; el roce con su piel me llegó hasta el corazón.

Doña Carmen sonrió recordando ese día y pícaramente prosiguió su relato:

–Acababa de conocer el amor de mi vida, mi futuro marido, el padre de mis hijos, el abuelo de mis nietos, pero en ese momento ni él ni yo lo sabíamos. La intuición de la cual me comentó Deborah me advertía que algo pasaría con él, algo muy bueno y eterno; tenía esa sensación de familiaridad al verlo.

–Bueno, señoritas, gracias por su ayuda, no las molesto más.

Él se despidió y comenzó a alejarse de prisa por la orilla del mar. En esa época esto era bosque, habían muchos más árboles de los que ves ahora, y rápidamente Felo se intrincó entre ellos. Quedé desconcentrada, en ese momento hasta pensé si ese ser era como Deborah, otra aparición en mi vida.

–No te preocupes Carmen, Felo y tú volverán a verse... ¡y mucho! Es cuestión de tiempo, este día de hoy no lo olvidaras jamás.

Esa fue la sentencia de Deborah y tenía toda la razón del mundo. Felo llegó esa tarde, por suerte a Duaba, para quedarse dentro de mi vida y de mi historia, por siempre. Apenas podía asimilar tantas cosas que me estaban ocurriendo en pocos días. Primero Deborah, luego Odín y ahora Felo que llegaba por mar flechándome con su mirada verde, perdiéndose ante mis ojos por las orillas de la playa... y yo quedaba cautivada. Moví mi cabeza de un lado a otro tratando de sacudir mis pensamientos; estaba un poco embelesada y pensé que era mejor irme rápido y regresar antes que mi mamá extrañara mi ausencia.

Capítulo 6

Enfrentando las dudas

Volví a casa esperando la ocasión indicada para hablar con mi tía a solas y contarle los malos augurios que traía contra Felipe. En una de esas, el Universo dispuso del instante que estaba esperando cuando tía Ferni salió al patio para fumar uno de sus delgados tabaquitos que para ella eran su punto de distracción y ahí encontré mi momento de desahogo, sin que nadie nos escuchara.

–Tía, ¿puedo confesarte algo? – Sin muchos preámbulos estaba dispuesta a abordar el tema. Ferni soltó una espesa bocanada de humo que casi me hace toser y con una mano me hizo un gesto para que me sentara cerca de ella en uno de los taburetes que adornaban la improvisada terraza; ella parecía más ensimismada en la contemplación del mar que en mi presencia y sin prestarme mucha atención, comentó:

– ¡Como extrañaba este lugar! ¡No existe en toda Cuba un sitio así de hermoso! –Volteándose hacia mí y con voz más profunda afirmó la duda que aún no le había planteado.

–Estás enamorada... .–dijo sin rodeos.

–¡No! Por el momento nada de eso –respondí inmediatamente pues de eso no se trababa. Tía Ferni sonrió aliviada.

–Para mí, siempre serás una niña, pero ya tienes edad de que comiences a fijarte en algún muchachito... pero dime, si no es un amor lo que te preocupa, ¿qué te pasa? Te veo una cara muy seria.

–Tía, quiero hacerte una pregunta y espero tu respuesta directa –estaba tensa pues ella era la única esperanza de hacer entrar en razón a mi madre.

–Te escucho, pequeña, no me asustes y... ¡dime lo que sea sin rodeos!

– ¿Tú conoces a Felipe, el nuevo amigo de mamá? ¿Crees que él sea una buena persona? ¿Sabes de dónde salió ese hombre? –Tía Ferni se sorprendió un poco ante mi interrogatorio.

–A ver, mi hijita, una a la vez –replicó..

– ¿Por qué tanta curiosidad por saber del tal Felipe?

–Es que hay algo en él que no me acaba de gustar –le dije mirándola fijamente a sus ojos. Ella agarró mis manos intentando tranquilizarme.

–¿No será que estás un poquito celosa porque tu madre tiene un amigo?

–No, tía, ¡no! Nada de eso, es algo que yo tengo atorado aquí en mi pecho y no es un buen presentimiento –La tía parecía no inquietarse por mis temores.

-Dime, Carmen ¿Felipe te ha dicho o te ha hecho algo feo o malo para que tú estés así de inquieta? Porque de ser así, yo misma voy y arreglo el problema ahora mismo directamente con él -me dijo en tono firme y decidido.

-¡No, no ha hecho nada! sencillamente no me gusta, no me acaba de gustar...

-Mira, mi niña, a mí no me gustan algunas personas con las cuales tengo que lidiar a diario y no es para preocuparse tanto. Si él no te ha dicho ni hecho nada malo... entonces quita esa cara y apoya a tu mamá; ella está tratando tal vez de darse una oportunidad, ayer me habló mucho sobre eso, desde que tu padre se fue de la casa mi hermana solo ha vivido para ustedes. Tal vez quiera rehacer su familia.

-Pero es que ella no tiene que rehacer su familia, nosotros somos la familia y Felipe ¡un intruso! Lloriqueé como niña en ese momento.

-Carmencita, tú eres una jovencita inteligente, no tomes este asunto tan a pecho, trata de ser amable y vamos a ver si funciona, ella ya me comentó y está preocupada porque tú no quieres ver a Felipe ni en pintura. A la legua se nota que no eres muy amable ni educada cuando hablas con él y eso no está bien, tú eres una chica dulce y buena; además, filantrópica de verdad.

Ante este discurso de mi tía, quedé más enredada de lo que estaba, tal vez yo exageraba, tal vez ella tenía razón yo podía estar celosa de ver a otro hombre al lado de mi madre... pero la voz interior, esa que decía Deborah que era la chispa divina, me gritaba que me mantuviera alerta y que no confiara en Felipe. Todos habían caído ante los encantos de ese hombre, todos menos yo. Muchas veces los niños y jóvenes tenemos la desventaja de que los adultos no nos creen. Tenía mis catorce años muy bien puestos, ante los ojos de mi madre y mi tía seguía siendo una niña que escuchaba a las plantas hablar, que curaba de casualidad y tenía la cabeza en las nubes. Opté por no decir nada más, me mantuve alejada, decidí quedarme en el plano de la contemplación solamente y pidiéndole a Dios que yo estuviera equivocada.

¿Almas gemelas?

En esas circunstancias pasó un mes. A Deborah no la había visto más desde nuestro último encuentro. Ese día algo muy importante estaba por decirme pero fue justo cuando Felo llegó en su precaria embarcación que casi naufraga y Deborah no terminó su conversación.

Odín había crecido mucho, de cachorrito pasó a ser un perrito ágil que me acompañaba a todas partes, inclusive a buscar remedios al monte. Cuando las plantas me hablaban Odín quedaba inmóvil, levantaba sus orejas como si él también las entendiera, luego las olfateaba, observaba atentamente como yo hacia la ceremonia y nunca interrumpía el solemne momento.

Las visitas de Felipe a mi casa eran más frecuentes y rutinarias; mi tía y mi madre parecían encantadas con él, hasta mis hermanitos fueron cautivados con sus regalos y halagos. Solo Odín y yo guardábamos distancia con el nuevo amigo de la casa.

Trataba de ser educada, pero no caía en sus redes de seductor y gran hombre, pues podía distinguir a su alrededor un color grisáceo que cada vez se hacía más obscuro.

Hasta Cachitica, la negra, participaba de las tertulias nocturnas que armaban en la terraza, pues él tocaba guitarra y parecía una serpiente encantadora entre las tres mujeres cuando entonaba sus melodías.

Bebían ron, fumaban los cigarrillos de mi tía y reían con cada chiste que contaba. Yo los observaba desde la ventana de mi habitación. A veces tenía la impresión de que Felipe también me vigilaba a mí. Odín era mi guardián, en silencio miraba atentamente por las rejillas de la ventana sin separarse de mi lado ni un segundo. Cuando el sueño nos vencía a los dos, caíamos tapándonos las orejas con las almohadas para no escuchar la voz aguardentosa de Felipe y el coro de risas y aplausos de sus admiradoras que se repetían hasta altas horas de la noche.

Mis reuniones con Deborah se reanudaron inesperadamente. Ella era mi calma, la conciencia en persona, era como un libro viviente. Noté que siempre estaba descalza; nunca le vi ningún zapato adornar sus pies. La arena caliente o las piedras afiladas del río parecían no molestarle y se desplazaba de un lado a otro casi flotando. Nuestras largas conversaciones la retomamos y yo habría bien mis oídos y mi alma a cada palabra que salía de su boca; era la paz que andaba buscando.

–Te extrañé mucho, Deborah. Pensé que no regresarías.

–Ya estoy aquí, nunca me fui del todo.

–Han pasado cosas en mi casa...

–Lo sé, estoy al tanto. En el trascurso de la vida hay cuatro o cinco decisiones importantes que tomar, todo lo demás es el guion que hay que seguir para cuando lleguen esos momentos importantes que cambian el rumbo de tu historia —agregó a sabiendas de lo que yo tenía en mi mente y que tanto me atormentaba.

—Presiento que estoy a punto de vivir una de esas decisiones importantes de la vida.

Deborah era la única persona que no me contradecía cuando hablaba de mis sentimientos hacia Felipe, en realidad él no había dado motivos reales para que yo estuviera indispuesta en su contra, pero era algo que no podía evitar; el malestar me salía de las entrañas. Deborah parecía entenderme, me escuchaba atenta y dejaba que tomara mis propias decisiones; Parecía que ella me estaba preparando para enfrentar la vida con las palabras que fluían de sus labios llenas de verdades.

—Un pensamiento positivo arregla miles de negativos, el pensamiento positivo es como un antibiótico, cura y levanta el ánimo por eso no debes caer en el pesimismo y mucho menos la depresión, no le tengas miedo al miedo. Cuando estás pensando cosas negativas le estas dando alimento a los seres del mal, eso es lo que quieren esos entes: que tengas miedo, el miedo paraliza, no te deja pensar con claridad y la mayoría de las veces le tememos a cosas y hechos que nunca llegan a ocurrir.

–Entonces, Deborah, ¿crees que yo estoy pensando cosas negativas sobre Felipe y con eso estoy alimentando ese mal? –Yo estaba que no soportaba la sola presencia de ese hombre cerca o dentro de mi casa y ese sentimiento de rechazo hacia su persona tampoco me gustaba.

–Lo que te pasa con Felipe es otra cosa, tú sabes ya quien es él, conoces su alma, puedes leer su aura, estás captando sus pensamientos y eso te tiene en estado de alerta; eso es intuición, no negativismo, son dos cosas diferentes. Cuando tengas uno de esos pensamientos ora, ora mucho y llama a los Ángeles de Luz, ellos acudirán en tu ayuda al momento que los aclames. Hay cosas que ya están predestinadas, cosas buenas que el alma se ha ganado en el trascurso de su existencia y otras lecciones de vida que aún faltan por cumplirse.

Cambiando su tono de voz y mirándome fijo me afirmó.

–Es una bendición encontrarse con "tu alma gemela", solo los elegidos tienen ese privilegio.

–¿Almas gemelas? ¿Qué es eso?

–Tú misma lo descubrirás, Carmen, eso es cosa de dos –respondió Deborah mientras yo me despedía de ella más temprano que de costumbre pues traía una inquietud en mi pecho y quería regresar a casa.

-Por favor, Deborah, no te pierdas otra vez tanto tiempo -le dije angustiada tan solo de pensar que no la volvería a ver.

-Mañana estaré aquí para continuar nuestra plática.

Odín y yo emprendimos el camino de regreso a casa. Esta vez no fui por la orilla del mar, opté por transitar entre algunos de los arbustos que adornan la vereda. Iba absorta en mis pensamientos cuando de pronto escuché una voz desde las alturas que procedía de una de las matas de coco; pensé que era una de las plantas llamándome.

- ¡Carmen, Carmen, soy yo! -Estaba lista para escuchar lo que la planta tenía que decirme, pero la voz me sonaba familiar. Alcé la vista y vi trepado en la cima del cocotero a Felo, el joven que vino del mar.

- ¿Felo?, ¿Qué haces por acá? -el mozo bajó vertiginosamente desde las alturas y aterrizó a mi lado, se sacudió las manos en sus pantalones y sin más preámbulos me plantó un beso en la mejilla. Yo quedé sin habla, nunca ningún varón me había dado un beso en la mejilla ni en ninguna otra parte. Sentí mi rostro caliente por lo que pensé que estaría roja como una sandía.

- ¡Hola! -prosiguió sin prestar atención a mis trembleques..

–Pensé que no te volvería a encontrar y ¡mira lo que es la vida! los tíos que estaba buscando viven aquí muy cerca.

–¿Ah...si? Pues, que bueno –alcancé a balbucear..– ¿Y tú, qué hacías trepado allá arriba? ¡Podrías caerte!

–Nunca me he caído de una mata de coco, las subo en segundos, soy campeón subiendo y bajando –dicho y hecho delante de mis ojos trepó como un mono, en un abrir y cerrar de ojos bajó.

– ¡Muy bien! ¡Me dejaste impresionada! –le dije sin salir de mi asombro. Él sonrió mientras me obsequiaba uno de los frutos que recientemente había cortado de la mata.

–Ya me contaron que tú tienes poderes curativos–dijo mientras lo pelaba.

– ¡Hummm! Como corre el chisme en este pueblo –contesté, tratando de restarle importancia al alago .

– Espero nunca te enfermes y así no tendré que recetarte. Pero si algún día requieres mis servicios, estaré a tus órdenes.

–Tus poderes los comentan por todas partes, no es chisme, es admiración lo que la gente de estos lares siente por ti –enfatizó.

–En realidad yo no tengo los poderes, esos poderes son de Dios y de las plantas que uso para curar. Yo solo trasmuto esas energías.

Felo parecía no escucharme, estaba más entretenido limpiando el coco y toda su atención concentrada en abrirle el agujero para poder colocar la boca y tomar el agua.

–¡Listo! Aquí está, limpio y pelado; cuando termines lo pico a la mitad y te comes la masita de adentro.

–Muchas gracias, Felo, el coco es una planta que tiene muchos poderes curativos.

Acepté su invitación y los dos comenzamos a beber. Jamás el agua que salía de la fruta me había sabido tan rica como ese día.

–Nos estaremos viendo muy a menudo –comentó mientras se pasaba el dorso de su mano limpiándose la sombra de un bigote que comenzaba a salirle sobre sus labios.

–Pues sí, en esa casita ahí delante vivo yo con mi madre, mis hermanos y ahora mi tía que llegó de viaje.

–También me dijeron que tu madre tiene un pretendiente que pronto se casará con ella.

– ¡¿Cómo? ¿Qué estás diciendo?! ¿Dónde escuchaste eso? –Esa noticia me alteró visiblemente.

–Disculpa, mis tíos me contaron... Yo pregunté sobre ti y me dijeron lo que saben o lo que se habla.

–Y... ¿qué es lo que se habla? –ya estaba enojándome.

–Pues dicen... que uno de por allá abajo está pretendiendo a tu madre, ¿no sabías nada? Perdona...

–No hay nada que perdonar –le dije en tono fuerte y molesta.. –Veo que la gente de por aquí está muy pendiente a la vida ajena .– Felo se sonrojó.

–Disculpa, no quise ofenderte ni molestarte, creí que era algo formal y público... en verdad a mí eso no me interesa, yo quiero ser tu amigo y lo demás es cosa de la gente mayor. –Me extendió con humildad su mano..

–¿Amigos?

No pude resistir la dulzura que proyectaban sus claros ojos y le apreté la mano en un gesto de aprobación.

–¡Sí!, ¡amigos! –Después de todo, él ni nadie tenían la culpa de que en todo el pueblo se rumorara del romance que yo misma veía frente a mi cara y no podía detener las habladurías de la gente; aquello era un secreto a voces.

–Bueno, Felo, de verdad me da mucha alegría volverte a ver. ¿Piensas permanecer poco tiempo por acá?

–Vine para quedarme –Sus ojos se entristecieron..

–Perdí a mis padres hace poco en un accidente, quedé solo y decidí buscar a la única familia que me queda: mis tíos, los Jiménez que viven llegando al pueblo; ahí estoy con ellos y ahí me quedaré. Sé pescar muy bien, agarro cangrejos a la perfección, trepo las matas de coco, sé sembrar y soy muy trabajador; tengo que ganarme la vida, sobre todo honradamente. El que es honrado lo es hasta las uñas y soy así y moriré así.

Felo tenía un deje de tristeza en sus palabras pero no dejaba de ser un chico listo. Su mirada traía esa chispa de la sabiduría innata y natural del hombre sincero. Sin pensarlo ni un instante y como parecía costumbre natural en él, volvió a darme otro beso en la mejilla.

–Que tengas una linda noche, Carmen, quiero ser tu amigo de verdad.

Agachándose acarició a Odín que nos miraba atento ..

–¡Y también quiero ser tu amigo! ¿Cómo se llama tu perro?

–Odín... se llama Odín.

Casi no pude ni terminar de hablar, Odín saltó a sus brazos, definitivamente estaba encantado con el nuevo amigo. Sobre Felo no sabía mucho, pero sí lo suficiente como para entender que tendría mucho que ver en mi vida. No sé cómo, pero mis corazonadas, buenas o malas, nunca me fallaban. Seguro era esa fabulosa intuición

que tanto hablaba Deborah.

Emprendí el rumbo a hacia mi casa y lo vi de reojo volver a treparse en el cocotero. Sonreí sin darme cuenta. Era ágil y parecía que esas matas le hablan también en sus oídos. Mi perro caminaba a tres pasos de mí como siempre, ya era hora de que atendiera un poco los quehaceres. A pesar del encuentro con Felo, la angustia que traía en mi pecho como un mal presentimiento, no se me iba.

Anuncio inesperado

Entré a mi casa y de inmediato escuché la risa escandalosa de Felipe como si fuera el amo y señor del lugar. Estaba en el patio charlando a solas con mi tía, me miró de reojo y casi con una mueca dijo: «Muy buenas tardes, Carmencita, que bueno que llegaste, quiero hablar contigo»- y sin hacer caso a sus palabras traté de escurrirme a mi habitación.

-Carmen, por favor detente, Felipe te está hablando. -Tía Ferni me llamó con autoridad, ella también estaba seducida ante el embrujo del señor y muy a mi pesar detuve el paso y regresé a donde estaban los dos.

-¿Dónde está mi madre? -pregunté sin importarme la urgencia de ellos.

-Tu madre salió al pueblo, fue a buscar algo que Felipe necesita de prisa -contestó mi tía.

-Ven acá, niña -dijo Felipe tratando de endulzar la voz..

-Tenemos que hablar y de algo que nos incumbe a todos como familia.

- ¿Familia? -respondí sin entender..

-Disculpe, usted... no es de mi familia-agregué en el usual tono mal educado cuando me dirigía a él.

-Estás equivocada, Carmencita-respondió sin inmutarse..

–Acabo de descubrir que soy hermano de tu padre Ed. Yo soy uno de los ciento y picos de hijos que tu abuelo tuvo y eso me hace ser tu tío.

–¿Qué dices?, ¿De dónde sacó usted eso?

–Pues lo confirmé a través de unos parientes, no llevo el apellido Paumier ya que a nosotros mi padre nos ignoró juntos a cinco hijos más que tuvo con mi madre, pero quiero que sepas que soy tu tío legítimo, hermano de tu papá y además, a partir de mañana me integraré formalmente a esta familia.

Me quedé muda, congelada ante esas palabras. Creo que debí palidecer.

Tartamudeando trate de hablar, hasta que logré preguntar:

–¿Qué quiere…? ¿Qué quiere usted decir?

–Simple y claro te lo voy a explicar, Carmencita. Mañana… pues mañana me caso.

Sin más ni más, se viró agarrando a mi tía por la cintura para decirme de golpe y porrazo, su inesperada boda:

–¡Mañana, tu tía y yo nos casamos!

–¡¿Qué?! ¡¿Qué dice usted?! ¡¿Está bromeando?! – Creí en ese momento que Felipe era más que un cínico y estaba probando mis fuerzas. Yo sentía que me iba a desmayar de la rabia y la impotencia. Ya si era o no mi tío de sangre, me tenía sin cuidado; esa información no alteraba mi vida. Él prosiguió como si nada.

—Así mismo como lo escuchas, Carmencita, Ferni y yo nos casamos mañana.

— ¿Y mi madre? —Me atreví a preguntar incrédula ante lo que estaba escuchando.

—Tu madre, ¿qué? —continuó él sin pestañar. Mi tía solo se limitaba a acariciar con sus dedos la cara de Felipe adornada con una barba sin rasurar de varios días. Yo estaba atónita ante lo que veía y oía.

—¿Usted, no estaba pretendiendo a mi madre?

—Carmencita, tú no entiendes el mundo de los adultos, tu madre y yo solo fuimos y somos buenos amigos—Miré a mi tía fijamente a los ojos y por primera vez en mi vida sentí dolor.

—Tía, ¿eso es cierto? Tú misma me dijiste hace apenas un mes que mi madre podría rehacer su vida con este hombre. ¿Te vas a casar con el pretendiente de mi madre?

— ¡Nunca he sido el prometido de tu madre!, ¡Solo su amigo! —volvió a repetir Felipe interrumpiendo mi interrogatorio tajantemente. En el fondo me sentí aliviada que no fuera a casarse con mamá, pero tampoco entendía aquel cambio drástico. Yo boba no era.

—Creo que este problema es peor de lo que pensé —murmuré mientras corría desconcertada hacia mi cuarto. Tiré la puerta de golpe y me tumbé en la cama. Mi tía Ferni acababa de sorprenderme con su actitud; vi por la ventana la silueta de mi madre llegando a la casa cargada de paquetes; su rostro lucía agotado y traté de adivinar sus pensamientos pero no pude. ¿Sabría ella que este hombre era uno de los tantos medios hermanos que tenía mi padre? ¿Estaba ella de acuerdo con este improvisado matrimonio?

– ¡Carmen! –la oí llamarme..

–¡Ven a ayudar en la cocina! hay mucho que hacer para mañana!

Capítulo 7

El intruso gana terreno

La historia que Carmen contaba, me tenía a este punto, tensa e intrigada.

–Pero, ¿qué pasó, Doña Carmen? Todo el tiempo pensé que su mamá se casaría con ese sujeto, dígame. ¿Cómo acabó eso? –pregunté intranquila parándome de mi asiento como queriendo adivinar el final. Carmen se echó fresco con su abanico andaluz, regalo de una de sus agradecidos pacientes y mirándome fijamente me respondió:

–Paciencia, Razziela, paciencia… ese es uno de los dones más poderosos que puede poseer el ser humano, lástima que solo lo entendemos cuando llegamos a ancianos; la juventud es intrépida, atrevida, quiere correr, a mi edad…a mis ochenta y pico de años, porque a veces ni recuerdo cuanto es el pico, no hay prisa .

 Con un gesto llamó a su hija mayor que desde la ventana de la cocina nos observaba de vez en cuando. No sé si sus hijos sabían toda esta historia o yo tenía la primicia. La hija de Carmen se acercó, se parecía físicamente mucho a su madre, Carmen le ordenó con su acostumbrado tono de voz dulce:

–Lili, por favor, tráenos algo de comer y unas aguas de limón, que la invitada debe tener hambre.

-Por mí no lo hagas, Doña Carmen , yo estoy bien -respondí sintiendo un vacío en el estómago que no sabía si era ansiedad o en realidad había trascurrido mucho tiempo desde que comenzó su relato y ya era la hora de la comida. Aún estaba indecisa si comer o no, cuando otra de las hijas se acercó con dos suculentos platos. El olor de la comida me hizo revivir la apetencia. Unos plátanos verdes hervidos destilaban humo muy cerca de las masas de cangrejo hechas con leche de coco servidas sobre un puñado de arroz blanco. Acepté gustosamente la invitación de la familia. Ya me habían contado antes de llegar a esta casa, que Doña Carmen siempre tenía un plato de comida listo para sus invitados.

– ¡Qué rico se ve todo!, ¡muchas gracias!

En poco tiempo ya habíamos devorado nuestros alimentos. La hija de Carmen, muy prudente y silenciosa, sin decir palabras recogió los platos y nos dejó a solas. Doña Carmen cerró sus ojos como acomodando sus pensamientos y lentamente prosiguió:

-Ese anuncio de la boda de tía Ferni con aquel individuo me confundió mucho, definitivamente no entendía en ese momento el mundo de los adultos o tal vez lo concebía tan bien, que me daba terror pensar en las decisiones que tomaban. Yo que podía hablar y entender a las plantas del monte; yo que había aprendido casi a adivinar a Odín cuando ladraba o se quedaba en silencio; yo que conversaba horas con Deborah, ese ser salido de la nada...Yo que derrochaba e intercambiaba palabras con el joven Felo a quien acababa de conocer... Yo, la misma persona, no podía cruzar una palabra con mi madre ni con mi tía y mucho menos con el tal Felipe sin caer en controversias, peleas o disgustos. Hay veces que con los seres que más amamos o debemos dialogar y entendernos, es con quienes menos lo hacemos. Cuando el corazón se cruza en el camino, las palabras se atoran en la garganta y los pensamientos se turban.

Desde el momento en que me enteré del anuncio de la boda, quedé casi muda. Me fui a la cocina a ayudar a mi madre a preparar los dulces y bocadillos que se servirían al día siguiente. De reojo la observaba, quería presagiar sus sentimientos, ella siempre demostró interés personal por Felipe. Mi madre era buena para aparentar, creo que de haber vivido en la capital o tener la oportunidad hubiese sido actriz, sabía fingir y ocultar muy bien sus emociones, pero yo también sabía leer su alma y esa noche, a pocas horas de la boda de mi tía con Felipe, mi madre estaba muy triste, más triste que el día que mi padre la abandonó. Sentí pena y dolor por ella, a pesar de que en el fondo me alegrara que no se uniera con el desvergonzado de Felipe; pero tampoco me gustaba ver su mirada perdida mientras se animaba a tararear las notas de alguna canción que en otras noches habría cantado acompañada por la guitarra de él. Me arriesgué a romper el hielo con las interrogantes que flotaban en el aire:

—Mamá, ¿tú sabías que Felipe es uno de los medios hermanos de papá?

Sin levantar la vista y pretendiendo estar muy ocupada respondió con la voz taciturna:

—Me enteré el mismo día que tú.—Yo pensé que lo mejor era no preguntar más, al menos por el día de hoy.

De vez en cuando entraban a la cocina mis hermanos que por ser muy pequeños ni cuenta se daban de los sentimientos y la rara energía que corría por la casa. Mi Tía Ferni se despidió con un gran beso a Felipe y un "hasta mañana" cargado de zalamería en el portal de la casa. Escuché sus risas y voces, luego vino el silencio que cortaba el aire. Mi tía llegó muy sonriente al umbral de la puerta de la cocina donde estábamos mamá y yo; y como novia enamorada nos dijo:

—Muchas gracias por esmerarse en preparar el banquete para nuestra boda.... ¡Gracias, hermana!

—Ustedes dos lo merecen –respondió mi madre en su actuación estelar. Yo permanecí sin decir una palabra, no podía ser hipócrita, tenía la vista fija en los huevos que estaba batiendo para hacer el merengue de la panetela; mi tía me había desilusionado. Ella, como si allí no pasara nada, continuó:

–Tenemos planes de irnos a vivir a La Habana.

– ¿Ah, sí? –la interrumpió mi madre, creo que le importaba saber los planes de la nueva pareja..

–¿Y para cuándo sería el viaje?

–Pues seguro pasamos aquí una o dos semanas y luego nos vamos. Saldremos en barco hasta Santiago y de ahí seguimos en tren. Felipe quiere explorar nuevos horizontes y será lo mejor para todos... ¿No es cierto, Carmen? –Sin levantar la vista del plato, le respondí con un monosílabo:

–¡Sí!

Ella pareció captar mi mensaje y despidiéndose con la excusa de que "al otro día sería muy agitado", se fue. El silencio inundó la cocina, mi madre no volvió a abrir la boca y yo menos. Los pensamientos aturdían y llenaban mi cabeza; solo el peculiar ruido de los quehaceres llenaba el espacio. La verdadera realidad de esta vida son los pensamientos, ellos son más fuertes que las mismas palabras. Pensé que lo mejor era quedar en silencio, no había nada más que preguntar, los hechos hablaban por si solos, y si bien ella no se merecía a ese hombre, sabía que la había ilusionado.

No sé cuánto tiempo pasamos una al lado de la otra sin decir nada. Ya muy cerrada la noche, mi madre se acercó y me sorprendió al abrazarme y darme un beso en la frente; últimamente a ella se le había olvidado besarme y mucho menos acariciarme.

Sus labios estaban secos como sus ojos y yo aún sin hablar le respondí a su abrazo quedándonos por unos instantes fusionadas como nunca antes. Entendí su mensaje, sabía que me estaba dando la razón sobre las dudas que siempre tuve sobre Felipe.

Ella nunca iba a aceptarlo con palabras salidas de su boca, pero no hubo necesidad.

Me dolía su dolor, no sé si aquello era el mal presentimiento que traía yo contra ese hombre, pero trataba con todas mis fuerzas de no odiarlo, más ahora que me había enterado que llevaba su sangre. Él había entrado a mi casa para tomar posesión de los pensamientos de mi madre y Dios sabrá cómo había embaucado a mi tía, quien ahora dormía plácidamente en su cama, esperando como una ilusionada novia su gran día.

La boda marcada

El día amaneció nublado y hasta el sol se escondió para no ver la absurda ceremonia.

Cachitica, que también parecía sorprendida ante los acontecimientos, era la encargada de sellar aquella unión. En la casa teníamos todo preparado; escuché a mi mamá conversar con su hermana mientras arreglaba a los niños y yo, muy a mi pesar, coloqué sobre el mantel de hilo blanco hecho y bordado a mano, todo el manjar de la fiesta. Recuerdo era un viernes.

Muy pocos vecinos llegaron a la casa, más bien fue una boda de esas que llaman "íntimas". Bajo un torrencial aguacero arribó el novio muy arreglado, perfumado y afeitado. Con su encantadora sonrisa entró a la casa para dar su estocada final. Yo aproveché la excusa de que estaba preparando el brindis para no asomarme mucho por allí ni ser testigo de ese absurdo.

Enfrascada en la cocina me sorprendió Deborah.

– ¡¿Qué haces aquí?! ¿Cómo entraste a mi casa sin que nadie te viera?

– He sabido lo que está ocurriendo en esta casa. Estoy aquí para acompañarte.

–Pues si ya sabes lo que está ocurriendo, explícamelo por favor, porque yo no entiendo nada.

−Hay ciclos que se repiten, no importa si vas de un cuerpo a otro, las almas acostumbran a cometer los mismos errores, las conductas de los seres humanos siempre nos sorprenden... Ese libre albedrío los lleva por diversos caminos que ustedes van escogiendo. Son decisiones que pueden marcar la diferencia. Pero hay cosas más importantes de las cuales tú debes de estar al tanto. No dejes que estas cosas negativas perturben tu desarrollo. Muy pronto conocerás toda la verdad y entenderás perfectamente lo que está pasando.

−Deborah, hoy no entiendo nada de lo que me dices, pero verte me ha calmado un poco. Estoy triste porque veo a mi madre sufrir −le contesté casi a punto de llorar.

−Tu madre estará bien, tú sin saberlo la alejaste del peligro, porque era a ella a quien le tocaba casarse con ese hombre, pero por el momento, preocúpate por tu tía.

− ¿Qué puedo hacer?

−Confiar. Todo mal o todo bien, el origen está en el alma. Hay personas que deben reencontrarse para cumplir o terminar un asunto pendiente. Recuerda que no hay efecto sin causa. Una vez más interfiere la voluntad y cambia el destino, pero las personas no perciben, no escuchan su voz interior, no se fijan en las señales que van dando los demás. Ni tú ni yo ni el mismo

Creador puede interferir en lo que las personas escojan para sus vidas, y eso será.

—Pues mi tía es una adulta y allá ella con lo que le pase —dije con un poco de rabia.

—La piedad es la virtud de la perfección —me corrigió Deborah..

—Cuando veas caer quien te ha herido no le desees mal ni te alegres; aquellos que tienen piedad con los demás, sus senderos estarán llenos de paz.

Quedé en silencio reflexionando estas palabras; como siempre, Deborah tenía razón.

—Espérame aquí Deborah, debo ir a llevar estos postres a la sala, ya regreso, si gustas, prueba uno —Le ofrecí una de mis creaciones de repostería. Ella, después de observar y oler atentamente el dulce de coco con miel, como quien nunca ha visto algo semejante, se lo llevó a su boca, cerró sus azules ojos saboreando intensamente lo que probaba y con sus cinco sentidos puestos en el pastel. Sonreí al verla disfrutar algo que para mí era cotidiano.

—¡Gracias! tienes manos de ángel para confeccionar delicias —complementó.

Salí a la sala donde ya se había llevado a cabo la ceremonia nupcial y se sentía un ambiente tenso, al menos yo lo percibía.

—Brindemos por los novios —dijo Cachitica con su voz aguda levantando la copa, tal vez para aliviar la tensión de los pocos invitados que se unieron al brindis. Sentí la mirada de Felipe posarse sobre mí; esta vez no bajé la cara, lo miré fijamente a los ojos, observándolo detenidamente. Ahora notaba el aire familiar que tenía con mi padre. Era un hombre alto, de cara agraciada, las mujeres lo encontraban atractivo; yo podía leer lo que había encerrado dentro de su corazón y no era nada bueno. Fijé mis ojos como nunca antes en los de él, dejándole saber que a mí no me engañaba, sabía quién era y yo no le tenía miedo, ningún miedo. Deborah me había inyectado la fuerza que necesitaba para enfrentar cara a cara a Felipe quien no pudo resistir mi mirada y bajó la vista con un gesto de nerviosidad abrazando a mi tía, ahora su esposa. Para disimular su perturbación, dijo: «Pues brindemos por nuestra felicidad y por la dicha de los presentes».

Miré a mi madre quien llevaba a cabo su mejor actuación, parecía que nada le importaba. Observé a mi tía con detenimiento, embrujada por lo que ella creía era su gran amor. Jamás lo hubiera pensado...Mi tía Ferni, una mujer bonita, inteligente, víctima de la seducción de un hombre como aquel. Noté que ya no tenía la luz blanca y brillante que siempre la rodeaba; ahora, su entorno estaba gris opaco, casi el mismo color que envolvía a Felipe. En ese momento no sabía lo que era el "aura" de una persona; aquella fue la primera vez que podía ver claramente la luz de cada ser que estaba en esa sala y lo que vi me inquietó. No escuché más ni quería estar presente, me dirigí a la cocina para preguntarle a Deborah que eran esas luces que emanaban de los que estaban reunidos en la sala.

–¿Deborah...? ¿Deborah...? ¿Dónde estás? –Miré por cada rincón de la cocina y el patio pero ya no estaba... como mismo llegó así mismo se fue.

–¿Buscas a alguien? –Mi madre me asustó de momento con su inesperada presencia.

–No, madre, estaba llamando a Odín que hace rato no lo veo, ¿todo bien?

–Sí, todo perfecto, tu tía y su... su esposo pasarán la noche en el hostal del pueblo; fue un regalo de Cachitica, mañana se irán lejos, así que duermes en tu cama pues no tendremos que compartir espacio.

–Me alegro mucho, madre, está lloviendo aún, pero creo que será mejor para todos.

Desde la cocina escuché los acordes de la guitarra de Felipe que comenzaba a dar su serenata y cantaleta de siempre; mi madre hizo un gesto con su cara de desagrado, ya no le entusiasmaban tanto sus payasadas. Presté atención a la luz de su alrededor y efectivamente, estaba adquiriendo un tono más brillante. Recuperaba a mi madre y eso era lo que me importaba por el momento. Sus palabras se habían tornado más dulce conmigo y la vi más atenta.

—Yo recojo todo acá, mamá, no te preocupes, vete a atender a los invitados y a tía... yo me encargo de acostar a mis hermanos y de limpiar todo.

—Eres una persona muy especial, hija, gracias por existir.

Me asombraron estas palabras que nunca antes ella había pronunciado al hablar a solas conmigo. La abracé y agradecí a Dios porque de lo malo, algo bueno había salido. Por primera vez en mucho tiempo me sentí aliviada, hasta contenta; aquel asunto de Felipe estaba emergiendo mejor de lo que pensaba, pronto se irían y nosotros volveríamos a estar tranquilos y felices en nuestra casa.

Hasta muy entrada la noche escuché las risas, sus cantos y sus voces. El aguacero cesó y uno a uno se de los pocos invitados, se fueron despidiendo.

Muy ligera, tía Ferni entró a su habitación y recogió algunas de sus pertenencias colocándolas en su maleta ya lista para acompañarla a su nueva vida. Yo la observaba desde muy cerca, su cara delataba su felicidad. La casa quedó en silencio tras el bullicio de la improvisada boda. En medio de aquel mutismo general, se escuchó claramente el chasquido característico de una bofetada. Corrí a la sala y encontré a Felipe cubriéndose con una mano su cachete y mi madre frente a él en actitud desafiante.

–¿Qué pasa aquí? –interrumpí al mismo tiempo que tía aparecía detrás de mí.

– ¿Qué está pasando aquí? –repitió. Mi madre miraba fijo a Felipe quien sacando su pañuelo trataba de cubrir los cinco dedos que le habían quedado marcados en su rostro. Descaradamente y sin perturbarse respondió:

–Aquí no pasa nada..., solo estaba espantando un mosquito que se posó en mi cara, ¿no es cierto, Norma?

–Sí, es cierto –contestó mamá tratando de calmar la respiración agitada de su pecho. La tía Ferni miró con recelo a ambos y agarrando a su marido del brazo y a su maleta del otro, se dirigió a la puerta.

–Buenas noches, familia, gracias por la fiesta, hermana. Y a ti, sobrina, igual; muy ricos tus dulces. Vámonos, mi amor.

De un tirón cerró la puerta y yo respiré profundamente. Afuera una carreta rústica tirada por dos caballos los esperaba. Las sombrillas trataban de apaciguar las gotas que aún caían sobre sus cabezas en la obscura noche. Me asomé a la ventana para estar segura que se irían de verdad, cuando escuché los sollozos de mi madre sacándome, de golpe, del instante de regocijo. Corrí hasta ella para consolarla.

–Tranquila, mamá...ya todo pasó. –Y sin dejar de sollozar, me confesó todo:

–Ese hombre es más vil de lo que jamás pensé, ¡peor que tu padre! Ahora mismo, recién casado con mi hermana, trató de besarme... ¡Que engañada estaba y ahora Ferni en sus manos!

Aquella revelación era muy fuerte para mis años, pero de Felipe cualquier cosa podíamos esperar.

–Vamos, mamá, acuéstate y ya olvida todo esto, tía Ferni es adulta y sabe lo que hace; ven, te llevo a tu cuarto y trata de dormir, mañana será otro día y verás todo más claro.

Tiernamente se apoyó en mí para poder caminar y aún envuelta en lágrimas, la dejé en su cama; tenía que pasar a solas el luto de la desilusión, el engaño, el impacto y el duelo de haber creído en una persona que no valía ni una sola de sus lágrimas. Su alma tenía que desahogarse y la dejé, ya todo estaba dicho, las cartas estaban echadas, el dolor pasaría y ella volvería a recuperar la paz y nuestra casa la tranquilidad; al menos, eso esperaba.

Capítulo 8
El ángel de la muerte

Doña Carmen contaba su relato de memoria. A esa altura también yo respiré aliviada, pues me había tenido en tensión con sus historias familiares. Una pregunta llegaba a mi mente.

–Doña Carmen, ¿por qué usted que es un ser tan espiritual, estaba rodeada de personas tan conflictivas?

–Porque yo también tenía que aprender una lección junto a ellos. Si yo hubiese llegado a esta tierra para estar rodeada de personas sin problemas, sin conflictos emocionales y sin triángulos amorosos, no hubiese crecido espiritualmente. Nací con el don de poder escuchar a las plantas, pero no nací con el don de entender a las personas, eso tuve que aprenderlo sola y a las malas. Por suerte apareció Deborah en el momento preciso.

–Pero, ¿quién era Deborah? –La interrumpí. Doña Carmen me miró con sus ojos ya empañados por las cataratas y dulcemente me respondió:

–En su momento te vas a enterar, ahora no te puedo adelantar nada.

–Muy bien –respondí y me acomodé más en el asiento. Comenzaba el fuerte sol del mediodía a iluminar el campo y el mar; sabía que aún me faltaban algunas horas de pláticas con Doña

Carmen y yo me regresaba a mi país al día siguiente, así que decidí quedarme callada y tratar de no interrumpirla más para que pudiera terminar su relato.

Estaba claro que Doña Carmen no me adelantaría nada de la historia. Cerró sus ojos por un instante, respiró profundo el aire que soplaba del mar y prosiguió pausadamente:

–Las cosas se ponen en su sitio con astucia e inteligencia; los conflictos se arreglan allá arriba –dijo apuntando el cielo–– No en la tierra– agregó:

–Un hombre con mucha fe puede hacer milagros. Deborah me enseñó también a orar. Decía que la oración siempre tenía que llegar con una emoción y solo así, el ruego se santifica y tu petición es atendida. Yo había puesto tanta emoción en pedir que Felipe se alejara de mi casa, que por fin se alejó. Al día siguiente de la boda amanecí contenta, hasta canté mientras limpiaba la casa; mamá se levantó un poco tarde de lo acostumbrado, la observé y vi que había amanecido más tranquila. Tenía sus ojos hinchados tal vez de llorar o no dormir, pero su alma tenía paz y eso, era lo importante.

Como a las tres de la tarde terminé mis quehaceres, no sin antes ir a atender una joven que vivía en la cercanía. Ella tenía seis meses embarazada; todos pensaron que perdería la criatura. Me llamaron de emergencia y dejé lo que estaba haciendo para correr al monte en busca de un alivio, mis plantas me respondieron de inmediato. El bebé se había atravesado punzándole el hígado de la madre causándole el dolor. Llegué a la casa de la futura mamá con el "santo remedio". Tenía que colocar unas hojas frías encima de su hígado para que la criatura se moviera de posición; termine mi tratamiento y la joven se alivió.

Continuamente que atendía algún llamado, por simple que pareciera, terminaba agotada físicamente pero elevada a nivel espiritual. Sentía que mi alma crecía y se fortalecía cuando mi cuerpo se debilitaba con cada sanación. Cada vez podía distinguir más claramente las luces alrededor de las personas y eso me ayudaba con los enfermos, pues entendía, con solo verlos, qué tan grave era la situación.

No creas que lograba curar a todos, la primera vez que vi morir a una persona me espanté. Era una señora de unos setenta y cinco años, yo trataba de apaciguar sus dolores crónicos con los remedios que minuciosamente le había preparado. Tenía cáncer y con esa maldita enfermedad no podía comprometer mucho pues no siempre ganaba la batalla. Ya se encontraba en la fase terminal y solo pude apaciguar sus penas mas no el eminente final. Tras varias horas al lado de su cama, percibí una sombra gigantesca, obscura y sin rostro acercársele. La sombra pasó frente a mí y siguió de largo, directo a donde reposaba la enferma y sin decir nada a nadie, observé cómo la sombra se le quedó mirando; la moribunda entreabrió sus ojos levemente y le sonrió, su aura cobró un brillo lumínico por unos instantes y al momento exhaló.

Acababa de morir. Los familiares comenzaron a llorar. Sabía que lo último que había visto la difunta era la sombra que vino a buscarla y esa imagen la tenía reflejada en sus pupilas. Con cautela me le acerqué y cerré sus ojos. Es primordial cerrarle los ojos a los que fallecen de inmediato, para que el vivo no corra el riesgo de recibir la influencia de "la sombra obscura" reflejada en las pupilas del fallecido.

Puede ver también cómo su alma le salía del cuerpo ya sin vida. Primero emergió como un humo gris, luego el humo que parecía ceniza tomó la forma de una dama, era ella misma pero mucho más joven. Me miró y me sonrió, sabía que yo era la única en el cuarto que podía verla. Sus seres queridos lloraban sobre el cadáver vacío, donde ya no existía nada. Quedé extasiada viendo aquel momento cuando las almas traspasan el umbral hacia otra dimensión. La enorme sombra la esperaba pacientemente. Ella se volteó para ver lo que fue su cuerpo en esta tierra, y vi que se entristeció al despedirse del vehículo que la había trasportado por tantísimos años. Miró con nostalgia y mucha ternura y amor a sus seres queridos que quedaban atrás. La "sombra" la envolvió completamente como en un abrazo y las dos se desaparecieron en un instante. Quedé impactada y por supuesto no lo comenté con nadie, solo le dije a Deborah, quien me explicó que lo que había visto era al Ángel de la Muerte en su agotador trabajo de buscar las almas que regresan al más allá; también me dijo que no tuviera miedo ver estas cosas, eran cotidianas y normales, pues morir es tan natural como nacer.

Doña Carmen detuvo su conversación por unos instantes, bebió un sorbo del vaso trasparente que contenía agua con trozos de piña dentro, parecía que quería aclarar su garganta para continuar el relato. Yo no dije nada. Quedé pensando en ese ángel encargado de buscar a las almas pero ¡cuánto dolor y sufrimiento dejan tras su partida a familiares y amigos que quedan vivos y lloran amargamente, sin saber adónde van sus seres queridos! El misterio de la muerte es para los humanos un tabú, nadie quiere hablar sobre eso, pero la única verdad es que todos vamos algún día a enfrentar cara a cara al desconocido "Ángel de la Muerte". El día, la hora y el lugar asignado ... es sorpresa ...¿a dónde nos llevará ese ángel?

Cuando llega el alba

Los días fueron trascurriendo con calma. Mi tía y su esposo viajaron a La Habana, en mi hogar las cosas se normalizaban. Traté de enfocarme en lo que realmente me interesaba y me hacía feliz: curar enfermos, confeccionar dulces, las largas pláticas con Deborah y algunos encuentros inesperados con el joven Felo, iban llenando mi calendario día a día. El malestar de Felipe fue pasando aunque no olvidado.

Deborah me enseñó que debía levantarme antes del alba para preparar mi espíritu.

Con el primer rayo de sol que se asomaba en el horizonte, iniciaba la comunicación con el Universo: «Todo el que hace oración en el Alba, conecta con los cuatro Arcángeles de Dios: Uriel, Rafael, Gabriel y Miguel. A esa hora ellos toman control de la bendición y el rigor se aleja de tu vida, la oración de la mañana es más poderosa que la oración de la noche». Y comencé a seguir paso a paso las lecciones de quien para mí era mi maestra espiritual.

A esa hora, cuando llega la aurora, el mar es como un plato, las olas están calmadas, tal parece que con la penumbra de la noche cada ser viviente que habita en este planeta se paraliza, duerme, descansa. Cuando amanece, en el cielo también pasan cosas maravillosas, derroches de colores para nuestro deleite. Hay veces que se pueden distinguir juntos a la luna y el sol, uno saludando y el otro despidiéndose.

También brillante, resplandeciente e inmenso se percibe el lucero de la mañana; alguien me había dicho que era el planeta Venus. Despertar poco a poco a una nueva oportunidad de vida con el astro Rey es un regocijo; hay muchos que no vuelven a tener esa oportunidad pues perecen en las noches.

De noche mueren y nacen muchas personas. Es una hora mágica, como si el tráfico espiritual se activara. Tal parece que se abren las puertas misteriosas del cielo y dejan que las almas regresen a la eternidad, mientras que otros espíritus inician su regreso a esta tierra. Por alguna razón inexplicable las personas que están enfermas de gravedad, si logran pasar las horas más lóbregas de la madrugada, al amanecer se mejoran y sobreviven.

Así es todo en la vida, hay que pasar horas de obscuridad para poder apreciar la luz.

Cada día el Universo se encarga de darnos una lección. Yo quedaba maravillada con cada amanecer, me di cuenta también que antes de que saliera el sol las plantas tampoco hablaban y comprobé mi teoría al ir en una alborada en busca de medicina y encontrar un silencio absoluto. El mar y hasta el río iban despertando con el crepúsculo matutino. Me gustaría saber en qué estaba pensando Dios cuando se le ocurrió hacer el día y la noche.

Odín protestaba al principio con mis madrugones, iba con la cola entre las patas y sin ladrar, pero poco a poco comenzó también a entender que estábamos siendo testigos de algo mágico; entonces ladraba fuertemente y movía su cola a los primeros rayos del sol. Nunca sabía cuándo Deborah iba a aparecer, pero la esperaba al igual que esperaba al sol junto al mar. Deseaba escuchar sus sabias palabras.

Uno de esos amaneceres tropecé con la negra Cachitica quien iba rumbo al río, casi adormecida y sin darme ni los buenos días comenzó su interrogatorio:

–Y tú, ¿qué haces levantada tan temprano? –me dijo entre dientes.

–Busco sabidurías –me miró refunfuñando.

–Mira, muchacha, tú bastante cosas tienes extrañas en tu vida, ¡no quieras abarcarlo todo, que el que mucho abarca poco aprieta!

–Lo mío es curar, Cachitica, usted sabe perfectamente que lo hago de corazón y gracias a sus estampitas de oraciones milagrosas he logrado mejores resultados.

–Óyeme bien, niña, tú ahora no cobras, pero cuando seas un poquito mayor y veas lo sabroso que es tener dinero y empezarás a cobrar.

–No, señora, usted tampoco debería cobrar por sus servicios espirituales – interrumpió Deborah quien salió tras un arbusto. Cachitica la miró desconfiada aunque era la segunda vez que se veían.

– ¡Lo que me faltaba, otra mocosa entrometida!... Mira, niña, no te metas en lo que no te importa, que yo no sé ni quién eres tú ni de donde saliste –Cachitica seguía viendo a Deborah como si fuera una niña y esto me daba mucha risa pues ella, que se hacía la que todo lo sabía, no veía la realidad.

–Sé que Carmen es de verdad, tiene ese don, ya se lo reconocí, pero yo tengo lo mío y con más experiencia y sabiduría que ustedes dos juntas... Con permiso, que llevo prisa.–Muy despierta y enfadada, Cachitica emprendió su marcha.

–La envidia es una idolatría–Las palabras de Deborah detuvieron en seco a Cachitica.

Deborah continuó:

–La envidia es un bloqueo espiritual, usted está reprochando directamente al Creador por darle dones a otras personas.

–Pero... dime, muchacha... ¿de dónde sacaste que yo envidio a Carmen? – Cachitica parecía molesta con las palabras de Deborah que habían dado en el blanco.

Ella sentía temor a pesar de haberme regalado las estampitas sagradas de su tatarabuelo el pirata. Pero a veces pensaba que yo competía con ella.

–Disculpe, Cachitica, nosotras no queremos ofenderla –interrumpí, pero Deborah continuó:

– "Aquél que maldiga será maldecido, y el que bendiga, será bendecido"... por lo que yo la bendigo, Cachitica; usted tiene un buen corazón y una linda alma, continúe usted con sus cosas que nosotras seguiremos con las nuestras.

La cara de Cachitica cambió, las palabras directas de Deborah habían ido rectas a su corazón. Sin decir nada más y con un gesto ahora, de preocupación siguió rumbo al río.

–Pobre Cachitica, va como perro que tumbó la olla, con el rabo entre las patas–Deborah me aclaró:

–Cachitica es una gran sabia, pero ella no lo sabe. Almas como la de ella son las que hay que rescatar . Ella tiene mucha inclinación psíquica, es un espíritu evolucionado, pero está canalizando sus energías incorrectamente. Ella y todos los que te rodean han regresado para terminar algo que quedo pendiente y vienen de donde mismo llegaste tú.

Capítulo 9

El cacique de oro

–Y... ¿de dónde llegué yo? –Pregunté. Escuchaba detenidamente cada palabra que salía de la boca de Deborah tratando de descifrar su significado. Ella hablaba en códigos como las Santas Escrituras. Cada cual interpreta a su manera y nadie entiende nada. Miré el inmenso mar con las olas despiertas. No pude resistir el magnetismo que había en el aire en esa hora justa y sin pensarlo abrí mis brazos de par en par y comencé a rezar: "Dios todo poderoso, creador del cielo y la tierra... ayúdanos a entender tu amor, te pido porque nuestro mundo sea un lugar digno de tu presencia, aleja las fuerzas del mal y derrama sobre los pueblos tu sabiduría y tu amor, perdona nuestros errores y abre la fuente de la verdad".

–Así debes rezar cada día, Carmen, con la súplica que brote de tu corazón; pide, pide con fe y tendrás respuestas; arrodíllate, llora, implora, no importa, ninguna petición es desatendida, algunas veces tarda en llegar la respuesta porque tal vez no es el momento, pero llega y viene exactamente lo que necesitas para que tu alma crezca y sea fuerte, así que cuidado con lo que solicites porque hay mucha oportunidad que tus pedidos los veas materializado–Sentándose cómodamente en el tronco del árbol abandonado en la orilla del mar, prosiguió como si estuviera reposando en el más cómodo sillón de alguna oficina sofisticada.

-Las personas piensan que Dios los abandona cuando se ven en situaciones difíciles, duras y dolorosas, pero es justo en esos momentos, cuando más cerca está de quien lo necesita. Su presencia se esconde en lo rincones más obscuros de tu mente, esperando a que lo descubras y te aferres a su mano.

Deborah prosiguió.

- Cachitica, tu vecina, necesita impregnarse de fe. Va como un alma en pena dando tumbos en una noche sin luna. Hay agentes no encarnados que se nutren de las bajas emociones y de los miedos que sienten las personas. A Cachitica la tiene totalmente controlada. Por eso, tenle paciencia y muéstrale el camino igual que hoy yo te estoy enseñando a ti. Tú tendrás que educar a otros, esa es la cadena del amor, de uno en uno podremos salvar el mundo. La caridad empieza por casa y la mejor caridad que se puede hacer es recuperar almas confundidas, perdidas y olvidadas. Cuando tienes clemencia por el prójimo, te liberas de las influencias negativas que podías arrastrar y traer de otras vidas.

- ¿Y realmente una persona puede vivir varias vidas? -pregunté un tanto confusa e ingenua. Deborah respiró profundo y con mucha paciencia habló:

- Aquí mismo, en este lugar de Duaba....muchos siglos atrás, un cacique de la tribu de los tainos recibió la revelación de toda la verdad que encierran estas tierras y el descubrimiento fue tan fuerte para sus sentidos que no pudo resistirlo. Él no estaba preparado para lo que escucharía; fue tanto su impacto que al oír lo que le revelaron, su reacción fue tan negativa, que su cuerpo se paralizó de los pies hasta la cabeza. Su corazón se detuvo y en pocos segundos se fue convirtiendo en oro macizo ante los ojos atónitos de su tribu que nunca supo que fue lo que realmente sucedió. Sus manos estaban aferradas fuertemente a dos rocas preciosas: en la mano izquierda, un cuarzo rosado y en la mano derecha otro de color violeta. Las rocas quedaron incrustadas entre sus dedos de oro. No pudieron arrancársela.

En el sitio donde aún se encuentra la estatua de oro hay un yacimiento inmenso de palenques cimarrones, negros que huían de la crueldad de la esclavitud; ellos se juntaron con los pocos indios tainos que también huían del mismo enemigo y se había asentado en ese lugar. Negros e indios unieron sus conocimientos y culturas. Algunos tainos sabían por boca de sus ancestros la existencia de un indio de oro, sabían de buena tinta que debían proteger y cuidar ese sitio pero no entendían por qué. Muy cerca del indio de oro hay un hoyo muy profundo en la tierra que le llaman el respiradero; ese hueco guarda un gran secreto.

El indio de oro continúa ahí, entre las montañas, perdido en un lugar del bosque. La figura de dos metros de alturas, inmóvil, suspendido en el tiempo, espera por casi mil años recuperar su alma con ese gesto de sorpresa reflejado en su rostro que brilla bajo los rayos de sol que atraviesan los altos árboles que lo rodean. Su mirada precisa, atrapada y fija en las rocas de cuarzo. –Deborah hizo una breve pausa en su relato para continuar...

–En un lugar intrincado pero no muy lejos de aquí, ya hace la estatua del cacique de oro. Nadie, ni los avaros conquistadores cuando escucharon la historia de parte de algunos imprudentes locales, lograron llegar al recóndito lugar dispuesto a robarse la imagen que posiblemente valdría mucho dinero para ellos. ¡No creas que no intentaron buscarla y saquearla! Los conquistadores lo desearon y fueron en varias expediciones.

Todas fracasaron. Los hombres regresaban hecho trizas y defraudados. Sus ropas desaliñadas, arañazos por todo el cuerpo y algunos presentaban síntomas de fiebre muy alta; deliraban y contaban que habían visto espíritus protegiendo la estatua. Otros más audaces se arriesgaban y seguían testarudos bosque adentro. Esos jamás regresaron, aparentemente murieron en el ensayo.

Deborah quedó en silencio. Mi pensamiento volaba hacia el indio de oro. Había escuchado esa leyenda desde pequeña por boca de la madre de mi madre que era taina; ella aseguraba que los abuelos de sus abuelos lo habían visto, pero todo era un misterio. Alguien en algún momento me advirtió que tuviese cuidado al yo irme al monte pues podría toparme uno de esos días con esa estatua. Nunca la vi, pensé y especulé era producto de la imaginación de mi abuela que estaba cargada de leyendas fantásticas, pero ahora, Deborah me lo contaba y yo le creía .Un tanto pasmada balbuceé:

–Entonces, esa estatua del indio, ¿existe? ¿Es verdad?

– ¡Sí! ¡Es verídico! En su momento sabrás todo sobre él. Está ubicado en la zona noroeste, cerca de aquí, rodeado de inmensas montañas y selvas vírgenes. Si todo sale como pensamos que aflore, lograremos rescatarlo –contestó Deborah como si tal.

–Pero, ¿qué fue lo que le dijeron al cacique que quedó paralizado y convertido en oro?

–Lo que le dijeron al cacique fue una revelación muy fuerte para su entendimiento y su nivel espiritual. Su alma no estaba lo suficientemente evolucionada para recibir información de alto calibre. –Deborah clavó su mirada azul intensa en mis pupilas, traspasándome como un rayo hasta sentirla llegar a mis entrañas, y muy seriamente me dijo:

–¡Tú sí estas preparada para recibir la información, Carmen! Además, llevo meses entrenándote para tu misión. Hemos esperado demasiado tiempo para descorrer las cortinas, llegó la hora de que sepas la verdad.–Quedé inerte, sentía que la sangre se me iba del cuerpo, pensé que podría quedarme inmóvil y convertida en estatua como el indio si escuchaba las revelaciones que Deborah me contaría.

Intuitivamente miré mis manos y en un impulso abrí y cerré los dedos. Se movían como siempre y la sangre corría por mi cuerpo acelerando cada vez más los latidos de mi corazón.

La Isla Mística de las Sietes Ciudades

—No hay nada que temer —Enfatizó Deborah mirando mi evidente nerviosismo..

—Recuerda que el miedo y el amor son las dos emociones más grandes que siente el ser humano y si se saben controlar, puedes dominar tu vida entera.—Su voz retomó nuevamente su dulzura y sus palabras fueron directas.

—Carmen, estamos ahora mismo paradas sobre la Isla mística.

—¿Isla mística? ¿Cuba es una Isla mística? —pregunté cada vez más embrollada.

—Efectivamente. Ésta es la tan buscada y llamada la "Isla Mística de las Siete Ciudades"; que la han escrutado desde hace siglos por todas partes del planeta y todo el tiempo ha estado aquí a la vista de todos. Cuba es la llave del Atlántico, la que abrió las puertas del Nuevo Mundo. Cuba, la perla de las Antillas es la escogida. La mayor concentración de energía está aquí, debajo de nuestros pies, en esta zona de Duaba.

Mucho antes que desembarcaran por estos lares Cristóbal Colón y su gente ya otros europeos lo habían hecho.

— ¡¿Cómo?! ¿Antes de Colón... otros conquistadores habían llegado? —Me senté cómodamente en la arena dispuesta a escuchar la teoría de Deborah, que sin parpadear comenzó:

–En realidad no lo podemos llamar "conquistadores". Ellos, los que vinieron no tenían intención de conquistar nada. Por los años 734, después del nacimiento de Cristo, cuando Europa fue invadida por musulmanes, un arzobispo y seis obispos de Portugal junto a pocos cristianos emprendieron un largo viaje tratando de escapar de su país. Las tribus de musulmanes y esa época era conocido como "sarracenos", eran un pueblo que aseguraban ser descender de Ismael, el hijo mayor de Abraham, patriarca de la religión de judíos, cristianos e islámica. El nombre de Sarraceno lo escogieron para identificarse con Sara, la esposa principal de Abraham, que no era precisamente la madre de Ismael, ya que su verdadera madre era una esclava. A los sarracenos algunos lo juzgaron como paganos; además, poseían increíbles habilidades para la guerra y los romanos lo consideraban como "bárbaros"; donde llegaban arrasaban con todo sin piedad.

Eran tiempos de terribles guerras, enfermedades y muertes masivas en toda Europa.

Huyendo de los sarracenos, estos seis obispos, el arzobispo y sus acompañantes zarparon a escondidas de su país. Navegaron hacia el Oeste sin un rumbo fijo; solo querían fugarse de la decadencia y el ocaso que acontecían en el llamado Viejo Mundo. El éxodo siempre ha ocurrido, las personas emigran cuando no están conformes con lo que tienen o con lo que pasa a su alrededor. Los siete religiosos y sus pocas gentes viajaron por meses, días e interminables noches.

Una de esas obscuras noches la precoz embarcación estuvo a punto de naufragar. Se toparon con un huracán. Nunca habían vivido uno de esos fenómenos naturales que arrastran fuertes vientos y lluvias, capaces de remover arboles de raíz, levantar casas y destruir edificios. ¡Imagínate cómo estaría su embarcación! Era una cajita de fósforo en medio del Atlántico. Los obispos pensaron que la furia y las maldiciones de los sarracenos los había alcanzado hasta en el infinito de los mares. El mar era una boca de un lobo en las noches. En medio de la tormenta, las dos únicas mujeres que venían en la embarcación cayeron al agua y el enfurecido océano se las tragó.

Los hombres se aferraban a los mástiles de las velas mientras que la casi destrozada nave se bamboleaba a merced de los vientos. « ¡Esto ha de ser castigo de Dios!», gritaba uno de los Obispos. «! Perdonaos, señor! ¡Si los sarracenos son vuestros verdaderos hijos y herederos legítimos del patriarca Abraham, los respetaremos por siempre y nunca más dudaremos de ellos». Poco a poco como mismo llegó, así mismo se fue aplacando la tempestad. Con el primer rayo de luz que afloró en el horizonte, apareció a lo lejos una montaña cuadrada, verde, muy verde, parecía una Isla flotante. Estaban arribando a tierra firme, topándose con Cuba.

–¿Con Cuba? Interrumpí atónita imaginando a esos obispos atracando en estas tierras mucho antes que Colón y en pleno siglo I.

–Sí, llegaron aquí. Los obispos no tenían idea dónde habían desembarcado, pero el lugar les recordaba a las islas que eran contrapuestos a Portugal, por eso le nombraron Antillha, que es una transcripción del idioma portugués y significa: "Anti–Isla". –Deborah continuó su increíble narración.

Siglos después, en Europa aparecieron mapas precolombinos que indicaban, coincidían y atestiguaban que "Antillia" corresponde en forma, tamaño y dirección a la Isla de Cuba; la identificaron en sus cartografías con un triángulo.

Las Antillas como ya la conocemos y vistas desde las alturas del Universo, forma un arco que dibuja uno de los astros más hermosos que la humanidad admira desde que el mundo es mundo; las islas que constituyen parte del archipiélago de las Antillas plasman una perfecta medialuna.

En el siglo xv, antes del llamado "Descubrimiento de América", los mapas ya hablaban sobre la Isla Mística o Antillas, ubicadas en un lugar impreciso del Océano Atlántico. Tus pies y los míos están ahora mismo pisando la "Isla Mística" de las Septe Citades.

–Entonces, ¿quién descubrió a quién? –Deborah lanzó esa pregunta al aire, dejándome totalmente atónita y tratando de asimilar su explicación que prosiguió con la misma intensidad.

–Dieciocho años antes de que Colón partiera a su aventura, un matemático y astrónomo italiano llamado Paolo dal Pozzo Toscanelli le escribió y le sugirió al almirante que navegara y buscara un sitio místico llamado Antillia ubicado en un lugar no determinado del Océano Atlántico, pero de seguro lo localizaría al oeste de España entre Asia y Europa. Toscanelli se equivocó solamente en calcular la distancia de Europa a las Antillas y de las Antillas a Asia, pero no se equivocó en hablar de la Isla "mística". Lo encantador es que este científico jamás había salido de su natal Florencia en Italia. ¿Quién le reveló la ubicación de la Isla Antillana al final del Atlántico?

– ¡¿Quién?! –repetí intrigada. –Deborah volvió a clavar sus azules ojos sobre mí y firmemente contestó:

–Las mismas entidades que hoy te están revelando la historia. Expresó como si yo supiera quienes eran esas entidades y sin darme más explicaciones prolongó el tema:

–La versión en español de esta carta dirigida a Colón fue registrada por Fray Bartolomé de las Casas, el cura amigo y protector de los indios, testigo de primera mano de lo que fue la conquista de América. Gracias a esta carta de Toscanelli, quien sugirió a Colón viajar rumbo Oeste y así llegaría directo a la Antillia, el Almirante logró convencer y obtener el apoyo económico de Isabel, la reina de Castilla y sus consejeros que no estaban muy convencidos con la locura que les proponía Colón.

Coincidentemente o causalmente Cristóbal Colón se tropezó en su primer viaje, con estas islas que fueron rebautizadas con el nombre de Las Antillas.

Mis conocimientos de historias se derrumbaban en ese momento con lo que Deborah acababa de revelarme.

Capítulo 10

¿Qué vieron los obispos al llegar a la isla?

Totalmente absorta estaba escuchando a Doña Carmen hablar tal y como Deborah lo hizo en su momento. Miré mis manos asegurándome que no me estaba convirtiendo en una estatua de oro. Ella me observaba de reojo y sonrió ante mi inquietud.

–No te preocupes, tú al igual que yo estas listas y te enterarás de todo. –Quedé clavada en el asiento, pues percibí que algo aún más profundo estaría a punto de ser descubierto. A medida que se adentraba en su relato, Doña Carmen cobraba más luz, lucía hasta más joven y energética. Eran apenas las tres de la tarde y en la casa, a la orilla del mar, se sentía un silencio total. El tiempo y creo que hasta el mismo Universo se habían detenido; yo tenía mis cinco sentidos puestos en los secretos que uno a uno me iba soltando, ella acarició suavemente el collar de cuencas amarillas que rodeaba su cuello y prosiguió:

–Esa tarde Deborah estaba corriendo la cortina de un pasaje de nuestra historia, que nunca antes había imaginado. Yo sentía desfallecer de tanta emoción y sutil como siempre, mi misteriosa amiga me calmó poniendo su mano sobre mi frente, justo donde se ubica el "tercer ojo". Con toda la dulzura pero firmeza en su voz, siguió. Esta vez apuntando con su dedo la parte de atrás de mi casa:

–Los obispos y su gente desembarcaron por este mismo lugar de Duba a pocos metros donde se ubica tu actual casa. Ahí mismo, siglos después, colocaron un busto celebrando el desembarco de Antonio Maceo el bravo general, de padre venezolano y madre cubana que venía dispuesto a liberar a Cuba del yugo español.

Maceo arribó con un grupo de valientes. Ustedes lo llaman: "Héroes Nacionales"; nosotros: "Seres de luz". En realidad el monumento de recordación al desembarco de Antonio Maceo, fue inspirado intuitivamente para puntualizar y dejar marcado el sitio donde arribaron muchos siglos antes, los siete obispos y sus pocos acompañantes, que arrodillándose y besando estas tierras, comenzaban a hilvanar los designios ya establecidos por el Universo a esta Isla Mística donde se levantarían las "Siete Ciudades".

Los obispos no olvidaron la promesa que hicieron a los sarracenos cuando se creían que iban a morir. Reunidos todos, aún en esta playa, acordaron no hablar, imponer, continuar o iniciar su religión cristiana en estas tierras donde habían atracado. A pesar de ser ellos de alta jerarquía en la iglesia, pactaron que adorarían a Dios Todopoderoso pero muy en privado y nada de misas ni cruces ni rituales cristianos. Todo debía de ser abolidos para siempre por respeto al juramento que en un momento de angustia hicieron en alta mar.

El grupo de recién llegados estuvieron de acuerdo y comenzaron a buscar un sitio donde asentarse, olvidando con el primer paso que dieron a la vieja España, Portugal y todo lo que dejaron atrás.

Imagínate cómo estarían estas tierras en esos tiempos. Era el triple de árboles y florestas en general, todo en su estado primitivo. Además de ver un paisaje espectacular, paradisiaco, los obispos que eran personas estudiadas, se percataron de que la estructura del terreno era macizo montañoso, con una geología muy peculiar.

Encontraron minerales pesados como hierro, níquel y oro. Todo lo que veían era completamente nuevo y extraordinario. Mientras más caminaban hacia el interior de la zona, iban tropezándose con ríos y más ríos y una fauna exclusiva. También se toparon con yacimiento de cristales bellos y muy raros. Las piedras eran de amatistas, citrino y cuarzo en todas sus variedades. Vieron muchas aves exóticas, frutas que nunca habían probado anteriormente; en fin, un nuevo mundo. No se encontraron con ningún animal salvaje ni tampoco indicación alguna de que existiera vida humana, al menos eso creyeron.

–Encontraron a la tribu de los tainos.–Interrumpí afirmando lo que había estudiado: Ellos eran nuestros primeros habitantes. – Deborah siguió su relato.

–El segundo día, tras su arribo y caminando por las orillas del río Duaba, tropezaron con una pequeña familia taina que recién comenzaban a poblar esta zona del nororiente. Los aborígenes recibieron a los obispos con calor humano y afecto, no se sorprendieron por el color de sus pieles, ojos o vestimentas, simplemente los acogieron como si estuvieran esperándolos. Tal y como ocurrió en diversas partes del continente cuando la llamada "conquista colonial". Los obispos intercambiaron señales con los nativos. Se dieron cuenta que esos seres eran muy espirituales y adoraban la naturaleza. La religiosidad de esta isla era algo que estaba arraigado aún mucho antes de arribar los indígenas.

Los siete obispos habían hallado por fin la paz que estaban buscando, llegando por designios del destino a la tierra que nombraron Antillha.

Los ladridos de Odín interrumpieron la energía de nuestra conversación. Divisé a lo lejos la figura de mi madre que se acercaba a nosotras con paso precipitado. Parecía agitada.

–¡Carmencita, hija, ha llegado una carta!... Léela. –Mi madre no reparó o no prestó atención a la presencia de Deborah, tal vez la veía como a una niña, igual que le pasaba a Cachitica. Absorta aún en la conversación con Deborah y casi automáticamente, agarré la carta que me extendía y vi que era de tía Ferni; la abrí presintiendo su contenido.

-Tía Ferni avisa que pronto estarán de regreso. En menos de tres semanas llegarán para quedarse. -La cara de mi madre no era de felicidad. Con resignación agarró el papel y lo estrujó entre sus manos, perdiendo su mirada por un instante en el horizonte.

-Madre -le dije- Ya olvida lo que pasó y perdona, no guardes rencor.-Mamá asentó con su cabeza como entendiendo mis palabras.

-Bueno, niñas, no estén hasta tan tarde solas -nos dijo. Se alejó de nosotras regresando a la casa con la carta entre en sus manos.

- ¿Qué crees de esto, Deborah? ¿Se acabó la tranquilidad otra vez en mi hogar?

-Ya falta poco para que todo termine -fue lo único que me dijo alzando su mirada al cielo; cerró sus ojos azules por unos segundos y continuó.

-Esta semana seguiremos nuestra conversación, Carmen. Tu espíritu debe despertar y ponerse fuerte. Yo no puedo quedarme aquí eternamente.

-No me digas que te vas -interrumpí abruptamente con sorpresa en mi voz y mi rostro. Ella sonrió dulcemente y con su mano me invitó a que volviera a sentarme en el tronco de la arena, único testigo de nuestras conversaciones además de mi perro fiel.

–No me voy mañana, ni pasado; me iré cuando termine de hacer lo que vine, así que tranquila, chiquilla. Por hoy ha sido suficiente, vamos a despedir al astro rey implorando que mañana nos siga iluminando y amén; que sea un mejor día para toda la humanidad. –Deborah levantó sus brazos al cielo y sin mirarme me dijo:

–Si tan solo supieras el poder energético que hay debajo de esta tierra, tendrías mucha más fe. Este lugar, Duaba, es un sitio elegido.

–Pero... ¿Qué hay aquí?

–Estas tierras guardan sabidurías milenarias, por eso tu alma optó por nacer aquí.

–¿Tiene que ver con los siete obispos?

–No, eso solo fue el comienzo del descubrimiento de los secretos...

Sin decir una palabra más, Deborah juntó sus manos en el pecho y con una devoción infinita comenzó a orar. El sol abordaba el filo del horizonte sumergiéndose en el mar.

Sus últimos rayos iluminaban el paisaje que mis pupilas contemplaban y aún contemplan cada día, pero ese día, por alguna razón, lo vi más hermoso y diferente que otras veces. No sé si fue el momento indicado pero comencé a percibir este lugar de otra manera. Distinguí muchas luces a nuestro alrededor, eran de diversos colores emanando desde las entrañas de la tierra, se movían de un lugar a otro formando los colores del arcoíris. Deborah miró mi cara de éxtasis y sonriendo murmuró mientras extendía hacia mí una piedra que deslumbraba como un diamante con los últimos rayos del sol.

–Esto es una amatista, una piedra protectora, ayuda a sanar y representa el color violeta de la trasformación; como vez, es un violeta obscuro, mientras más obscuro más fuerte su efecto.

–¡Qué hermosa! He visto muchas piedras inmensas de diversos colores por las montañas y los montes pero ninguna tan púrpura como esta. ¿Es para mí?

–Sí, es para ti, te ayudará en tus sanaciones. Es una roca semipreciosa. Da claridad mental, purifica, calma las emociones violentas y la rabia. Reduce los temores y es muy buena para neutralizar la negatividad. Como veras, no estamos solos…muy pronto lo sabrás todo

El matrimonio ¿perfecto?

Las narraciones de Doña Carmen me traían inquieta... enterarme de sopetón que unos obispos europeos habían llegado a estas tierras, siete siglos antes de la conquista española, me dejó con miles de preguntas por hacer. Por alguna razón yo creía en la hipótesis de que Colón no descubrió nada, solo siguió instrucciones de alguien .

La reacción de los naturales de diversos pueblos invadidos menciona en su historia cómo confundieron a los españoles con dioses. Algo habrían escuchado de sus ancestros que al ver a los intrusos, asociaron la piel blanca con seres sobrenaturales. ¿A quién o a quiénes estos indígenas habían visto antes de 1492? ¿Seres de luz? O tal vez ¿conquistadores galácticos?

Doña Carmen tomó un pequeño descanso y tras la breve pausa continuó con el mismo ímpetu de las últimas horas.

–Tres semanas pasaron después de la carta que habíamos recibido. Tal y como lo anunciaba, mi tía regresó con su flamante marido. Los vi bajarse de una carreta tirada por dos caballos que servía como taxi en el pueblo. En esos tiempos el trasporte era muy limitado. Para mi sorpresa no traían maletas. Mi madre salió a la puerta a recibirlos y hasta mis hermanitos corrieron con la esperanza de que trajeran regalos para ellos.

–¡Hola, familia! ¡Qué gusto verlos! –El primero que se apeó fue Felipe, lo observé detenidamente, estaba vestido impecable, mucho mejor que cuando visitaba amigablemente a mi familia. Un fino bigote adornaba su labio superior, un sombrero de paja blanco cobijaba su cabeza y en un gesto de caballerosidad o tal vez haciéndose, agarró a su esposa de la mano para ayudarla a bajarse. Me di cuenta que tía Ferni había perdido mucho peso, se veía desgastada contrarío a Felipe que había aumentado unos kilos de más. Tía se dirigió primero hacia mí como siempre, llena de amor y cariño, luego abrazó a mi madre quien los invitó a pasar.

–¿Dónde están sus maletas? –preguntó mamá al ver que el carruaje se alejaba perseguido por un grupo de niños siempre curiosos.

–Las tenemos en…

–Las tenemos en el hostal donde nos vamos a quedar – interrumpió Felipe a tía Ferni y tomando la palabra prosiguió:

– Es que no saben , vamos a cerrar un negocio y comparar una hacienda muy cerca de aquí; tiene mucho terrero y es una casa colonial, nos las entregan en unas semanas. No habíamos querido decirles nada pero ya está todo arreglado para quedarnos a vivir por acá, nos cansamos de la capital–Felipe parecía más desenvuelto y seguro de sí mismo.

-A mí me hubiese gustado quedarme con ustedes -comenzó a decir mi tía cuando el vozarrón de Felipe la volvió a interrumpir:

-Sí, mi amor, sé que te encantaría quedarte en casa de tu hermana, pero ya vez, a mí no me gusta molestar -dijo mirando descaradamente de arriba abajo a mi madre..

Nos quedaremos en el hostal del pueblo donde están invitadas a cenar con nosotros mañana en la noche, ahí cocinan muy rico. Hoy pasamos solamente a saludarlos y porque mi querida esposa los ha extrañado mucho, ¿no es verdad, mi amor?

Tía Ferni casi no hablaba, no se parecía en nada a la persona decidida y alegre que yo conocía. Hacía casi un año atrás había llegado a la casa con otra actitud, ahora, después de su matrimonio con Felipe era un ser apagado, sin brillo. Recordé la teoría de Deborah de los vampiros de energía; estaba convencida que este hombre había acabado con la luz y la energía de mi tía y por lo que veían mis ojos, creo que hasta con su dinero. Mi tía siempre fue una mujer de mundo, emprendedora, inteligente y valiente. Tenía suerte con sus empresas y le iba bien.

Nunca supe claramente a qué se dedicaba Felipe cuando vivía en el pueblo, así que en la capital no haría nada. Mi mamá, atentamente, les brindó café que aceptaron de inmediato. Mis hermanos se fueron a sus habitaciones un poco decepcionados ya que en este viaje y por primera vez, la tía Ferni no había traído regalos para nadie. Tratando de ser gentil pregunté:

– ¿Desean comer algo?

–No, mi niña –me respondió tía con un halo de su habitual cariño.

– Nos iremos pronto, antes que se haga de noche.

–¡Qué grande y hermosa estas, Carmencita– interrumpió el mal educado de Felipe a quien no le importaba atropellar las palabras de las personas cuando hablaban.

– ¡Muchas gracias! –le contesté con el tono más seco que pude buscar en mis cuerdas vocales .Mi madre se veía molesta también.

–Carmen, hija, vete a la cocina que dejé algo puesto en el fogón–El que me sacaran de la sala fue un premio ese día. Hacía muchos meses no sentía la ansiedad y el desasosiego que me entraba con la presencia de ese señor en mi casa. Por otro lado sentía que la relación con mi tía se había restablecido; en la mirada tanto de mi madre como de ella había regresado el cariño de hermanas y no distinguí el rencor ni el dolor de la noche de bodas. Traté de demorarme lo más que pude en la cocina. No muy lejos escuchaba a Felipe hablar, ni mi madre ni mi tía decían casi nada.

Cachitica se enteró inmediatamente que el matrimonio había vuelto y pasó a saludarlos. Percibí que hasta la negra santera sonaba deprimida; ya no se oían las antiguas risotadas cuando las tres se reunían en la terraza frente al mar a celebrarle las gracias de Felipe. Algo había cambiado, creo que ellas mismas se habían dado cuenta quien en verdad era aquel hombre: un fanfarrón y vividor. No había dejado ni por un instante a mi mamá a solas con su hermana; era una visita de cumplido o para presumir que ahora había subido de nivel económico gracias a mi tía. Por fin escuché que se despedían. Salí a darles las buenas noches.

–Carmen, mañana tendremos más tiempo de hablar cuando pases por el hotel. ¿Vas a ir? ¿Te espero, verdad?

La mirada y la voz de mi tía trasmitían no una pregunta, sino una súplica. Con mi cabeza asentí aún a mi pesar y extendí mi mano a Felipe quien lleno de confianza me haló dándome un beso en el cachete.

–Ya basta de formalismos, Carmencita, me puedes decir tío Felipe; ahora soy determinadamente parte de la familia –dijo casi pegado a mi cara, destilando su aliento que tenía algunos grados de alcohol–. Además, soy hermano de tu padre, ¡no lo olvides!

–Gracias, Felipe, tengo que acostumbrarme.

Por fin los vi alejarse en el mismo carro que los había traído. Gracias a Dios estaban viviendo en el hotel y no en mi casa; no sabía si mi paciencia y tolerancia hubieran aguantado tenerlos tan cerca. Con un gesto de su mano mi madre los despidió y su voz resonó lúgubre: –¡Mañana nos vemos! –Creo que ella y yo ahora estábamos sincronizadas y pensando lo mismo.

El carromato se alejó por la vereda levantando una nube de polvo. Cachitica se volteó hacia nosotras y sin pelos en la lengua comenzó el resumen de lo acontecido:

–Veo muy desmejorada a Ferni, creo que el matrimonio no le asentó –dijo dispuesta a iniciar el chisme, pero mi madre la interrumpió abruptamente:

–Cachitica, discúlpanos, pero tanto Carmen como yo estamos un poco cansadas, si no te importa seguimos conversando otro día. –La negra hizo un gesto de disgusto al ver que no podría seguir la plática y se marchó muy a su pesar rumbo a la casa donde la esperaban sus santos. Mi madre quedó pensativa un rato.

–Carmen, creo que Cachitica tiene razón –comentó con gesto preocupado mientras se dejaba caer en el sillón– Veo a mi hermana diferente, acabada.

Mi madre hablaba conmigo considerándome, tal vez sin darse cuenta, como a un adulto igual que ella. Dejé lo que estaba haciendo y me senté en el sofá a su lado, prestándole toda la atención del mundo.

—Sí, mamá, tía Ferni trae algo que no me gusta. Creo que en estos momentos debemos apoyarla y ver si ese hombre nos deja a solas para hablarle y preguntarle qué le pasa.

Mamá no parecía escuchar mis palabras y prosiguió en el mismo tono reflexivo y melancólico:

—Conozco a mi hermana, algo pesado trae.

—Mañana tendremos que ir a esa comida del hotel y ver si nos dice algo.

—¡Ay!, ¡Dios mío! Y pensar que podría haber sido yo quien estuviera metida en ese infierno en que está mi hermana.

Dijo aceptando por primera vez delante de mí la posibilidad que ella pudo haber sido la mujer de Felipe.

—Alégrate, mamá, alégrate que no estás en los zapatos de mi tía porque lo que esté pasando con ella no creo sea nada agradable.

—Yo lo sé, por eso estoy preocupada... y ahora con eso de que van a vivir acá cerca de nosotras, no sé si será bueno o malo, ahora que por fin abrí los ojos no me gusta lo que veo.

—Lo que vaya a pasar pasará. Tenemos que estar atentas, sé que mi tía es una mujer inteligente. Lo que sea estoy segura nos lo dirá y aquí estaremos para apoyarla.

—Sí, Carmen —susurró absorta en sus propios pensamientos—Bueno, vámonos a dormir, mañana será otro día.

Mamá me besó en la frente; menos mal que la armonía entre nosotras no se había alterado con la presencia negativa de Felipe. Estaba preocupada por mi tía pero nada podría hacer.

Me metí en la cama, a mi lado Odín se echó como cada noche dispuesto a velar mis sueños. Siempre hacia una oración pidiendo por toda la humanidad, luego seguía con bendiciones para mi país y después para mis vecinos, mi familia y la última en la lista era yo. Pero esa noche comencé directo pidiendo luz para saber qué pasaba con mi tía y cómo podría ayudar. Traté de implorar tal y como me dijo Deborah, con fervor y emoción en mis palabras, mientras, mi fiel y pequeño guardián me miraba atento entendiendo cada súplica que hacía al cielo. Una inmensa luna creciente asomaba tras la ventana y un viento un tanto fresco se sentía bajar de las montañas.

Capítulo 11

El tesoro escondido de los taínos.

Muy temprano salí de casa sin rumbo fijo con mi perrito jugueteando a mi lado. Vi a la distancia, flotando en el aire, el pelo ondulado y rojizo de Deborah, sentada en la arena con sus pies cruzados y su mirada fija en el océano. Me acerqué caminado suave para no interrumpir su concentración. Sin voltearse me dijo con voz animada:

– ¡Te estaba esperando! ¡Hoy será un día maravilloso! –En silencio me senté a su lado y contemplé los primeros rayos de sol asomándose en el horizonte. En verdad no sabía si el día sería estupendo o no, como aseguraba Deborah. Yo había pasado parte de la noche desvelada por todo lo que estaba aconteciendo con mi familia. Con palabras suaves contestó mis pensamientos:

–Fe es simplemente esperar lo que Dios tiene que decirnos. –La enigmática amiga me miró fijamente mientras yo digería sus palabras. No cabía dudas que Dios tenía algo que decirme o enseñarme con todo lo que a mis pocos años estaba viviendo, pero el aprendizaje era rápido.

–El mundo de los adultos es complicado – comenté pensando en voz alta.

–El mundo no es complicado, las personas lo hacen complicado –contestó..

Desde la creación del primer humano, comenzaron a complicarse las cosas, todo radica en el momento que tomas decisiones favorables o erróneas. –Asentí con la cabeza sin decir una palabra, definitivamente, la misma gente convierte lo simple en maraña. Es como si dentro del ser humano existieran unas ganas perpetuas de buscar tragedias, donde no las hay. Pensando en todo lo que habíamos hablado anteriormente sobre la Isla Mística y los obispos, traté de retomar esa historia en vez de atormentarme por los problemas de mi casa.

–Deborah, ¿qué pasó con los obispos cuando cohabitaron con los tainos? ¿No crearon desdicha?

Deborah respiró profundo y respondió:

–Sorpresivamente aquel encuentro fue placentero, les tomó varios meses conocer a los pocos habitantes que existían en aquel entonces. Los obispos observaban a los nativos y como personas cultas que eran, inmediatamente captaron sus palabras y forma de expresarse llegando a entenderlos perfectamente. Al poco tiempo de haber arribado, los tainos quisieron mostrarles a los obispos el secreto mejor guardado para ellos. Un enigma que ni los mismos aborígenes lograban entender.

Caminaron varios días intrincándose entre las faldas de las montañas y pasando por selvas. A cada paso los forasteros quedaban más maravillados del paraíso en la tierra a donde habían llegado. Entre palabras a veces confusas por parte de los tainos, los obispos trataban de adivinar hacia dónde se dirigían con tanto afán. Pensaron, por la importancia que le daban sus anfitriones, que iban en busca de algún tesoro... o tal vez les mostrarían algún lugar donde habitaban sus dioses. No definían bien el objetivo del viaje, pero definitivamente era algo grandioso para los hombres buenos que los regían por el campo. Todo aquel alboroto era efectivamente para mostrarle algo de sumo valor e importancia.

–¿Un tesoro? –pregunté casi afirmando..

– Las personas, siempre quieren descubrir tesoros...

–Aquel no era un tesoro de oro y plata – respondió categóricamente Deborah.

–Aquel era un tesoro de sabidurías. Después de varios días de peregrinaje por tierras altas y atravesando algunos caudalosos ríos, arroyos, cascadas y estanques naturales, intrincándose cada vez más y más dentro de las forestas, llegaron al sitio encantado. Lo primero que divisaron, parado con sus dos metros de estatura y brillando bajo los rayos del sol que traspasaba los altos árboles fue al indio de oro petrificado, con su mirada de asombro, pero a la vez de desafío, clavada en los dos cuarzos que aún tenía entre sus manos.

- ¿Desde ese entonces estaba ahí el indio convertido en oro?

–Así es. Los obispos entendieron de inmediato que habían llegado a una tierra especial, lo que en el viejo continente se conoce como "tierra santa". La energía era diferente y en el penetrante silencio del bosque se podía escuchar el murmullo de seres celestiales divagar por la zona. La figura del indio era imponente, parecía real, vivo. En sus pupilas tenía reflejados el impacto del instante en que se petrificó.

- ¿Quién era ese indio? ¿Qué ocasionó que se convirtiera en oro? –pregunté a Deborah casi mordiéndome las uñas. Ella, ignorando mis preguntas añadió:

–Cuando hay energías tan fuertes y pretendes traspasar una dimensión elevada, donde la mente superior toma el control, el cuerpo se tiene que debilitar para que entonces el espíritu crezca y se ponga en contacto con los seres del más allá.

Los obispos y sus acompañantes antes de hacer contacto con las entidades que rondaban en el lugar, pasaron una semana en ayuno para conectar el alma de ellos con esos seres a los que profesaban la alta vibración de su energía.

Cuando los forasteros arribaron al lugar y mientras ayunaban no podían verlos con ojos físicos ni escucharlos con sus oídos. Se dieron cuenta que los seres de luz no solo estaban cuidando al indio de oro, también protegían otros tesoros que rodeaban la estatua. Además de la privación de alimentos, tomó una larga concentración y meditaciones que los obispos sabían hacer muy bien para que por fin ambos grupos recibieran el enlace visual y auditivo tan esperado.

Ante los ojos de los obispos y de los tainos acompañantes, aparecieron claramente las imágenes de unos hombres y mujeres vestidos con túnicas de un blanco extremadamente brillante. Al principio tanto resplandor hería la pupila de los presentes, hasta que poco a poco se fueron acostumbrando a la irradiación, pudiendo detallarlos y escucharlos. Físicamente, estos seres lucían como si pertenecieran a las razas del Mediterráneo. Podían ser griegos, egipcios, judíos o musulmanes.

Los obispos por un instante pensaron que eran los mismísimos sarracenos que los tenían acosados hasta del otro lado del océano pero, por sus conversaciones llenas de sabidurías, la paz y el amor que proyectaban, era difícil relacionarnos con ese grupo de bárbaros. Parecían, por su manera de expresarse, ser de un linaje desarrollado intelectualmente; además, su evolución espiritual era evidente. Ellos, previendo la duda de los obispos y conociendo las historia de cómo huyeron de su país, los tranquilizaron dejándoles muy claro que nada tenían que ver con el pueblo nombrado Sarraceno. Extrajeron de las entrañas de la tierra unos cristales preciosos que expusieron a los asistentes como un gesto de confianza, paz y amor universal. Ese sitio en especial es rico en piedras preciosas; del fondo de la tierra salen todo tipo de cuarzos, amatistas y piedras exóticas que solo se reproducen en esta parte de las Antillas. Pero esos cristales y piedras tuvieron antiguos dueños.

El castigo eterno para el indio de oro

Cerca del indio de oro, el grupo de obispos y tainos vieron el gran hueco por donde la tierra respira. Ahí, dentro de ese hueco, hay un imponente yacimiento de gigantescos cristales de cuarzo todos programados, llenos de información almacenada por muchos milenios. Los seres de luz les revelaron un gran secreto. Ellos sabían disponer de los cristales como si fueran las más sofisticadas computadoras que un día el mundo conocería. Esos cristales encerraban un sin número de conocimientos tanto del cielo como decretos para la tierra y toda la raza humana. El pueblo que lograra obtener estos instrucciones, tendría un poder especial por encima de los demás pueblos.

También les explicaron que si se les daba mal uso a esas sabidurías, podrían terminar como los habitantes de un continente tragado por el mar hacia varios milenos.

Los seres les contaron de su encuentro con los primeros humanos que comenzaron a arribar a la franja. Los nacientes tainos en llegar a esta zona de Cuba, navegaron desde el Sur, lo que hoy conocemos como Venezuela. Entre ese grupo de inmigrantes arribó un valiente y apuesto cacique llamado Ledif; venía con doce hombres de su tribu, quienes lo acompañaban en su viaje exploratorio llegando sin proponérselos a estas costas. De inmediato los seres de luz se percataron que el alma del cacique era especial y diferente al resto del grupo, además de presumir ser muy astuto e inteligente. Su espíritu poseía todas las características de un ser elevado. Los seres de luz vieron en él un buen candidato para cuidar y proteger la sabiduría encerrada en este sitio:

–"Ledif" –Le llamaron por su nombre; el cacique pensó que los mismos dioses se le habían aparecido: «eres el elegido por los seres del mundo de arriba para una gran misión. Recibirás toda la sabiduría necesaria, oirás los secretos e información que estos cristales encierran, a cambio te concebiremos tu mayor deseo», le dijeron mientras los doce hombres miraban perplejos el resplandor que emanaban estos entes mientras se dirigían a su cacique. Los seres de luz mostraron a Ledif el yacimiento de cristales y le advirtieron que hacer mal uso de estos poderes, podría causarle un gran castigo. «Acepto», contestó firmemente el cacique y prosiguió: «Mi deseo es que cuando yo muera, mi alma regrese y nazca en este mismo lugar, así cuidaré y protegeré estos cristales sagrados; quiero ser el encargado de resguardar estas tierras por los siglos de los siglos». Los seres de luz pensaron era una muy buena respuesta por parte de él. Su petición más que deseo, parecía un sacrificio de su parte al adquirir responsabilidad eterna con el cuidado de los cristales. Ellos de inmediato aceptaron y sellaron el trato.

Lo designaron oficialmente a cuidar y proteger estos yacimientos donde además, subterráneamente, se encontraban evidencias y parte de lo que fue un continente desaparecido. Ledif conoció los misterios que encerraban los cristales, pero al tener aquellas piedras preciosas entre sus dedos y sabiendo el poder que adquiría, fue tentado por el espíritu del mal y su alma se envenenó de poderío. Creyó que podría ser el único cacique de todos los contornos y dominar a su raza, a los de aquí y a los de más allá del mar. Quiso no solo ser inmortal, sino convertirse en amo y señor de esta Isla por la eternidad. Como dijimos, la gente complica y busca tragedia. El cacique la buscó y la encontró.

Los seres de luz se sintieron engañados, le imploraron que no los defraudaran, pero él, agarrando los cuarzos programados vociferó a las entidades y delante de sus doce hombres: « ¡Seré el hombre más poderoso que jamás haya pisado esta tierra y sus alrededores! ¡Seré como los dioses: inmortal, yo, el cacique Ledif, existiré como único líder de estas tierras hasta el final de los tiempos!». Su reducida tribu espantada al verlo enloquecido, dio un paso atrás. Nunca antes habían visto a su jefe desafiando lo que ellos pensaron en ese momento eran dioses.

–Pero, ¿cómo un ser mortal pudo engañar a seres superiores tan iluminados? – pregunté incrédula.

–De la misma manera que Lucifer, el ángel consentido del Creador se le reveló y mintió al Todopoderoso convirtiéndose en el enemigo número uno del bien.

Deborah prosiguió su relato que yo había interrumpido con mis dudas:

–Al terminar de pronunciar sus palabras desafiando al Universo, la justicia celestial se hizo presente y detuvieron los maquiavélicos deseos de Ledif imponiéndole de inmediato un castigo. Comenzando por sus pies hasta subir a la cabeza, el cacique fue convirtiéndose en oro, su alma quedó encarcelada para siempre en su cuerpo dorado, sin opción, por el momento, de volver a reencarnar o morir; atrapado en el valioso metal como símbolo de su codicia. Desde su prisión, observaría las consecuencias de su avaricia y sus ganas de poderío. Los seres de luz no querían tomar represarías contra los tainos que eran pacíficos y buenos, pero ese pueblo estaba ya sentenciado a desaparecer por el sólo hecho de haber presenciado aquella escena y por tener conocimientos del dominio que podían adquirir si se contagiaban con el virus de la codicia.

Deborah subsistió: –Siglos después, cuando la barbarie de la conquista, esa raza fue casi exterminada, más bien olvidada, solo algunos pocos lograron huir a montañas y bosques quedando como únicos testigos de este secreto. Esos sobrevivientes y sus descendientes, cuidaron con fervor estos lugares para que nadie se acercara y así, de cierta forma, protegían a su cacique rebelde convertido en oro, con la esperanza de que algún día fuera perdonado y su alma ya liberada, reencarnara en algún cuerpo enmendando sus errores. De los tainos sólo existen pocos como tú, Carmen, herederos de ese linaje destinados a proteger los yacimientos de cristales... La leyenda fue trasmitida casi secretamente de generación a generación. Esta zona, apartada del resto de la isla de Cuba, ha sido desabrigada por la historia y abandonada de cierta forma hasta por sus hijos, pero nunca olvidad por entidades de otra dimensión que observan a sus habitantes quienes tienen frente a sí, una gran misión.

Capítulo 12

Los obispos reciben instrucciones

Doña Carmen prosiguió con su narración y yo, en silencio absoluto la escuchaba registrando en mi mente lo que la anciana iba describiendo ; sentí un halo de tristeza en su voz al comentar:

–Yo, que soy descendiente de tainos, entendí el por qué mi raza había padecido tanta desdicha y casi todos habían muerto. El culpable fue aquel cacique de oro. Eso me ponía muy triste pues todos pagamos juntos por pecadores, por culpa de un solo hombre. Deborah prosiguió revelándome más secretos que me iban dejando boquiabierta.

Y continuó...

–Tras aquella primera manifestación, los seres de luz expresaron y aseguraron a los obispos que gran parte de la matriz del continente desaparecido se encontraba sumergida, exactamente debajo de esta Isla llamada Cuba, y desde entonces este lugar había sido tocado por los dedos de la espiritualidad.

–¿Algo parecido a Atlántida? –interrumpí un poco dudosa pues no sabía bien los mitos que circulaban sobre ese lugar, salvo algo que había leído levemente sobre el continente tragado por el mar.

–Por siglos han buscado a la Atlántida – prosiguió Deborah.. Este continente mitológico ha llenado de inspiración y fantasías a los humanos. Los seres celestiales han hecho contacto con algunas personas revelándose a través de las épocas y dándole detalles de su existencia ya sea en sueños o premoniciones para que el mundo nunca olvide la lección que sus habitantes tuvieron que aprender de un golpe.

Uno de los eruditos más grande de la historia, el filósofo griego Platón, recibió la visita de estos seres de luz en una noche de abundante vino; pensó al estar embriagado, que quien le hablaba era el mismísimo Dios Baco. Escuchó atentamente apuntando cada palabra que pronunciaba. Él fue el primero en mencionar a la Atlántida en sus diálogos de Timeo y Cristias. Habló del horror de su finita pérdida. Luego llegó la revelación para el escritor francés Julio Verne donde en su premonitorio libro "Veinte Mil Leguas de Viaje Submarino", el literato también orientado por los seres de luz, narra en varios capítulos sobre las ruinas de la Atlántida. El poeta catalán Jacinto Verdaguer fue inspirado celestialmente a escribir "L'Atlántida", donde asegura que Cristóbal Colón escuchó de un ermitaño la historia de la Atlántida, siendo ésta una de su iluminación para viajar y buscar nuevas tierras. Miles y miles de pliegos se han escritos en todos los idiomas sobre la fascinante civilización, vida y cultura de los habitantes de esa Isla tan grande como un continente, donde sus habitantes hicieron mal uso de los cristales programados y fueron condenados a desaparecer tragados por el mar...pero hasta el día de hoy, nadie ha encontrado el sepultado continente. Podría enumerarte muchas revelaciones más.

–Pero, ¿qué tiene que ver la Atlántida con todo esto... lo del indio de oro y Cuba? –Yo no entendía nada. Pacientemente Deborah prosiguió.

–Todo en la historia está entrelazado. Cuando el hombre trata de ser superior e ir más allá que su propio creador, llegan las catástrofes. No existen cabos sueltos ni casualidades, son más bien causalidades. Todo tiene que ver lo uno con lo otro. Los obispos, al igual que tú, estaban atentos escuchando cada palabra que salía de la boca de aquellos seres quienes en ciertos momentos se expresaron en el idioma hebreo, lengua que los obispos entendían muy bien.

Las diez tribus perdidas aparecen

Aquí otro gran secreto fue revelado. Los seres de luz eran almas pertenecientes a una de las diez tribus pérdidas de Israel. Al materializarse ante los obispos y taínos presentes en aquella plática, les mostraron las doce piedras preciosas que los representan como prueba decisiva de la autenticidad de su narración.

–Pero, ¿qué son las tribus perdidas de Israel, Deborah? –Pregunté tratando de descifrar la encrucijada que entraba por mis oídos.

–Todo está explicado en las sagradas escrituras. Abraham, el padre del monoteísmo, tuvo su primer hijo con una esclava al que nombró Ismael, ancestro de los sarracenos; luego por un decreto divino su legítima esposa, Sara, aun siendo muy vieja y estéril, logró concebir a Isaac que a su vez fue el padre de Jacob y a quien más tarde el mismo Dios le cambió el nombre por Israel.

Jacob tuvo doce hijos que fueron los únicos reconocidos como los descendientes de los patriarcas, formando así las doce tribus de Israel. Los doce hijos representan los doce signos zodiacales. Sus nombres eran Rubén, Simeón, Levi, Judá, Dan, Neftalí, Gad, Isacar, Zabulón, José y el más pequeño de todos Benjamín. Esos hombres, en un momento de sus vidas tomaron una terrible decisión y vendieron como esclavo a uno de sus hermanos. José fue llevado a Egipto traicionado por su propia familia.

José era profeta y logró interpretarle los sueños al Faraón quien lo acogió en su corte de muy buena complacencia y obtuvo privilegios logrando su libertad.

Tiempo después, José se casó con una egipcia y tuvo dos hijos: Manasés y Efraín.

Fue en Egipto donde el tiempo y las circunstancias volvió a colocar a todos los hermanos frente a frente. Ahora José en una posición privilegiada y protegido por el Faraón. Sus hermanos se avergonzaron, le pidieron perdón y él tuvo clemencia. Jacob, el padre de todos ellos, ante lo ocurrido, decide adoptar a los dos hijos de José, nombrando a sus nietos también como "hijos de Israel", favoreciendo especialmente a Efraín que significa "Doblemente fructífero".

El abuelo lo bendijo varias veces augurándole: «serás el más grande, tu descendencia formará múltiples naciones». Después de muchos acontecimientos, salieron todos de Egipto, iban en busca de la tierra prometida y tras vagar cuarenta años, llegaron a lo que hoy conocemos como Israel.

Al norte se instaló la casa de Efraín con diez tribus y su descendencia. Al sur quedaron dos tribus, una de ellas es la casa de Judá, a quien se le llama judíos.

Efraín, con una de las tribus más grandes, tampoco obedece a Dios, su castigo fue ser expulsado del país y condenado al exilio. Las diez tribus que habitaban el norte se regaron por el mundo. De ahí salen las diez tribus perdidas de la casa de Israel.

La tribu del "fructífero" fue la que más creció como fue vaticinado por los patriarcas.

Los espíritus descendientes de la tribu de Efraín comenzaron a renacer en estas tierras después de la llamada conquista. Los criollos fueron las primeras almas en reencarnar para cumplir su destino, llegando en diferentes colores y aportando sabor y energía a la Isla. Nunca en realidad estas tribus estuvieron perdidas. Siempre llevaron en su corazón la chispa de su herencia divina, solo que algunas personas no han podido despertar del ensueño. Los seres de luz que custodian los cristales, donde está el cacique de oro y las almas que provienen directamente de los profetas, aseguran que aún falta por cumplirse el final de la profecía que reza: "las tribus regresarán y florecerán".

Nacen las siete ciudades de la isla mística

Después de aquellas fuertes revelaciones, solamente los siete obispos recibieron indicaciones precisas por parte de los seres de luz. Ellos tendrían que esparcirse y crear siete sitios energéticos a lo largo y ancho de la Isla. Los entes le indicaron exactamente dónde deberían de ir.

A cada uno le fue entregado un cristal precioso programado con información confidencial, decretos y sucesos venideros. No se les reveló el contenido de dichos cristales. Ellos únicamente tendrían la misión de enterrarlos setenta veces siete bajo tierra, sin ningún testigo presente en el lugar acordado previamente. Los entes de luz estarían supervisando estas maniobras desde otra dimensión.

Una vez sepultados los siete cristales, emanarían una energía especial que sería captada solamente por almas escogidas. Los obispos nunca más volverían a verse entre sí. Jamás comentarían nada de lo que habían presenciado. Los tainos a quienes uno de sus caciques ya se había castigado fuertemente, optaron por callar para siempre lo que habían visto y oído en aquel sitio sagrado.

Los obispos marcharon a su misión, disolviéndose entre las tribus de indígenas que poblaban la Isla de una punta a otra. Olvidaron su procedencia y hasta su idioma. Lo que nunca pudieron olvidar era que pisaban la tierra mística que había cambiado su destino.

Tardaron años en encontrar los puntos energéticos y cavar setenta veces siete bajo tierra, colocar el cristal y luego taparlo. Cada uno fue terminando su labor, unos primeros, otros después, pero todos tuvieron el mismo final. Una vez que el cristal estaba sepultado, los seres de luz se materializaban y eran los encargados de elevar las almas de cada obispo guiándolos a las eternidades. Sus cuerpos sin vida fueron encontrados por tribus indígenas que con respeto y ceremonias los enterraban a su muy peculiar estilo, intuyendo que algo sagrado acababa de acontecer con estos hombres blancos, a quienes creyeron eran, enviado de los Dioses.

Varios siglos después, los conquistadores españoles llegaron a Cuba. Las naves del Almirante fueron arrastradas según dicen los libros, por las corrientes del Océano, pero en realidad llegaron atraídos por la energía de los cristales enterrados en estas tierras.

Sin saber conscientemente lo que hacían, los colonos fueron levantando las siete primeras villas que existieron en este país según estaba programado previamente en cada cristal.

Fue en el siglo XVI que se comenzó a fundar las siete ciudades que jugaron un papel importante en la historia de la Isla Mística.

En algún lugar del Yunque, la montaña sagrada de los tainos, está sepultado el primer cristal que fue acordado entregar a uno de los obispos. Bajo el signo de Leo, con el fuego dominando, un 15 de agosto de 1511 se instituyó Baracoa, la Ciudad Primada, estirpe de grandes secretos y decretos. Lugar donde empezó y terminará todo. Ahí en Baracoa se formó el primer obispado del país, a los pies del mar Caribe y de su hermosa bahía. La energía de los siete obispos estaba impresa en el ambiente; los conquistadores captaban estas ondas electromagnéticas y hacían lo que ya estaba predestinado por los seres de luz. La primera villa, Baracoa, llamada "la primera en el tiempo", tiene la responsabilidad de cuidar la sabiduría milenaria traída desde el mundo de arriba.

La segunda villa nace el 5 de noviembre de 1513 bajo el signo de Escorpión, dominado por el elemento agua. La conocemos por Bayamo, Ciudad Monumento, cuna de la nacionalidad cubana. Debajo de un árbol frondoso y de buena sombra, conocido como Bayam, está enterrado el segundo cristal, amparado por los conocimientos que le atribuyen a este árbol del cual adquirió su nombre la segunda ciudad sazonada en tradiciones e historias. Ahí reencarnó un ser de luz al que el pueblo bautizó como el "Padre de la Patria", Carlos Manuel de Céspedes. En 1868 sus tropas tomaron las calles y la muchedumbre cantó a una sola voz la marcha que con el tiempo se convirtió en el Himno Nacional Cubano: «Al combate corred Bayameses, que la patria os contempla orgullosa, no temáis una muerte gloriosa, que morir por la patria es vivir...»

La ciudad fue incendiada por sus habitantes antes de entregársela al enemigo. Atraído por la potente energía que emanaba el cristal, Céspedes encontró la ubicación del mismo. Conocedor de los misterios del cielo, el prócer dejó el cristal ubicado en el mismo sitio tal y donde lo percibió. Poco tiempo después fue asesinado por tropas españolas llevándose el secreto de su hallazgo a la tumba.

Ubicada en el sur centro del país, está la tercera villa instituida, la nombraron Trinidad, llamada Ciudad Museo, por conservar con mayor fidelidad la huella de su pasado colonial. Fundada en diciembre 23 de 1513 regido por Capricornio, dominado el elemento tierra y la tenacidad de Saturno. Trinidad se convirtió rápidamente en una de las ciudades más prósperas de las Antillas por sus plantaciones de caña de azúcar.

Las manos de más de once mil esclavos traídos de África, hicieron florecer esos dominios para que otros se enriquecieran; una época triste para los mundos de arriba, ver el comportamiento cruel de humanos posesionados por ángeles caídos, esclavizando otros seres humanos y tratándolos peores que a los animales.

Los cautivos podían percibir el magnetismo del cristal enterrado en esta zona y el poder de la piedra se enfatizó más con el retumbar de los tambores y bailes típicos que estremecían las almas de los africanos al implorar a sus dioses, practicando una religión que aún palpita entre la mezclada población. La villa de la Santísima Trinidad es un viaje al pasado. En algún lugar debajo de sus calles empedradas se haya el tercer cristal escondido por el obispo asignado a esa ciudad, la que aún conserva sus conjuntos arquitectónicos de gran valor.

No muy lejos de la tercera villa, fue fundada la cuarta ciudad, nombrada Sancti Spíritus. Corría el mes de junio de 1514. Por los litorales cercanos al río Yayabo está enterrado el cuarto cristal. Cuenta la leyenda que aquí nació una prenda tradicional muy famosa. Los campesinos le empezaron a llamar "Yayabera" por el río, luego reconocida como Guayabera a nivel internacional.

La quinta villa fue nombrada Santiago de Cuba en 1515. Ciudad bañada por el mar Caribe. Por la bahía entraron los primeros esclavos negros a Cuba y con ellos se obtuvo una cultura y una sabiduría que sigue haciendo de estas tierras un lugar energético. Santiago es linaje de grandes ritmos musicales representativos de la Isla como el bolero y el son que le han dado la vuelta al mundo. Cuando la virgen de la Caridad, Patrona de Cuba, insistió en que su iglesia fuera erguida en esa ciudad, ella sabía, que debajo de las minas del Cobre, donde se levanta su Santuario, está enterrado el quinto cristal. Protegido desde entonces por la Madre Celestial.

San Cristóbal de la Habana es la sexta ciudad fundada por los conquistadores, siguiendo el magnetismo del cristal precioso. Con una hermosa bahía de bolsa y convertida en la capital de Cuba, el brío que emana de La Habana es único en el mundo. El sexto cristal fue enterrado muy cerca del mar, por los alrededores de algún punto de lo que hoy se conoce como el malecón. El obispo lo enterró debajo de una ceiba que por allí existe. En La Habana reencarnó otro gran ser de luz, indiscutible poeta y Apóstol que vino a iluminar la humanidad, llamado José Martí.

La séptima ciudad fue levantada al centro oeste del país, lo que se conoce como Camagüey, tronco de iluminados hombres, la ciudad de los tinajones, rica y agropecuaria. En una de sus sorprendentes plazas donde hoy está el centro histórico, ya hace enterrado el séptimo y último cristal otorgado al obispo.

Así y sin saberlo, los mismos colonizadores españoles levantaron las siete ciudades ya predestinadas por los seres de luz y llevada a cabo, la misión por los siete obispos en esta Isla Mística.

La historia de Deborah tenía muchas coincidencias históricas, pero algo me inquietaba:

–¿Cómo toda esta información sobre la Isla mística de las siete ciudades se supo en Europa, si los obispos nunca regresaron al Viejo Continente ni hablaron con nadie? – pregunté inquieta. Deborah adivinando mis dudas, respondió:

–Uno de los hombres que llegaron con los siete obispos, el más joven del grupo, no resistió quedarse en la Isla que estaba casi desierta. Según él mismo declaró, extrañaba a su país, a su familia y a una prometida que había dejado allá. En una precaria embarcación que los tainos le ayudaron a construir, y por única compañía una tosca brújula, regresó a Europa.

Los obispos le advirtieron que no podía contar nada a nadie de lo que vio o pudo escuchar en estas tierras. Los religiosos temían que los sarracenos vinieran por ellos y se les terminara la paz que encontraron en estos lares. El joven repatriado, tras muchos meses de navegación y un poco a la deriva por el inmenso Océano, por fin llegó a Portugal.

La novia que había dejado la encontró casada. Estuvo vagando por las calles de Lisboa medio traumatizado por los meses en solitario en el mar, pensando si lo que había vivido era real o simplemente un sueño. Su familia cercana notó que estaba muy cambiado. En las noches deliraba y hablaba de un mar azul turquesa, de una playa de arenas grises y otras de arenas blanquísimas; mencionaba árboles muy verdes, inmensas montañas, ríos caudalosos y cristalinos; un sitio paradisíaco donde las mujeres de pieles color caoba andaban desnudas.

Se sintió aislado y no pudo adaptarse a su propio país. Una noche de embriaguez, el alcohol fue su peor enemigo. En una cantina de la vieja Lisboa, soltó la lengua y empezó a contar aquella aventura fantástica que él había emprendido hacía ya más de tres años con un grupo de obispos rumbo al Oeste. Habló que habían encontrado una Isla en medio del Atlántico y que la habían llamado Anthilla, que en esa isla se levantarían siete ciudades. Agarró un pluma y dibujó lo que parecía un mapa, indicando con un triángulo la ubicación de Cuba.

Un ser de luz que se encontraba en el taberna, escuchó su animada conversación frente a un grupo de alegres capitalinos que por supuesto no le creían ni una palabra.

Inmediatamente y con disimulo, el individuo se le acercó: «Está usted un poco pasado de copas y puede caer al suelo. Su padre me ha enviado a que lo regrese de inmediato a la casa, tengo el coche con los caballos listos para llevarlo a su morada», le dijo.

El ex viajante estaba tan ebrio que se dejó arrastrar por el desconocido quien se ocupó de pagar su cuenta, invitar a los testigos a otra ronda de licores y así confundir sus mentes con el alcohol. Rápidamente sacó al joven del reciento, justo a tiempo antes que contara más de lo que no debía. Los que quedaron en la cantina siguieron divirtiéndose entre los pechos de las mujeres alegres, olvidando las historias de "un lugar lejano a Portugal" como relataba el borracho, pues pensaron que el mar había enloquecido al pobre cuenta cuentos. El ser de luz recogió y guardó en uno de los bolsillos de su gabardina el mapa donde el joven había dibujado claramente la ubicación de las Antihlas.

Pocos años después, el ex viajero murió encerrado en un lugar para enfermos mentales. Sus gritos hacían temblar las paredes: « ¡Quiero regresar a la Isla Mística...quiero hablar con los obispos.... nunca debí irme de allí, las Antilias, regrésenme a las Antilias!» Las monjitas que cuidaban el viejo sanatorio lo miraban con tristeza pensando que el hombre estaba poseído por algún demonio encontrado en alta mar.

En el siglo xv apareció por primera vez el mentado mapa, era 1424. Las personas al ver los dibujos lo asociaron con la Atlántida. Fue entonces que años después, en 1468, otro ser de luz le reveló a Paolo Toscanelli la existencia de un lugar hacia el oeste de España llamado

Antihlia, para que el destino de muchas almas pudiera cumplirse por estos lares.

Capítulo 13

El planeta Venus y la estrella solitaria

Deborah iba desempolvando la historia de Cuba: la Isla Mística de las siete ciudades, de una manera como jamás la había imaginado. Prosiguió llevándome a través del tiempo, rescatando misterios que han estado frente a nuestros ojos desde siempre.

Enigmas de los cuales no nos hemos percatado de su grandeza y a la vez simplicidad.

–La isla escogida debía de tener sus simbolismos muy bien marcados –prosiguió ahora en un tono sobrio..

–Todo el éxtasis que vivieron los obispos a su arribo a estas costas se encerró, siglos después, en la bandera cubana; esa misma bandera de la estrella solitaria que ha ondeado en estas tierras por casi dos siglos.

La bandera cubana fue imaginada por un militar venezolano llamado Narciso López. Corría el año 1849. No fue coincidencia ni casualidad que un descendiente araucano, los mismos que formaron la familia de los tainos, fuera el escogido por los seres de luz para recibir la información que debería de poner al descubierto. Narciso López tenía la misión de unir con símbolos y colores toda aquella mezcla de cultura, dolor, esperanza, luz, razas, poder espiritual, sabiduría y destino para las generaciones venideras.

Estando exiliado en Nueva York, y haciendo planes para llevar a cabo una insurrección contra los españoles, Narciso, sin planearlo ni buscarlo, atravesó el umbral de las dimensiones y tuvo una visión, una señal sublime. He aquí lo que aconteció: Un día, muy temprano, cuando el crepúsculo matutino asoma tímidamente y la luz comenzaba a iluminar los cielos, Narciso vio claramente un triángulo de nubes rojas que avisaban la llegada del alba. Dentro del triángulo resplandecía gloriosamente un lucero gigantesco, brillante y prometedor. Era el planeta Venus. La estrella de la mañana, que encierra el espíritu de la diosa del amor, las artes y todo lo bello.

Dos nubes blancas partían desde el triángulo para dividir en tres franjas azules el radiante reino celestial. Entusiasmado e impactado con su visión, describió a uno de sus grandes amigos, el escritor cubano Miguel Teurbe Tolón, todo lo que había visto con detalles precisos. El cubano, inspirado en lo que su amigo venezolano relataba y encima de eso, con el deseo de unirse a la ya liberada, independiente y naciente nación americana, trasmitió la anécdota de Narciso a varios colegas de lucha, todos radicados en la gran ciudad de Nueva York.

La esperanza de libertad dieron paso al diseño de lo que fue el escudo nacional y la bandera cubana. Siguiendo el relato de Narciso López, Emilia, la esposa de Miguel, cosió a mano la primera bandera que los seres de luz guiaron desde su dimensión. Ella hiló y bordó por varios días y noches las tres listas azules y las dos listas blancas, el triángulo rojo y la estrella de plata. Una vez terminada y desplegada ante los hombres, todos juraron sobre esta bandera luchar y ofrecer su vida por Cuba.

En la mañana del 20 de Mayo de 1902, día que nace la República de Cuba bajo el signo de Tauro, se izó por primera vez en el Morro de los Tres Reyes, en la Habana, la bandera de la estrella solitaria, llena de simbolismos y mensajes.

Las tres franjas azules representan los tres departamentos en que estaba dividida Cuba en aquel momento: Occidente, Centro y Oriente; además, del color de su cielo y su mar. Las franjas blancas son la pureza de sus ideales, la luz. El triángulo rojo es motivo masón originario y perteneciente a la revolución francesa. Además, el triángulo es símbolo de la providencia con los tres ideales de: "libertad, igualdad y fraternidad", enarbolados por los franceses, representando la grandeza del poder que asiste al Gran Arquitecto del Universo. El color rojo revive la sangre y la valentía de sus hombres; la estrella de cinco puntas es la perfección del maestro masón: la fuerza, la belleza, la sabiduría la virtud y la solidaridad, y que representa lo bello que inspiró el planeta Venus.

La bandera comprende los tres números simbólicos: el tres (las franjas azules) de la armonía perfecta. El cinco, resultado de la suma de todas las franjas, significa el espíritu vivificador que perpetua la naturaleza. Lo más revelador es el número siete que se obtiene al añadir el triángulo, la estrella y las cinco franjas. El siete es un número divino para los judíos, destinados a reencarnar en estas tierras para concluir su éxodo.

El número siete significa estar pleno, es la perfección, el cumplimiento. Este número aparece varias veces en la historia sagrada de la humanidad y culmina con varios acontecimientos y realidades que rodean al planeta tierra: Existen siete colores en el arcoíris, siete huecos en la cara del ser humano, y simboliza la fuerza vital, la séptima dimensión; siete son las notas musicales, siete estrellas tiene la Osa Mayor y siete ciudades fueron fundadas en Cuba con un propósito especial. Cada siete años se cumple un ciclo importante en cada ser humano, el alma cambia cada siete años, la suerte gira cada siete años....

Deborah concluyó su relato, alcé mi vista y vi a lo lejos una bandera cubana ondear enérgicamente con el aire que llegaba del mar, nunca antes la había contemplado desde un punto de vista espiritual. Pero fuera lo que fuera, lucía resplandeciente y tan hermosa como el planeta Venus al amanecer. La estrella solitaria espera la compañía de sus hijos expandidos por el mundo. Recordé la bandera de otra de las islas antillanas que había visto dibujada en los libros de historia y muy igual a la nuestra.

–Deborah, ¿por qué son tan parecidas las banderas de Cuba y Puerto Rico?

–El parecido no es por casualidad –expresó..

–Los cubanos que luchaban por la independencia de la Isla contra la colonia española, todos desterrados a fuerza de Cuba, tenían su base de acción en Nueva York. Una tarde llegó a enrolarse a la lucha un joven puertorriqueño, era el poeta boricua Francisco González, Pachín Marín. La persona que estaba ese día registrando a los nuevos voluntarios era nada más y nada menos que el iluminado José Martí. El destino trabaja de manera misteriosa para los hombres, pero de manera clara y planificada para los seres de luz. Estaba escrito que ambos poetas se encontraran y que inmediatamente surgiera entre ellos una sincera amistad y el mismo deseo de independencia.

Al poco tiempo Pachín Marín expresó a Martí su aspiración de adoptar, para su Isla, la misma bandera pero con los colores invertidos, simbolizando en este gesto, la misma lucha que unía ambas naciones por la sed de autonomía.

Corría el año 1895 y Cuba estaba en plena guerra de independencia, los destinos estaban trazados. Pachín caminó por estas tierras y luchó por la libertad de este país al lado de sus grandes próceres. Murió en Cuba dejando para la posteridad sus palabras:

«...luciendo el emblema de la tierra de Martí», quien también dio su vida por defender su bandera.

En esa época corrían y se escuchaban gritos de libertad. Eran tiempos de cambios y a la lucha se unió una gran mujer, la boricua: Lola Rodríguez de Tió, poeta y defensora de los humildes, una elegida por los seres de luz. Ella viajó a Cuba y se prendó de la Isla Mística y de las energías que emana de sus entrañas. Aquí murió, su cuerpo descansa en el famoso cementerio Colón de la ciudad de la Habana, pero antes, dejó plasmado para la posteridad uno de sus más famosos versos: "Cuba y Puerto Rico son de un pájaro las dos alas, reciben flores o balas sobre un mismo corazón...".

La Isla Mística estuvo siempre rodeada de individuos que llegaban a sus costas imantados por los poderes de los cristales enterrados, aportando con sabiduría, amor y entregando sus vidas a estas tierras. Los designios trazados para Cuba eran todos favorables, solo un hombre mortal pudo romper con las aspiraciones de los seres celestiales.

Carmen y Felo

Las revelaciones de Doña Carmen me tenían muy inquieta. Quería saber más pero presentía que aún faltaba algo mucho más significativo por contar. Opté por tomar agua con limón y callar sin hacer comentarios. Tenía muchas preguntas, pero no quería precipitar lo que ella aclararía en su momento. Doña Carmen me miró y sabiamente me dijo: «Paciencia, hija, todo llega, el final de esta historia también llegará y tu podrás entender todo tal y como yo lo entendí». Se recostó en su balance y prosiguió la narración...

–Después de escuchar a Deborah, quedé igual que tú, con ganas de saber todo de un golpe, intuía que algo mayor seria puesto al descubierto, pero ya se estaba haciendo tarde y yo debía regresar a mi casa. Me despedí de Deborah quien parecía más tranquila que nunca. Caminé rumbo a casa bordeando los arbustos, absorta en mis pensamientos. Cerca de mí, Odín olfateaba cada insecto y planta que se atravesaba en su camino; de repente desde las alturas, cayó un coco amarillo que casi me da en la cabeza, pegué un salto y miré hacia arriba.

–¡Felo!, ¿qué haces? Casi me matas del susto. –Odín también brincó y comenzó a ladrar pensado que estaba en peligro; por primera vez no me daba mucho gusto ver al apuesto joven; me había sacado de un sopetón, o más bien, de un cocazo de mi mundo. Él se deslizó rápidamente por el tronco del arbusto con esos ojos verdosos que lucían más claros al atardecer. Su sonrisa era un soplo de alergia.

—Discúlpame, Carmen, si te asusté...Hola, Odín, no ladres, campeón, que no fue nada —dijo acariciando la cabeza del perro quien ya se tranquilizaba.

—No quería que nadie escuchara que te llamaba desde allá arriba y fue la única manera de atraer tu atención... Ven conmigo. —Me tomó de la mano sacándome del sendero y adentrándose al monte. El otro dejó de olfatear y moviendo su pequeño rabo nos siguió silenciosamente como si supiera que nos estábamos escondiendo de la gente.

—¿Qué pasa, Felo? ¿A dónde me llevas? —Con un gesto me indicó que callara y obedecí pues él me inspiraba confianza absoluta. Llegamos a un sitio intrincado donde usualmente nadie camina, pero yo estaba acostumbrada a desandar por esos senderos en busca de mis plantas milagrosas y parlanchinas. Felo comenzó a hablar casi en susurro.

—Escúchame, Carmen, esto que te tengo que contar es delicado...

—Por Dios, Felo, no le des más vueltas. —y pensando en voz alta agregué.:

—Parece que el día de hoy es de asuntos delicados, pero, dime... ¿a qué me has traído aquí? –Yo sabía que aquello no tenía características de una declaración de amor; él aportaba cara de preocupación.

–Anoche... anoche yo estaba andando en mi bicicleta muy cerca del pueblo cuando vi a tu tía con el marido ese que tiene. –Al escuchar la palabra "tía", me puse tensa.

– ¡¿Y qué viste, Felo?! –No pude contenerme.

–Ssssh... baja la voz, no quiero que nadie nos vea ni nos escuche, esto nadie debe saberlo, y yo espero que tú no lo repitas, pero quiero que estés atenta.

–Ya, ¡por, Dios!, ¡habla! – Puso su mano en mi boca para acallarme y escuché a Odín gruñir al ver su gesto, pero también hizo silencio.

– ¡Calla!... tranquila, que ya te cuento.... Ellos dos, tu tía y el marido, iban discutiendo muy fuerte... ella le decía que lo iba a dejar, que ya era momento de que él tomara otro rumbo.

–¿Y él qué decía? –Mi ansiedad crecía por segundos.

–Él comenzó a gritarle y a manotear, repitiendo que jamás la dejaría, pero ella siguió expresándole en un tono firme que ya estaba cansada de mantenerlo, que "era un bueno para nada" y que ya no le daría un centavo más.

– ¡Dios mío!... ¿Y qué más pasó?... ¿Ellos te vieron?

–¡No! Para nada, por eso no quiero que sepan que los vi y que te lo conté, pero la cosa no terminó ahí –Felo bajó aún más su voz.

–Tu tía lo retó, le dijo que recogiera sus cosas y que se largara del hotel o que ella era la que se iría para la casa de su hermana, o sea, tu mamá. Entonces él la agarró severamente por el brazo, la jaló para una esquina medio obscura, no sin antes mirar para un lado y luego para otro, cerciorándose que nadie los viera. Yo me agaché detrás de unos arbustos y entonces, de improviso, el tipo le dio una bofetada que casi la hace caer al suelo.

– ¡¿Qué?! ¿Que ese hombre le pegó? ¿Y ella qué hizo?

–Pues después de golpearla la empujó hacia dentro del hotel agarrándola fuerte pero disimuladamente por su brazo, entraron y ya no pude saber más. Lo que vi no me gustó para nada.

Yo estaba casi temblando de la impotencia y de dolor al saber a mi tía era golpeada por ese tipejo, que seguro no era la primera vez que lo hacía. Me senté en la punta de unos arbustos porque me sentía desfallecer.

–Estás pálida, Carmen, no quería que te pusiera así pero pensé que era importante que supieras; discúlpame por haberte dado esta noticia.

–No, no tienes por qué disculparte, al contrario, te agradezco que me tengas al corriente. He pedido mucho a Dios para que me dé la luz de este problema y creo que ya entró el primer rayo a mi mente; ahora tengo la certeza de lo que sospechaba es cierto, aunque en el fondo, quería estar equivocada.

−Ese hombre es de lo peor. Tiene doble cara, se hace el educado frente a la gente y lo que es un manipulador, vividor y golpeador de mujeres.

−Escúchame, Felo −lo interrumpí ya recuperada de mi impacto..

− No le digas a nadie esto que viste y oíste, no quiero que ese hombre sepa que ya estoy enterada de sus fechorías, pero trata de estar por los alrededores por si descubres algo más. Mira, esta noche ellos nos invitaron al hotel a cenar, yo voy a buscar el momento para hablar a solas con mi tía y ver si la hago que me cuente, solo así podré ayudarla. Gracias por ser un gran amigo, Felo, gracias por apoyarme con este problema familiar y por favor, que quede entre nosotros dos. −Odín emitió un pequeño ladrido..− Bueno, entre nosotros tres. −Sonreí un poco más tranquila y él también me sonrió mientras acariciaba a mi mascota, único cómplice de mis encuentros con Deborah y ahora con Felo.

−Me tengo que ir, yo saldré primero de aquí con Odín, es muy común que venga a estos lares ya que aquí están muchas de mis plantas curativas. Tú quédate un rato y como en diez minutos te vas. –Me acerqué a su mejilla y esta vez fui yo quien le plantó un beso

–Gracias... –le dije mirándolo fijamente hasta el fondo de sus ojos, mientras sentía una electricidad recorrer mi cuerpo.. –Vámonos, Odín. –Caminé por el sendero tratando de organizar mis pensamientos con tanta información que traía en mi cabeza.

Lo que Felo me había contado, no se lo podía decir a mi madre, ella era muy imprudente e impulsiva, pensé era mejor tomar desprevenido al tal Felipe; ahora más que nunca quería que pensara que yo era una chiquilla tonta que no me daba cuenta de nada.

No sé qué tiempo estuve dando vueltas por el campo y por las orillas de la playa, deseaba que Deborah volviera a aparecer para pedirle consejos, pero no regresó. Creo que lo hizo a propósito, hay veces que uno solo debe meditar, reflexionar y poner en orden los pensamientos, entonces traté de recordar cada una de sus palabras, la sabiduría que derrochaba... y pensé en los siete obispos, en el cristal cargado de energía enterrado por el Yunque, en el indio de oro ... ¿Qué significaba todo aquel rompecabezas?

Había llegado el momento de poner a mi familia en orden. Deborah me había advertido que debía ser fuerte pues venían tiempos difíciles. Yo quería enmendar los errores de mi tía al tomar la decisión de casarse con ese hombre, pero los errores ajenos se pagan muy caros y ahora ella estaba sufragando las consecuencias.

Recordé que Deborah en alguna ocasión me dijo que a las fuerzas negativas había que darle su parte, que era como un perro al que se le tira un hueso para atraerlos o colocarle el queso al ratón en la trampa, solo así podríamos escapar de su maldad. Yo tenía que hacer que Felipe no sospechara nada de mí, por el contrario, esa noche en la cena ejecutaría mi actuación al estilo de mi madre, muy bien hecha.

Cerré los ojos y comencé a orar por mi paz, tranquilidad y sabiduría para poder llegar al fondo del problema. Al menos ya tenía conocimiento de que mi tía quería dejarlo, eso era el primer paso para alejarla de ese hombre. Estaba absorta en mis pensamientos y mis meditaciones cuando sentí una leve y cálida brisa acariciar mi cuerpo, era como un abrazo, abrí los ojos y pude divisar las mismas luces que hacía unos días había visto, eran de diferentes colores: azul, dorada, otra blanca resplandeciente y otra púrpura. Quedé ensimismada en la contemplación de esas bellezas que revoloteaban a mi alrededor, definitivamente no estaba sola, tal vez eran los mismos seres de luz que cuidaban los yacimientos de cristales donde estaba el indio de oro, o quizás era la señal que esperaba obtener llenándome de la serenidad que necesitaba; ya con la cabeza clara sabía que de alguna manera, tarde o temprano, lograría sacar a mi tía Ferni del problema llamado Felipe.

Capítulo 14

De frente con el enemigo

Regresé a casa mucho más tranquila, serena y hasta optimista. Mi madre estaba en la pileta bañando a mis hermanos que con la inocencia de sus cortos años ni se daban por enterados de los problemas que yo con catorce podía percibir; en casa todo parecía en calma. Con un gesto en la mano le indiqué a mamá que también me iría a bañar. Me lancé cubos de agua encima por casi media hora para aclarar bien mis pensamientos. Hasta Odín agarró su chapuzón y salió perfumado.

El agua arrastra no solo las impurezas del cuerpo, pero también recogen la carga negativa de energías que hemos acumulado durante todo el día. Después del buen baño me sentí liviana, limpia de pensamientos. Casi alegre, me vestí. Estaba lista para ir a la cena pues sabía el punto débil de Felipe y conocía los argumentos y deseos verdaderos de mi tía; tenía un aliado que era Felo... Pensar en él me hacía feliz y sonreí al espejo que reflejaba una Carmen como una flor abriéndose a la vida; había crecido mucho y mis curvas de mujercita comenzaban a aflorar. Ojala Felo se fijara en mí no como amiga, sino para ser su novia. Unos golpes en la puerta de mi habitación me sacaron de mis reflexiones.

–Carmen, hija, ya es hora de irnos...

–Sí, madre, ya estoy lista, regálame tres minutos.

Ella comentó:

–Frente a la casa veo la carreta de ayer, voy a ver que quiere.–Mamá se alejó y por primera vez pinté mis labios con un color de rosa pálido. Ya resplandecía como casi, una mujer. Odín me miraba asombrado, el también había crecido mucho.

–Adiós, Odín, quédate tranquilo que regreso en un rato, ya sabes a lo que voy .

Como respuesta emitió dos ladridos confirmando que recordaba y sabía todo. Besé su cabeza y salí dispuesta a enfrentar al enemigo.

– ¿Qué crees, mija? Felipe nos envió el mejor trasporte del pueblo para que nos lleve al hotel. En otro momento me hubiera emocionado ese gesto, nunca me he subido en algo igual – comentó decepcionada mi madre, y eso que no sabía del cuento la mitad.

–Al final de día todo esto lo paga la tía Ferni con su dinero, así que vámonos ya –le dije dirigiéndome al coche.

–Pues sí, vámonos antes que me arrepienta de salir. –Subimos al elegante carruaje tirada por dos hermosos caballos; el cochero tenía instrucciones de dejarnos en el único hotel del pueblo.

Nunca había entrado a esa posada a pesar de haber pasado por allí. Los hoteles o casa de huéspedes no abundaban en esa época. La noche comenzaba a caer sobre la pequeña villa, distinguí unos candelabros a la entrada del salón principal dándome la sensación que había llegado a un castillo de cuentos árabes, sin abandonar algunas plantas naturales y otras artificiales que adornaban la entrada. La decoración, los sillones y los adornos no eran los más bellos del mundo, pero para mí, que nunca había visto nada semejante, me pareció hermoso. Un atento recepcionista de pelo negro, alto y delgado nos condujo hasta el restaurante donde vi de espalda sentado a Felipe. Parecía distraído y concentrado en el humo que salía de su puro mientras saboreaba una copa de licor. Eché un vistazo por todas partes, pero mi tía no estaba.

–Buenas noches, Felipe. –Mi madre se veía perturbada. Él se levantó de su silla tratando de fingir su galantería.

–¡Buenas noches! ¡Qué bueno que están aquí! Y ¡qué hermosa están las dos, madre e hija! ¡Será un honor acompañarlas esta noche!

–Gracias –le contesté a secas, tratando de no darme cuenta de la ausencia de mi tía.

–Dígame, Felipe, ¿Por qué mi hermana no está aquí? –La grosera en esta ocasión era mi madre. Aspirando su tabaco y ganando unos segundos de tiempo, contestó sin alterarse:

–Pues tu hermana tiene dolor de cabeza y no podrá acompañarnos.

–Usted disculpe –interrumpió mi madre.

– En ese caso nosotras nos retiramos y yo quisiera pasar a la habitación para ver si ella necesita de mí.

–No creo que esté despierta –interrumpió bruscamente Felipe.– Ferni se tomó unas pastillas y se quedó dormida, será una pena si regresan a su casa sin cenar, aquí la comida es excelente.

–Pues, fíjese, que no queremos comer.– Mi madre estaba alterándose, yo salí al rescate de mi plan.

–Está bien, madre, quedémonos, ya estamos aquí. –Mamá me miró sorprendida, yo proseguí mi actuación.

– Es una pena que tía no esté esta noche con nosotros, traía mucha ilusión para conversar con ella. Me gustaría saber cómo le fue en la capital y en su nueva empresa, pero si tiene dolor de cabeza, pues comeremos nosotros tres tranquilos.

Mamá me miraba como si yo hubiese enloquecido; solo Dios sabía el esfuerzo que estaba realizando. Mis palabras salían con cautela y calmadamente de mi boca. Sabía que este hombre que tenía frente a mí con esa cara de "buena gente", había golpeado tan fuerte a tía

Ferni que estaría moreteada y traté de que mis pensamientos no alteraran ni un milímetro los gestos de mi cara.

–Muy bien, Carmencita, ya veo que eres toda una mujer sensata y muy hermosa–dijo Felipe mientras halaba una silla a su lado para que me sentara. Percibí que me miraba de arriba abajo, detallando cada centímetro de mi cuerpo, traté de disimular que no me daba cuenta de su mirada inquisidora, tomé asiento y me dirigí a mamá.

–Por favor, madre, siéntate... Mira los postres que llevan ahí, se ven exquisitos, con lo que te gustan los dulces, te vas a dar banquete, así que vamos a disfrutar la noche.

Mi madre me observaba como se mira a un demente y a quien además se le sigue la corriente. Felipe le arrimó la silla en un gesto de galantería pero ella no podía ocultar su descontento y de modo casi violento agarró la silla sentándose a mi lado. Felipe sonrió pensando que ya nos tenía en sus manos, él era experto envolviendo con galanterías y agasajos. Siempre la rebelde había sido yo, pero esa noche era la más mansa... aparentemente.

– ¿Te gusta el sitio, Carmencita? –Asentí con la cabeza mientras trataba de leer el enredado menú..

–Les puedo recomendar la carne, hay muchos cortes que los traen desde el extranjero. –Con un gesto de quien está acostumbrado a ir a lugares caros y de primera, Felipe alzó su mano para llamar al camarero.

- Por favor, joven, acérquese, quiero ordenarle esta botella de vino –le dijo, señalando con un dedo el menú.

–Yo no bebo– interrumpió mi madre.– Y Carmen aún es menor de edad.

–Por favor, Norma, yo sé que tú si bebes y que te gusta este vino, en otras ocasiones hemos tomado juntos.– La contrariedad de mi madre crecía por segundos.

–Mamá, creo es buena idea que tomes una copa con Felipe, el vino te relajará y además brindaremos por el regreso de mis tíos.

- ¿Tíos? –La cara de sorpresa de mi madre crecía por segundos.

–Sí, tíos. No olvides que Felipe es mi tío por partida doble, primero por ser uno de los hermanos de mi padre y ahora es tío político por estar casado con mi tía ¿No es así el parentesco?.

Felipe rio fuertemente ante mi comentario; estaba gratamente sorprendido con mi actitud, de seguro pensaría que yo estaba encandilada por invitarnos a un lugar caro.

–Tráigame el vino, joven –ordenó finalmente al paciente camarero que parado firmemente, esperaba el pedido..

- Y de entrada le voy a pedir este queso fundido con chorizos, el que viene con los panecillos al ajillo... y de cenar pónganos una parrillada del mejor corte de la casa y ya luego vernos que postre desea la señorita... y la señora.

–Enseguida y bienvenidos a Porto del Sur.

Con un gesto interrumpí al camarero que ya se retiraba a poner la orden.

–Un momento, mozo, por favor tráigame también la chuleta de cordero. –Mi madre estaba que alucinaba conmigo.

– ¡Niña! Eso es una de las más caras, ¿no ves el precio?

–Jajajaja – rio Felipe a carcajadas; parecía muy divertido con mi comportamiento..

–Déjala, Norma, es la primera vez que ella está en un restaurante de esta categoría. Permítele que su experiencia sea inolvidable.

–Muchas gracias, Felipe. – Comenté sonriéndole. El camarero apuntó todo y desapareció

–¿Alguna vez has comido cordero? –Me preguntó con tono suave.

–No recuerdo, pero siempre hay una primera vez –le dije pícaramente.

–Dígame, Felipe, ¿hay alguna manera de llamar a la habitación de mi hermana para ver si puede bajar?

Cuando del tema de Ferni se trataba, Felipe tomaba algunos segundos más de la cuenta para responder y con una sonrisa le dijo a mi madre:

—Claro, Norma, ve al frente y pide que un mozo suba a la habitación 330, ellos la llamaran y si está despierta y se siente mejor, pues dile que la esperamos. . Mi madre se levantó y salió rumbo a la recepción. Quedamos solos por primera vez él y yo. Lo observé de reojo, no sé por qué me vino a la mente el cacique de oro, avaricioso y retador que quedó atrapado por su codicia. Felipe se merecía algo igual ¡o peor!

—Es una pena que tú y yo, no nos hayamos entendido tan bien como esta noche.

Comenzó a hablarme en tono dulce. El camarero interrumpió con su llegada, le sirvió vino a Felipe, que muy elegante lo batuqueó y olfateó como si fuera Odín. La copa vacía de mi madre esperaba su regreso; a mí me trajeron una limonada fresca y alcé mi vaso.

—Pues, salud por eso, tío Felipe, porque al fin nos llevamos bien. —Felipe me observó detenidamente y directamente me cuestionó:

—Y... ¿dónde aprendiste de momento a ser tan amable?

—No lo aprendí, es que ya estoy madurando, antes era una niña caprichosa, celosa e insegura, ahora tengo catorce años y medio, uno va creciendo.

—Es cierto, el tiempo pasa rápido. –Alzó su copa y mirándome fijo a los ojos me dijo en el tono coqueto con que acostumbraba a envolver a las mujeres.

– Salud, chiquilla, porque además de estar convirtiéndote en una mujer sensata y agradable, eres una belleza, heredada de tu madre pero mejorada... mucho más linda.

—Muchas gracias, tío Felipe. –Lo interrumpí, sentía que no aguantaría aquello por más rato.

—No me digas tío, ni me trates de usted, que me haces sentir viejo.

—Pues sí, le diré tío ya que como usted sabe, una de las personas que más quiero en mi vida es a mi tía Ferni; creo que ella hizo buena elección casándose con un hombre tan galán, educado y de mundo como usted.

Felipe me observaba, no sé si descubriendo la mujer que florecía en mí, o pensando qué mosca me había picado para que yo estuviera 380 grados diferente a lo que él conocía. Mi madre regresó casi de inmediato.

– ¿Y qué pasó? ¿Bajará tu hermana? –preguntó muy seguro.

—No –interrumpió mi madre secamente.– Tocaron a la habitación y nadie abrió la puerta.

– ¡Ah! Ya ves, Norma, te dije que tu hermana no se siente bien y no quiere que la molesten... Joven, sírvale ya el vino a la señora, por favor...

Toma, aquí está tu vino favorito, yo recuerdo que ese te gustaba mucho.

La cara de mi madre era de molestia y preocupación, agarró su copa y de un sorbo casi se lo bebe todo. Yo empecé a preocuparme, no me gustaba para nada ese aislamiento de mi tía, por nada del mundo ella se hubiese perdido compartir una cena con nosotras después de casi un año lejos. Algo mucho más pesado le impidió bajar; cada vez tomaba más forma la historia que Felo me había contado. La cena trascurrió un poco tensa por la actitud de mi madre que a leguas se le notaba su molestia mientras yo trataba de ser lo más agradable que podía, intentando que Felipe no sospechara que ya sabía la clase de ficha que era.

Sobró mucha comida la cual nos empacaron para llevar a la casa, con lo que Odín y los niños se darán tremendo banquete. La cara de mi madre se relajó solamente al saborear el postre de papaya en almíbar con queso blanco. Felipe no paró de hablar en toda la noche, era un monólogo. Quien lo oía y lo veía, jamás podría sospechar que era un bandido. Sonaba convincente, seguro, decidido y conquistador; sentía su mirada recorrerme el cuerpo cada vez que mi madre se distraía en otra cosa, me sentía intranquila pero logré dominar mis expresiones y dejarle una buena impresión para que no sospechara que el cazador estaba siendo cazado.

Casi a las diez de la noche nos despedimos. Regresamos en el mismo coche que nos llevó. Por el camino mi madre no habló ni una palabra. Una vez que cerró la puerta de la casa tiró su cartera sobre una silla y comenzó a reclamarme...

- ¿Me puedes explicar qué te traes ahora con Felipe? ¿Crees que soy boba? Te has pasado toda la noche muy amable con él y yo que me remordía pensando en mi hermana, ella nunca nos hubiera dejado plantadas, algo raro hay aquí.

-Mamá, mamá, por favor, cálmate -logré que se sentara.- Escúchame, madre, yo estoy tan o más preocupada que tú, pero recuerda: a los amigos hay que tenerlos cerca, pero al enemigo mucho más. Mientras no sepamos qué está pasando realmente con mi tía, hay que seguirle la corriente a Felipe.

Mamá me miró como si nunca me hubiese visto en su vida.

-¿En qué momento te me hiciste mujer, hija? Por Dios, cuantos problemas, yo quiero mantenerte lejos de estos asuntos de adultos, pero veo que tú, Carmen, ya creciste y además, eres inteligente y sabia. -Mamá se paró de su asiento y me abrazó como buscando en mí el consuelo que su alma necesitaba para seguir adelante.

-Tranquila, madre, llegaremos al fondo de todo esto, pero ten paciencia, con gritos no lograremos nada, recuerda que al tigre hay que cazarlo en silencio.

Acompañé a mi madre a su cuarto y me marché al mío. Una vez tendida en la cama repasé cada segundo de la conversación con Felipe y busqué entre líneas el mensaje que tal vez había mandado esa noche. Pensando y pensando me quedé dormida.

El río se tiñe de rojo

Desperté muy tempano; mi respiración era jadeante, me sentía a punto de un ataque de pánico. Había tenido un sueño o más bien una pesadilla que me sacudió de la cama sudorosa y temblando de miedo.

Muy claro vi el río que corre cerca de aquí atrás teñido completamente de rojo. En vez de agua, circulaba sangre. Me levanté intranquila tratando de interpretar lo que estaba segura era una revelación. Yo sabía cuándo era un sueño sin importancia y cuando era algo más serio. Aquello era tan real que no cabían dudas: era un mensaje. Sin tomar una gota de café, me fui al monte ya que ese día me tocaba buscar algunos remedios que me habían encargado. Por primera vez en mi vida las plantas no me hablaron, era tanto el silencio que los oídos me dolían. Quedé más confundida aún. ¿Estaría perdiendo el don de escuchar hablar a las matas? ¿Estaba yo tan contaminada con las energías negativas del mundo que quedaría sin la gracia que Dios me dio? Corrí hasta la orilla del río para cerciorarme y verlo con mis propios ojos. Estaba casi segura que me lo encontraría completamente purpúreo, pues esa imagen del agua teñida de rojo no se me borraba de la cabeza. Me acerqué cautelosamente y todo estaba igual que siempre. Las aguas eran trasparentes y serenas... viajando lánguidamente para juntarse con el mar. Me senté en el tronco del árbol tirado en la arena donde casi siempre ocurrían mis encuentros con Deborah y traté de tranquilizarme. Ese día hasta Odín estaba raro, no había salido detrás de mí como siempre, solo levantó su cabecita cuando escuchó mis pasos pero no se movió de su rincón. Con la prisa ni fui a pasarle la mano.

Quedé mucho rato contemplando el mar y pensando, más bien analizando cada cosa que había vivido en los últimos meses: mis encuentros e intensas conversaciones con Deborah, mi acercamiento con Felo, la importancia que tenía mi pequeño Odín, mi madre sola sufriendo y mi tía casada con un hombre funesto. El solo hecho de pensar en Felipe, me causaba molestia, una incomodidad inexplicable. Definitivamente tenía que cambiar esa parte de mi circuito, pues los pensamientos y mis inclinaciones negativas me estaban afectando. Me esforzaba en enfocarme en todas las bendiciones que tenía a mí alrededor pero hay veces que el pesimismo se apodera de uno y cuesta trabajo arrancarlo.

La energía que uno emana va directo y habita donde está tu propio pensamiento y mi pensamiento había estado dirigido últimamente a tía Ferni y más que nada por Felipe.

Turbada y aturdida como estaba, no tenía el sentido agudizado para escuchar las matas, ni yo misma oía mi propia voz interna. Quería arreglar los problemas de las personas que amaba y eso, era una misión difícil. Todo error se paga, es el único proceso para aprender, pero, ¿qué tenía yo que aprender de todo aquello? Esa era la parte que no comprendía. Trataría de ayudar a mi tía dentro de mis posibilidades pero no podía meterme hasta el cuello en ese asunto. La voz de Deborah me hizo despertar de mis reflexiones de un golpe:

–A las personas le cuesta mucho trabajo aprender las lecciones. Llegas de cero a este mundo con varias asignaturas pendientes que son, entre otras: amar, perdonar, no tener rencores, cumplir las leyes de la Tierra y del cielo y no perder de vista que somos seres espirituales. Todos gozamos de esa chispa divina, desde el más rico del planeta hasta el más pobre vagabundo. El brillo sublime está dentro del hombre más ilustre, el más inteligente y hasta en el más ignorante. Debajo de cada piel habita un alma en evolución, por eso todos somos especiales ante los ojos del Creador.

Tus sentidos físicos no recuerdan nada de las vidas que has vivido ni tu paso al lado del creador, pero la sabiduría del ADN no olvida ni un detalle. Puedes pasar por este plano varias veces y volver a nacer en múltiples ocasiones, no creas que es un premio lo que te dan cuando regresas... en realidad estas repitiendo el curso anterior. ¡En algo te equivocaste y tienes que enmendarlo!

Aquí mismo, en este planeta Tierra y entre las personas hay diferentes niveles de energía. Existen seres más evolucionados que otros. A la gente que vibran en frecuencias lentas, no te les puede acercar pues sientes ese flujo pastoso, negativo, es como la mismísima depresión encerrada en un cuerpo. Mientras más evolucionada está el alma, más rápido va su vibración y destella luz a través de sus ojos.

Hay personas que logran destacarse por encima de sus semejantes; poseen una luz innata, un imán ante los demás, logran mover multitudes. Esas personas nacen con el llamado "Ángel". El ángel se tiene o no se tiene. Esos hombres o mujeres carismáticos ya vienen con una evolución avanzada que la puede utilizar para ir al próximo curso más arriba en el perfeccionamiento o pueden caer en desgracia espiritual si confunden su carisma con poder o superioridad. Esos que usan su "ángel" para aplastar al prójimo, son analfabetos de espíritus, no saben el daño que se están causando. Lo puedes encontrar en diversas formas, ya sea políticos, virtuosos, líderes espirituales, gurúes, escritores, jefes de empresas, estrellas de cine, cantantes famosos o cabecillas en sus propias casas. El abusar del "Ángel" que se les otorgó puede ser desastroso para su evolución.

Cada quien brota su propia luz reflejadas en su aura. Ya tú has visto esas luces. Hay algunas brillantes, otras opacas, obscuras y de esas, tenemos que tener cuidado pues a los nebulosos y grises les gusta robar la luz de los demás. Esas personas son llamadas "vampiros de energía". Cuando sientas que al hablar con alguien acabas agotado aunque no hayas movido un músculo de tu cuerpo, es que estas frente a un "vampiro de energía". Ellos terminan cargado tu luz y tú terminas débil. Ellos se ponen alegres y tu deprimida; ellos te pueden robar hasta la salud de tu cuerpo y ni cuenta te das. –Deborah hizo una pausa y me observó detenidamente, mi rostro estaba descompuesto, mi cuerpo tenso…

–No me has escuchado nada, ¿verdad?

–Deborah, estoy preocupada, no entiendo nada de lo que está pasando

–Nunca paramos de aprender; hay muchos secretos que irán siendo revelados en su momento y muchas pruebas vendrán. Vivir es un aprendizaje constante. Las personas con fe pasan las peores pruebas con más facilidad que las que no creen. La fe te hace fuerte, dudar es tener miedo y acabas debilitado. Sin analizar mucho las palabras de Deborah la interrumpí.

–Anoche tuve un sueño impresionante. Muy claro vi este río teñido de rojo. Me asusté mucho. Sé que es un aviso y sé que tiene que ver conmigo y mi familia. .

Deborah suspiró profundamente y con un gesto me indicó que me calmara.

–¡Deborah! ¡Por favor! ¡Ayúdame con este peso que llevo encima de mis hombros!

–Así lo haré, pero debes tranquilizarte. Abre tu mente para que entiendas el plan divino del cual todos formamos parte.

– ¿De dónde vienes? –pregunté curiosa al ver la paz que ella reflejaba; la luz que emitía su cuerpo era blanca brillante. Yo estaba dispuesta a escuchar toda la verdad.

Ella levantó su mirada celeste por unos instantes y sonriendo me contestó:

–Estoy ubicada siempre al Norte; manejo el elemento agua, por eso siempre me has visto cerca del mar. En el día de hoy tengo instrucciones precisas para revelar la identidad de tu alma.

–¿Eres un ángel, Deborah? –le pregunté sin disimulo, y ella volvió a elevar su mirada al cielo antes de contestarme.

–No, Carmen, no soy un ángel como tú lo concibes... soy parte del Universo divino.

Mi cuerpo es de luz, aunque parezca de carne y hueso en realidad no lo soy. Recibo órdenes de agentes celestiales superiores.

No entendí bien quien era Deborah pero definitivamente, un ser humano como yo, no era. Ella prosiguió.

–Cuando abres los canales de los conocimientos, cosas que parecen extrañas y dolorosas comienzan a transitar, es como si vas a arreglar un armario que ha estado desordenado por años; en cuanto lo abres te cae todo encima y se arma un caos.

Luego, poco a poco, comienzas a ponerlo en orden, hasta que sin darte cuenta, el armario queda completamente ordenado. Así están tus pensamientos, así está tu vida en estos momentos, desordenada y no por ti, sino por los que te rodean. Parece que quieren repetir el mismo patrón...

Capítulo 15

¿Quién es en realidad Carmen, la curandera?

Doña Carmen hizo una breve pausa en su relato como para agarrar fuerzas. Yo tragué en seco y no dije ni una palabra, mi cuerpo estaba tenso. ¿Quién es en realidad esa mujer que llevaba horas contándome cosas que parecían increíbles? ¿Quién es en realidad Carmen, la curandera? ¿Por qué me contaba todo aquello a mí, que vivo en el extranjero y hacia pocas horas me había visto por primera vez?

Doña Carmen no prestó atención a la cara que yo debía de tener en ese momento, respiró profundamente y continuó...

–Deborah estaba dispuesta ese día a contarme todo sobre la trayectoria de mi alma y sin más rodeos comenzó:

–Hace muchos siglos, tu alma fue enviada a este mundo por primera vez. En esa ocasión naciste en Egipto, antes de la era de Cristo y antes de que los hebreros fueran esclavos en esas tierras. Ahí comenzó tu crecimiento espiritual. Te dieron por padre un sacerdote iluminado, conocedor de profundos preceptos. Sabios y maestros elevados que venían de estrellas lejanas, te rodearon siempre, ese era el propósito de que nacieras en ese entorno. Aprendiste rápido, ahí iniciaste tu inclinación hacia las plantas medicinales. Fuiste muy buena sanadora en esa vida, siempre atenta al prójimo, ayudando, aportando, descubriendo remedios para curar a la gente; llegaste a codearte hasta con el mismísimo Faraón de aquel entonces y con tus conocimientos en medicina lo curaste a él y a sus hijos en múltiples ocasiones por lo que estuvo muy agradecido; eras siempre bienvenida en su corte. Luchaste por mantener unida a tu propia familia de ese entonces, pero terminaron separados por poseer distintos niveles de evolución. Eso te llevó a enfermarte y morir en pleno desarrollo espiritual. La sábila de una planta venenosa penetró en tu sangre y moriste en pleno apogeo, pero te nutriste de conocimientos que te acompañaron de esa encarnación hasta ahora. Lo que bien se aprende no se olvida.

La segunda vez que renaciste fue en Israel, descendiente directa de la tribu de Efraín, tu abuelo. Nuevos conocimientos fueron dados para tu perfeccionamiento espiritual. En esa vida te encontraste por primera vez con tu alma gemela.

– ¿Alma gemela? –interrumpí curiosa. Deborah se acomodó en la arena y prosiguió el relato que a mí me parecía asombroso, como un cuento mágico, como tantos que ya le había escuchado:

–Tu alma gemela no siempre coincide contigo en la misma vida o encarnación, a veces llega muy tarde o muy temprano, tal vez fuera de época. Puede nacer en un confín de la tierra donde no tienen manera de verse ni encontrarse. Eso está previamente planeado para que ambos tengan aprendizajes diferentes y sea más placentero cuando las almas se reencuentren en el momento justo y necesario para el bien de la evolución de ambos. En esa vida, en Israel, tú y tu alma gemela se toparon y fueron muy felices a pesar de los momentos duros e históricos que estaban sucediendo. En Israel viviste a plenitud, bajaste muchos hijos al mundo y cumpliste a cabalidad las leyes de Dios sin romper ni una. Tú y tu esposo eran dignos descendiente de los Patriarcas, tu alma se hizo más fuerte a nivel espiritual. Ahí continuaste con la fascinación por el mundo de las plantas y la medicina homeópata. Los seres de luz observaban los avances que tu espíritu había adquirido. Realmente cumplías con lo que le prometías al creador antes de nacer; moriste de viejita rodeada del amor de tus hijos y todos tus descendientes que fueron muchos. Junto a tu lecho de muerte, estuvo tu alma gemela, él te aguantaba la mano para que te elevaras y en el último suspiro le prometiste a tu marido que se volverían a reunir. Se decidió que un ser de luz siempre te acompañaría para cuidarte y guiarte a través de las vidas. Pero hasta los seres de luz se equivocan y contigo hubo una injusticia celestial.

– ¿Cómo que injusticia celestial, Deborah? explícame por favor. –El cuento parecía muy lindo pero obviamente comenzaba a complicarse.

—Hace trescientos años atrás, volviste y reencarnaste en esta Isla. En este mismo lugar. Llegaste como muchos de las almas pertenecientes a la tribu de Efraín "el fructífero", designados a poblar el nuevo mundo. Ya estaba predispuesto que en esa previa reencarnación, tú serías poseedora de todo el conocimiento celestial necesario para encomendarte la misión de conectar con los espíritus de luz que rodean al indio de oro, protegiendo los cristales programados y resguardando los restos del continente sepultado bajo las aguas de esta zona. Pero nada de lo planificado por el Universo pudo llevarse a cabo en esa vida...

—Entonces, ¿no es la primera vez que soy cubana?

—No, esta es la segunda vez que naces aquí. Aquella pasada ocasión fuiste la segunda hija de un rico hacendado. Seguías teniendo una evolución espiritual alta.

Desde chica eras capaz de captar las energías que la misma naturaleza te iba dando. Habías nacido en el lugar correcto de vegetación frondosa y árboles sagrados. Económicamente se te había compensado. La familia gozaba de un patrimonio estable.

Ayudabas a los más necesitados, por lo que hasta ahí, el plan divino corría perfectamente.

Todo lo que he hablado contigo, en los últimos meses, se te iba a revelar hace trescientos años, hasta que pasó lo que pasó.

–¿Y qué fue lo que pasó?

–Aquí mismo, en este río, tú fuiste testigo de un horrible asesinato. Un capitán español le quitó la vida a su joven esposa con catorce cuchilladas; luego de un tajo, él se usurpó su propia vida. El único testigo del crimen fue el perro de ella que la acompañaba a todos lados y fue el único que sobrevivió a la tragedia. Tú viajaste en el tiempo y viste el río teñido de sangre, pues eso fue lo que tus ojos vieron por última vez antes de morir en aquella vida, tu sangre y la sangre de ese hombre.

Un poco confundida y aterrada pregunté:

– ¡¿Cómo?! ¿Quiénes eran esas dos personas? No entendí.

–Esa mujer a quien mataron en el río eras tú, Carmen, en tu vida anterior. Tenías veintiocho años.

– ¿Yo? ¿Y por qué me mató mi marido? ¿No era mi alma gemela?

–No, en esa vida pasada tu alma gemela estaba cumpliendo su destino en Francia.

Tú naciste aquí sin su compañía. Ese hombre, el asesino, fue poseído por el espíritu del mal.

Todo comenzó por avaricia, codicia y poder. Te explico. Tuviste una hermana mayor que tú, que murió al dar a luz a su hijita, dejándola huérfana primero de madre y luego de padre también, pues al poco tiempo, el buen hombre murió en un accidente. Esa niña fue encomendada a tu cuidado. Tú quedaste como la única heredera de la gran fortuna y del patrimonio familiar. Tenías apenas veinte años cuando todo eso sucedió. En eso apareció en tu camino, un capitán español que solo poseía grados en su uniforme, nada más. Un salario con pocas monedas para pasar unos meses en un país que para él, era extranjero. El capitán planificó bien su estrategia para enamorarte, sabía que el punto débil de la hacendada era su sobrina, por lo que se propuso llevarle regalos a la niña que contaba con seis años. Poco a poco la pequeña inocente le agarró afecto al capitán y esa fue la llave que abrió el corazón de la moza. Ella, aunque no estaba locamente enamorada del español, accedió a sus galanterías pensando en ponerle un buen padre a la sobrina que estaba a su cuidado. Al poco tiempo se casaron.

En esa vida los hijos propios no llegaron, pero la sobrina cubrió el vacío de los hijos, vivió con la pareja mientras crecía. Pasó el tiempo, unos ocho años. Para ese entonces, el marido se había apoderado de la fortuna de su esposa, sus tierras, su hacienda, sus sirvientes. Vivía como jamás imaginó. Se convirtió en amo y señor de todo lo que era de su esposa, o sea, tú. Pero faltaba algo que ya venía deseando en su inmensa maldad, quiso poseer a la fuerza a la sobrina de su cónyuge. La chica, lo había visto siempre como un padre. La jovencita era acosada por el capitán, pero nunca dijo nada a su tía por miedo a herir a la única mujer que amó como a una madre.

Con mucha astucia de su parte, ella logró salvarse varias veces de las malas intenciones de aquel hombre. Una noche, la esposa vio a su marido mirando de forma morbosa por la rendija de la puerta del cuarto a la sobrina. Parecía un lobo feroz, obsesionado por la muchachita de catorce años y eso la trastornó. Por primera vez lo enfrentó y le juró que si le ponía un dedo encima a la jovencita, que para ella era como hija, lo mataría. Él mintió diciendo que era la sobrina quien andaba provocándolo. La esposa no le creyó, ya había escuchado historias no muy buenas por parte de sus sirvientes sobre las relaciones extra maritales de su marido; sabía que andaba de pica flor por todo el campo. Ella nunca le dio importancia a los rumores, al fin y al cabo, él no era el amor de su vida, pero aquello con su sobrina, ¡no podía permitirlo! El capitán estaba desesperado y loco de amor por la adolescente. Su avaricia y maldad pudieron más que él. Planeó traer a su esposa al río, estrangularla con sus manos y dejar el cuerpo abandonado para hacer creer que ella se había ahogado accidentalmente. Esa era su intención. Pero al llegar al río y al ser atacada por el malvado, la esposa se defendió con una fuerza descomunal que le salía de adentro; al capitán no le quedó más remedio que sacar su puñal hundiéndoselo catorce veces. Él, ciego de rabia, quedó estático regocijándose al ver como ella se desangraba. Poseído por las fuerzas del mal, se deleitaba con su hazaña mirándola fijo a los ojos y con una sonrisa maléfica en su rostro, esperó a que ella diera su último suspiro. Pensó regresar a la hacienda y hacer suya a la sobrina. Pero algo sobrenatural sucedió: Como una bala, el perro, único testigo del asesinato, se lanzó encima de él tirándolo al suelo. Aun así, estuvo a punto de matar al animalito, pero el viento repitió claramente unas palabras en sus oídos que lo hicieron detenerse en seco: «si le pones un dedo encima a mi sobrina, te mato», y quedó petrificado. Tal parecía que el perro había hablado, pero en realidad era el espíritu de su esposa que aún seguía sin moverse de este plano sin comprender que había muerto. Ella trató de luchar y salvar a su sobrina del malvado más allá de la vida.

Lleno de terror, el capitán se enloqueció aún más y se quitó la vida, quedando todo esto convertido en un río de sangre.

Gracias al perro encontraron los cadáveres. El pobre animal lloraba sobre el cuerpo de su ama confundiéndose con la sangre que aún brotaba de su cuerpo. Fueron sus ladridos los que alertaron a un campesino que pasaba cerca descubriendo los cuerpos tirados en la orilla. El perrito empapado en sangre daba vueltas alrededor de su dueña mientras aullaba desesperadamente. El caserío se conmocionó al ver que un hombre de tan alto rango y tan serio, aparentemente, fuera capaz de asesinar a su señora que era el consuelo de este pueblo por su bondad y atenciones con los enfermos, además de estar consagrada a las labores filantrópicas y religiosas. No había motivo aparente, pero luego la misma gente creó una historia que corrió de boca en boca. Decían que la distinguida dama estaba teniendo un romance con otro hombre, que ella le era infiel y él la agarró en el acto, matándola. La gente lo justificaba diciendo que él acabó quitándose la vida por haber perdido su honor. En fin, la sociedad aún sigue siendo machista y cuando no encuentran explicación se ponen a inventar cosas sin pensar que hieren a terceros con repercusión de siglos en el Universo. La vida de aquella joven fue tronchada y con ella se fueron los planes que se tenía para que avanzara espiritualmente. El campesino llevó al perro a la hacienda y allí se quedó el animalito traumatizado junto a la sobrina de la hacendada hasta que murió de viejo. La desolación y la angustia fueron inmensas para todos, pero en especial para la sobrina que quedó completamente sin familia.

Deborah hizo una pausa y yo quedé unos instantes muda ante el relato, aunque mi memoria no recordara nada de lo que contaba, sentí un escalofrió recorrer mi cuerpo, me entristecí mucho y sentí un fuerte dolor en mi pecho. Comencé a llorar. Deborah me puso la mano sobre la frente.

–Ya pasó todo, eso quedó atrás, tu alma lo superó, tú no tuviste la culpa de nada... y nosotros no pudimos hacer nada tampoco por protegerte y cuidarte. Los planes celestiales fracasaron esa vez; las fuerzas maléficas se anotaron una victoria.

–Qué triste todo esa historia, Deborah... Si yo era esa mujer que mataron aquí, ¿quién fue el asesino?

Un teatro llamado vida

Deborah me miró fijamente y sin vacilaciones me respondió:

–Eso fue un error celestial, no estabas supuesta a encontrarte con ese ser y mucho menos a morir tan joven sin cumplir tu misión. No previnimos que el capitán estaría poseído por las fuerzas del mal. Ahora estamos frente a una disyuntiva. El asesino regresa cargado de odio, resentimiento, a sabiendas que está condenado por la eternidad. Las almas quieren enmendar sus errores pero en un caso así, las victimas también vuelven para reencontrarse con su asesino cara a cara, darles la oportunidad de convertir el odio en amor y el mal en bien. Esto lo hacen en señal de pureza y sacrificio para su evolución, dándole la oportunidad al homicida de enmendar su karma.

Pocos son los que lo logran.

–¿Y entonces? ¿Quién acabó con mi vida? ¿Quién era mi marido? –pregunté temerosa de escuchar la respuesta.

– ¡Ese capitán reencarnó en Felipe! – Contundente, Deborah me descorrió el velo de un golpe.–Tu tía Ferni era tu hermana, la que murió al parir. Y ella, tu sobrina, reencarnó en tu madre Norma. Odín, tu perro, es el mismo perro fiel que siempre los acompañó en sus peores momentos. Las almas superiores de los animales lo reenviaron contigo ya que este es el único que recuerda todo. Ahora el ciclo está a punto de repetirse si no se le pone un paro a esto antes de que vuelva a ocurrir otra desgracia. Por eso estoy aquí, Carmen, con la misión de recuperar el tiempo perdido de la vida anterior y a la vez, con la tarea de protegerte pues no podemos darnos el lujo que volver a cometer otro error celestial.

Sentí que mi cuerpo desfallecía, creo que hasta me desmayé por unos instantes.

¿Cómo era posible que yo hubiese sido la esposa de Felipe en otra vida? ¿Cómo era posible que mi alma hubiera estado tan cerca hasta el punto de compartir años de matrimonio? A ese ser yo lo rechazaba y me repugnaba con solo sentir su presencia.

Con razón desde que lo vi sentí un malestar inmenso que no comprendía. Todo aquello parecía una obra de teatro con los papeles invertidos.

Por otro lado, me alegró saber que había recorrido un camino junto a personas que amaba desde mucho antes: mi madre y mi tía Ferni, además de mi perro, que apareció aquella tarde en mi camino salido de la nada. Me buscó y me encontró, siempre a mi lado sin perderme ni pie ni pisada. Ahora comprendía porqué el animalito reaccionaba acechando cada vez que veía a ese maléfico de Felipe. Pero había algo que no entendía bien. Si mi tía había sido mi hermana que murió al parir a mi madre Norma, ¿cómo es que en esta vida, mi tía se casaba con el hombre que fue mi marido y mi asesino?

–Muy sencillo –me dijo Deborah leyendo mis pensamientos..

–Tu madre al ver a Felipe en esta vida, profesó simpatía momentánea por él y él sintió atracción por ella, ya que se quedó con las ganas de poseerla desde la otra vida. Pero poco a poco, el alma de tu madre empezó a darle señales de que ese hombre no era de confiar y por eso ella, intuitivamente, dejó de sentir embeleso por él. Tu tía no tuvo tratos con Felipe en la vida pasada ya que murió poco antes que él llegara a ti, pero en otras dimensiones todos los libretos son leídos y repasados con el fin de ser corregidos.

Ferni se está sacrificando por amor a ti y a Norma. El alma de ella, al desprenderse de este mundo poco menos de tres siglos, dejando huérfana a su hija y sola a su hermana con toda la responsabilidad en sus hombros, se sintió culpable de toda la tragedia acontecida con su familia. Contigo, que era su hermana, con su hermana que era su hija y con el hombre que arruinó la vida de las dos. Felipe está haciendo con Ferni lo que hace trescientos años hizo contigo. Se ha robado sus riquezas, la domina y la maltrata, pero le falta ganar otro trofeo: el capitán o Felipe tiene sus ojos puestos en ti. Ahora tú tienes catorce años, la misma edad que tenía Norma en aquella vida cuando pasó todo. El ciclo está a punto de repetirse, los mismos personajes se han reunido con algunos papeles invertidos y viviendo circunstancias similares. La vida es un gran teatro y las almas actúan según el libreto que van escribiendo ellos mismos.

Nosotros sabemos que Felipe no va a cambiar, él está condenado por la eternidad. No vamos a permitir que te tronchen tu desarrollo espiritual ni interfiera en la paz de la familia que tanto te importa. Pero de que hay peligro, hay peligro, la alerta roja está en vigencia. Tú eres una elegida de la bondad divina y nosotros te necesitamos en este planeta para que termines tu ciclo. En esta existencia tienes a tu alma gemela muy cerca de ti otra vez para cuidarte y revivir el amor que cultivaron en la época de Israel.

Ya tú sabes quién es ese amor, lo profesaste desde que lo viste.

–Felo... –dije casi automáticamente. Sentía que las fuerzas se me iban, aquello era mucha información ¡y grave! Hasta Odín era parte de la trama. Lentamente me atreví a preguntar.

–¿Qué harás tú, Deborah, para impedir que no termine esto mal como la vez anterior?

–Soy un ser que viene de la luz celeste, con órdenes precisas de los Maestros para desenterrar no solamente tu tragedia familia sino la tragedia que ha vivido esta Isla Mística de las siete ciudades en los últimos tiempos y la que le falta. Estoy aquí para preparar las condiciones tanto para tu evolución como para la evolución de las almas que habitan o nacieron en estas tierras. Esas personas que pertenecen a este lugar y están vagando por el mundo, tienen que retomar el camino correcto, ¡solo así se cumplirán las profecías y tú eres parte de esas profecías!

Quedé en silencio no sé por cuánto tiempo. Sentía la brisa del mar en mi cara, no veía nada, no oía nada. Siempre pensé que Deborah era algo irreal pero era mucho más que eso. No entendía qué querían los seres de luz o maestros elevados conmigo; estaba muy confundida y atormentada con tanta información. No recordaba nada de mi otra vida, ni nada de lo que Deborah me había contado. No tenía memoria de ninguna de las tragedias ni alegrías de vidas pasadas, solo el recuerdo de la pesadilla de la noche anterior al ver el río teñirse de sangre. Ahora me importaba esta vida, tenía que arreglar urgentemente los problemas actuales. Por el momento lo de mi tía Ferni era la prioridad, me preocupaba y llenaba mis sentidos. Pero la duda de que podría repetirse la historia, me embargó. Si fuera cierto lo que Deborah contaba, aquí había una lección muy fuerte y difícil que aprender.

Capítulo 16

Enfrentando el pasado

Después de la revelación de Deborah, sentía que el cuerpo me pesaba, como me pesan ahora estos ochenta y siete años. Caminaba lento, cabizbaja, pensando... pensando.

No quería escuchar más, no quería saber nada de misterios ni revelaciones, mi cabeza no aguantaba más información.

Estaba abrumada. Entré directo a mi cuarto y ahí estaba Odín. Al sentir mi presencia levantó la cabecita, como si abrigara que yo supiera, por fin, quien era en mi vida. Corrí hacia él y lo abracé, era un reencuentro después de una larga ausencia.

–Odín, mi adorado Odín... mi dulce amigo, mi compañero de tantos caminos, dice Deborah que tú eres el único que te acuerdas de todo. Si al menos pudieras hablarme, contarme con detalle cómo fue la otra vez... ¡como debiste de haber sufrido! Mi pobre perrito. Gracias por regresar.

Sentía que reconocía a mi mascota y él a mí. Sus ojos me miraban fijamente, sus orejas paradas...era un descubrimiento entre dos viejos amigos que han estado alejados por una eternidad. De momento saltó de la cama y comenzó a ladrar.

–¿Qué pasa, Odín? ¿Qué tienes?

El animalito salió disparado de la casa buscándome con su mirada mientras corría invitándome a seguirlo. Yo partí tras él, nunca lo había visto tan alterado. Anduvimos unos veinte minutos sin parar, conocía esa zona muy bien, pero no tenía idea a donde se dirigía con tanto afán. Se intrincó por un costado del sendero donde comienza lo que un día fue una gran hacienda con una casona al estilo colonial; por las características caí en cuenta que era la misma que Felipe quería comprar con el dinero de tía Ferni. De momento Odín se detuvo y comenzó a escarbar la tierra justo debajo de un gigantesco árbol, de esos que parecen haber estado ahí plantados por siglos.

– ¿Qué es, Odín? Por Dios ¿Qué está pasando? – El ladraba mientras seguía arañando la tierra. Los débiles rayos del atardecer fueron suficientes para que un pedacito del objeto que estaba siendo desenterrado brillara sutilmente. Me agaché y recogí una cosa no muy grande, encerrada en una bola de tierra. Comencé a rasparlo, luego a sacudirlo y poco a poco apareció lo que en su época pudo haber sido una peineta para el cabello de esas que usan mucho las bailarinas españolas... y seguí limpiándolo... Era de color dorado con tres piedras incrustadas en rojo, verde esmeralda y azul turquesa. Odín ladraba como queriendo decirme algo; observé bien el objeto aún sin entender. Era de oro puro, las piedras aún resplandecían. El tiempo no había trascurrido por este objeto que definitivamente tuvo que tener propietaria.

– ¿Quién será la dueña de esta peineta? –dije en voz alta. Odín ladraba y revoloteaba a mí alrededor. Nos fuimos a la casa y allí limpié con agua la joya que recobraba de inmediato su belleza y centelleaba, tal vez como en sus buenos tiempos.

Me la coloqué en el pelo donde se veía ostentosa y hermosa chispeando entre el negro de mis rizos; me miré al espejo y como adolescente que era, me gustó la imagen que reflejaba. Mi fiel can observaba ahora callado y sin moverse.

–Vamos ya, Odín, se acabó la fiesta, hay que dormir. Ven conmigo, amigo, cuéntame los secretos que guardas, aquí, en mi oído... esos secretos que tú conoces sobre mi vida. Si es cierto lo que dice Deborah, tú sabes mucho de mí. Él puso su cabeza sobre mi pecho y así abrazados pasamos la noche. La peineta quedó sobre la mesita de noche, la contemplé desde lejos, el reflejo de la luna que entraba por la ventana hizo que sus piedras parpadearan como las estrellas en el infinito. Por fin estaba desenterrada y con nueva dueña o, ¿habría regresado a las manos de quien siempre la tuvo?

Pensando en todo lo acontecido ese día, me quedé profundamente dormida.

Mi madre Norma

Muy temprano me levanté. Observé a Odín aún enroscado en la cama y sobre la mesita, reposaba la peineta. Caminé a la cocina con ella entre mis manos. La voz de mi madre me sorprendió:

- ¿Qué haces despierta tan temprano? Yo no he pegado un ojo en toda la noche-me dijo con sus ojeras marcadas fuertemente.

-Tengo cosas que hacer, mamá -le dije, pero ella parecía no escucharme, seguía absorta en sus pensamientos. La observé detenidamente tratando de encontrar y descubrir algún gesto o rasgo que delatara el pasado que habíamos vivido juntas; ella ni imaginaba que en otra vida yo la cuidé, pues según Deborah, esa alma creció a mi lado y fui más que su tía, fui como una madre que la defendió hasta el último suspiro...

En esta vida había sido también un poco su madre. Desde pequeña asumí la responsabilidad de adulto, la cuidé, la protegí y la ayudé en todo lo que pude...ahora entendía como los roles iban enredándose y confundiéndose de vida a vida. Ella estaba absorta en lo suyo, su mente volaba a quien en otra vida fue su madre.

-Más tarde iré por el hotel a ver cómo está mi hermana -murmuró mientras yo no le quitaba los ojos de encima, como si nunca la hubiera visto. ¿Sería en verdad mi sobrina en otra vida? ¿Sería ella la chica y el motivo por el cual, según

Deborah, el que fue mi esposo, ahora Felipe, me había matado? ¡No! ¡Me niego! Yo misma trataba de convencerme respondiendo mis dudas, pues de aquella vida no recordaba nada, en esta era mi madre Norma y eso bastaba.

–¿Qué es eso que traes en la mano? –me apuntó mamá percatándose de la peineta que brillaba entre mis dedos.

–Me la encontré tirada en el monte, más bien Odín la encontró –dije mientras se la mostraba. Ella la analizó detenidamente y su comentario me heló la sangre:

–Qué raro, yo he visto esta peineta antes, sí, definitivamente la conozco, no puedo olvidar esta joya tan fina, se la he visto en la cabeza a alguien, pero no recuerdo su rostro ni cuando fue–Cambiando el tono ahora, en son de regaño comenzó a expresar.

–¿De quién es esto, Carmen? ¿De dónde lo sacaste? Esta es una joya de mucho valor.

–Ya te dije, mamá, la encontramos Odín y yo en el campo, lejos de aquí, estaba enterrada. –Mi madre no dejaba de mirar la peineta.

–Bueno, bueno…. te creo, pero guarda eso, niña, que no vaya a causar una tragedia.

La palabra "tragedia" penetró en mis oídos como puñal, sentí un escalofrío de los pies a la cabeza, miré la alhaja y un pensamiento cruzó mi mente rápido y veloz como un recuerdo lejano. Creí haber vivido una escena muy parecida a esta. Como fragmentos de una película que pasa rápido, vi unas manos femeninas mostrando la peineta a otra mujer que decía: «esto va a causar una tragedia».

Traté de concentrarme en el presente, lo que llamamos, realidad. Pensé estaba influenciada por el relato de Deborah.

−Seguro tía Ferni se comunicará con nosotras − dije tratando de relajar la tensión de conversación..− El hotel queda lejos para ir andando, además no hay garantía de que estén allí. Yo te prometo que en cuanto acabe con lo que tengo que hacer, me comunicaré con ella, déjame eso a mí y tranquilízate, seguro está mejor y tal vez feliz con su marido.

−No, Carmen, mi corazón me dice que no está bien. Desde que nosotras perdimos a nuestros padres lo único que le quedó en la vida a Ferni fui yo, luego llegaste tú y te convertiste en la niña de sus ojos; ella se tomó su papel de tía muy en serio.

Seguidamente vinieron tus hermanos y fue la mujer más feliz de la tierra viviendo todos juntos, en paz ¡y pensar que nunca nos damos cuenta que somos felices hasta que perdemos la felicidad!

Mi madre sonaba nostálgica, se veía que había estado pensado toda la noche.

—Yo sé, mamá, sé que Ferni es tu única hermana y tú fuiste para ella como su madre mientras acababan de crecer. La sacaremos de este problema, ten fe, no des ningún paso en falso, déjamelo a mí. La felicidad y la tranquilidad regresarán a esta casa, eso te lo garantizo.

—Pues sí, Ferni ha sido mucho más que una hermana, casi una hija y estoy preocupada.

Yo escuchaba a mi madre y no podía dejar de comparar lo que se suponía habían sido en otra vida, la madre era la hija y ahora la hija era la hermana. Con un tono que sonaba angustiado, mamá preguntó:

— ¿Qué puedes hacer tú, Carmen? Eres casi una niña. No quiero enredarte en estas cosas de mayores.

—No, madre, soy una adolescente madura y pensante, en medio año ¡cumpliré quince! así que por favor, ya, no te angusties. Yo lo arreglo…

Mentía tratando de calmarla, yo estaba igual o peor que ella de preocupada. De un sorbo tomé el último buche de café y haciéndome dos gruesas trenzas en mi pelo, salí disparada por la puerta con la esperanza de encontrar a Felo. Detrás de mí, corría Odín.

La peineta de Andalucía

Caminé entre los arbustos de coco esperando ver trepado en alguno de ellos al joven de ojos verdes como las florestas. Recorrí las calles y callejuelas pero no lo encontré por ninguna parte. Recordaba las palabras de Deborah cuando repetía que: «este mundo tiene sus peligros tanto para el cuerpo como para el alma, por los intrusos ángeles caídos». No sé cuánto rato había trascurrido pensando y dando vueltas sin rumbo, pero el sol del mediodía se sentía y comenzaba a arder la piel. Me detuve por un momento, respiré profundo para ordenar mis pensamientos, estaba angustiada, bajo ningún concepto debía de sentir miedo, eso era falta de fe, pero por alguna razón tenía un nudo en el estómago que me mantenía en vilo. Camine a la deriva cuando a varios pasos, escuché una voz muy familiar:

–Carmen, detente, no vayas tan de prisa. – ¡Era Deborah! Giré buscando la voz pensando estaba ya alucinando pero allí, a pasos míos estaba ella, radiante y tranquila, llevaba un vestido de color amarillo claro.

– ¡Deborah, me has caído del cielo!–grité con una mezcla de alegría, sorpresa y a la vez suspicaz. Como siempre, estaba serena. Sus ojos azules me miraron fijamente, entendí que sabía todo lo que me pasaba.

–Ayer te fuiste muy angustiada y yo quedé pensando que debía buscarte hoy donde fuera.

–Dime, Deborah, ¿Qué puedo hacer para ayudar a mi tía Ferni? ¡Estoy desesperada!

–Escúchame bien, Carmencita– Comenzó a hablar con una voz pausada y clara..

–Cuando hay un supuesto problema lo primero que hacen las personas es correr de un lado para otro tratando de arreglarlo a la manera terrenal y al final no componen nada.

Todas las dificultades tienen su origen a nivel espiritual y es allí donde hay que ir a ordenarlos – Mirando a ambos lados de la calle como si esperara ver a alguien, Deborah agarró suavemente mi brazo deteniendo un poco el ritmo acelerado de mi corazón a punto de una taquicardia.

–Tú puedes presentir, ver, oír, tener premoniciones y no sabes qué hacer con esos mensajes y con esa información que te llega por canales no convencionales. Ya conoces lo que sucedió en estas tierras con ustedes hace trescientos años. El saber da poder y yo estoy aquí para protegerte, esta vez estamos en máxima alerta, pero lo más importante... debes confiar...

–Confío, pero cada vez pasan más cosas raras... ¡mira! –saqué del bolsillo de mi traje la peineta que mi cachorro había desenterrado el día anterior y mostrándosela a Deborah, le inquirí...

- ¿Qué significa esto? –Deborah observó la peineta sin nada de asombro en sus facciones y tranquila me contestó:

–Es una peineta del siglo XVIII. Se fabricaron solamente tres ejemplares iguales a esta en Andalucía, España. Es una joya de sumo valor–Un poco alterada contesté:

–Ya sé que es una joya y me imagino será muy valiosa, pero Odín la buscó y la encontró ¿Por qué?

–Te dije que tu mascota recuerda todo el pasado. Ahí tienes una muestra física de lo que te conté ayer. Esa peineta perteneció a ti, Carmen, fue un regalo que te hizo el que fue tu padre cuando cumpliste la mayoría de edad. Esa peineta era una joya de familia, solo tú y las hijas del Rey de España poseían algo igual. Nadie más.

–Y... ¿qué tiene que ver en todo esto? Hoy mi madre dijo reconocer esta prenda.

–Claro que la reconoció, ella era tu sobrina y se crió a tu lado viendo la joya, contemplándola en tu negro pelo.

–Pero también pronuncio la palabra "tragedia" y tuve una visión.

–Los recuerdos están llegando a ti poco a poco. Sí, esa peineta fue motivo de alegría en tu vida al recibirla de parte de tu padre, pero también fue la chispa que avivó la llama que terminó en tragedia. El que fue tu esposo, el capitán, se apoderó de todos tus bienes, para él la peineta era algo inalcanzable, esa nunca se la diste, o mejor dicho, no dejaste que te la quitara. Tú la cuidabas con mucho desvelo por ser un regalo especial y sentimental. El capitán acabó arrebatándotela a la fuerzas, con amenazas y golpes. Su intención era regalársela a tu sobrina, la que hoy es tu madre Norma; él pensaba que así la conquistaría. Una tarde su furia se desató como un huracán en tu contra. No solo te amenazó sino que logró arrancarla de tu pelo apuntándote con su arma. El capitán fue directo a donde estaba tu sobrina y cambiando su pose de agresivo a seductor se la entregó, mintiéndole y diciéndole que tú misma se la había dado a él. Tu sobrina sabía que esa joya significaba mucho para ti, estaba al corriente de la historia familiar y que solo la heredaría el día que tuvieras una hija. Tu sobrina entendió de inmediato que la joya te había sido robada y con amenazas.

Ella aceptó la peineta para que él no abusara más de ti. Luego la enterró a la sombra de un árbol sembrado en el litoral de la casona, pensó que algún día la desenterraría y la regresaría a su dueña. Ese día, el perro la acompañó como único testigo; ella temía que el capitán la siguiera. Una vez escondida la peineta, le mintió al capitán diciéndole que unos piratas maleantes de esos que andaban por estas zonas, se la habían robado, solo así no tendría el compromiso de usarla ni que tú pensaras que ella era una traidora. Por eso, Norma, al ver hoy la peineta la asoció con la palabra "tragedia", pues la peineta fue lo que ocasionó el principio del fin.

La historia de Deborah y los detalles de mi otra vida me tenían desesperada, yo no recordaba nada, solo destellos, pequeños instantes o sueños. Pero había muchas coincidencias.

–Me imagino que encontrar la peineta fue una prueba de que todo lo que dices... ¿es cierto? – Deborah contempló la peineta una vez más y devolviéndomela me dijo:

–Toma, es tuya, guárdala, hay muchas más evidencias enterradas en esa finca que fue de tu familia, cosas que podría sacar a la luz, pero ya de nada serviría, ahora lo importante es que sepas que tienes la responsabilidad y la obligación de detener a Felipe en sus actos perversos que no solo te perjudican a ti y tu familia sino al Universo completo. Cada vez que alguien le quita la vida a otra persona, está dañando la creación, está interfiriendo con un plan divino. Para la víctima había una vida programada y trazada que es tronchada por las fuerzas del mal y eso entristece a todos los seres de luz que se frustran cuando el mal vence una batalla. Felipe no podrá repetir su maldad dos veces pues ya está fichado por el Universo.

–Eso es lo que deseo, Deborah, detenerlo; por favor, indícame el camino...

-Tú misma lo descubrirás. -Girando su rostro y cambiando el tono de su voz a otro más alegre me anunció:

-¡Mira! ahí va el amigo que buscabas.- Deborah apuntaba con su dedo a una veloz bicicleta que se deslizaba muy cerca de nosotros.

- ¡Felo! -Nunca antes me había dado tanta alegría verlo, creo que acabada de materializar la realidad con mis pensamientos.

-¡Felooo! -le grité más alto, el alzó su mano en señal que me había escuchado y giró su bicicleta hacia nosotras.

-Ahí te dejo en conversación con tu chico especial -me dijo Deborah con una sonrisa pícara.. -Él te apoyará y te protegerá, tenlo por seguro.

Capítulo 17

A solas con mi mitad

Vertiginosa como llegó, así partió Deborah, desapareciendo entre los pocos transeúntes mientras Felo se acercaba a mí.

– ¿Con quién estabas? –preguntó curioso.

–Una amiga... una buena amiga que se llama Deborah.

– ¡Si! Ya la recuerdo, estaba contigo el día que arribé a Duaba, ustedes me rescataron a la orilla del mar.

–Felo, me urge que hablemos, pero por favor, vamos a algún sitio más apartado, no quiero que nos vean juntos.

– ¡Qué bien! ¡Vámonos! –exclamó bromeando.. Hoy eres tú quien quieres jugar a los escondidos conmigo... me imagino que se trata sobre lo que hablamos ayer.

–Efectivamente, es sobre lo que ya sabes, pero ahora tengo más información y estoy trazando un plan donde tú serás parte importante, si es que aún quieres ayudarme–Me miró vivamente y besando su dedo pulgar en señal de juramento me dijo muy seguro de sí:

–¡Conmigo podrás contar siempre! Y para lo que sea, yo estaré dispuesto a lo que tú quieras, nunca olvides eso, Carmen.

–Gracias....ya lo sabía... Vamos, te contaré en el camino detalladamente. Y sé que contigo hasta el final, mi corazón no me engaña, eres tan trasparente como el verde de tus ojos – Felo se enrojeció un poco ante mi inesperado piropo, y con un gesto me invitó a subir a su excéntrica bicicleta, creo era una de las pocas en el pueblo en ese tiempo. Rodamos calle abajo. Tal vez nuestras almas se encontraban por segunda o tercera vez en este plano, eso no lo sabía de seguro, pero estaba convencida que un hermoso sentimiento comenzaba a florecer entre los dos.

El guiaba mirando fijo el camino... y yo sentada muy cerca de su pecho, sintiendo los latidos de su corazón. Latidos que me remontaban a otra dimensión. Una paz me llenó completa, sabía que al lado de aquel chico inquieto y audaz todo lo bueno llegaría a mi vida. Recordé la plática de Deborah, ella aseguró que mi alma gemela había vivido junto a mí muchos siglos atrás en Israel y que habíamos sido muy felices; ¡qué bueno que habíamos vuelto a coincidir en esta vida, en la ciudad indicada, en el tiempo preciso! No aguantaría otra existencia lejos de él. Por unos minutos olvidé toda la angustia que se había apoderado de mí en las últimas veinticuatro horas. El verdadero amor es la mejor medicina para el alma. Doblamos en una estrecha calle rodeada de árboles acercándonos a la vereda donde ya se divisaban varios cocoteros.

-Esos cocoteros que ves ahí...los que empiezan a crecer, los planté hace más de seis meses cuando llegué a estas tierras. Ya he sembrado unos diez; pienso llenar todo este sendero con matas de coco de una punta a la otra para cuando sea un viejito, sentarme en el portal de mi casa y sentirme orgulloso al contemplar lo que hice; me gusta ayudar a la naturaleza. Serán miles y miles de cocoteros todos esparcidos en esta zona. Ese va a ser mi regalo de vida para la que será mi mujer y la herencia que le dejaré a los hijos que tendremos y a las futuras generaciones. Una herencia de trabajo honrado, lucha y sacrificios. Creo que el hombre además de dejar hijos en esta tierra debe de sembrar árboles, ese es el mejor presente para los que vienen detrás de nosotros.

Miré su obra detenidamente, imaginé su visión. Teníamos muchas cosas en común, una de ellas era el amor por la naturaleza y por las plantas. Tal parecía que el paisaje que nos rodeaba eran fragmentos y una extensión de nuestro ser haciendo un complemento perfecto con los dos. Detuvo su bicicleta a la orilla del camino y nos bajamos; él apretó mi mano y mirándome a los ojos fijamente acercó su rostro a mi cara. Yo comencé a temblar. Jadeante me susurró:

-Podre vivir muchas vidas, pero la mejor será junto a ti.

Quedé paralizada, Felo no conocía la historia de las otras vidas que contó Deborah.

Y sin pronunciar otra palabra y muy lentamente, aproximó su cuerpo hacia delante hasta quedar pegado contra el mío. Nunca había sentido una sensación igual... sentí su pasión crecer y apretarse contra mi vientre...el mundo se había detenido. Depositó todo su amor en mi boca. Primero con ternura, luego con la intensidad y el vigor del que ha esperado por siglos este instante. Yo respondía de igual manera; nunca me habían besado, pero esos besos no me eran ajenos. Aquellos cálidos y tiernos labios eran conocidos, mi alma tocó su alma y nos fundimos en un largo abrazo. Esa fue nuestra primera vez.

Presentes en este encuentro, estaban sus cocales recién sembrados y los altos árboles que adornaban el camino. Su voz entrecortada interrumpió el silencio y quedamente en mi oído me preguntó:

–¿Quieres ser mi novia?

Le respondí besando sus labios. Me amaba y yo a él, pero teníamos que ser cautelosos, éramos muy jóvenes. No sé cuántas horas pasamos ensimismado el uno con el otro agarrados de la mano, redescubriéndonos mutuamente. Felo y yo juntos de nuevo, con aquel amor de adolescentes y tan viejo a la vez.

Luego, él escuchó pacientemente todo lo que tenía que decir sobre mi problema familiar y mis planes para solucionarlo. Con un simple: "Yo estoy contigo", me regresó el alma al cuerpo, me sentí segura, tranquila.

La paz que sentía con Deborah era diferente, ella me llenaba el espíritu, calmaba mi alma, siempre decía lo preciso en el momento indicado, pero no me daba soluciones "terrenales", en cambio, Felo era esa otra pieza: real y física que me iba nutriendo el cuerpo y mis sentidos. Me hacía sentir de una manera especial, era como la otra mitad de mi misma. Ahora entendía por qué los ángeles caídos nos envidiaban. El amor es lo más sublime que hizo el creador. Y disfrutarlo con los cinco sentidos y con la persona indicada, era un regalo del cielo.

Una trampa para Felipe

Esa tarde llegué a mi casa feliz como hacía mucho no me sentía. Mi madre me vio entrar con un rostro resplandeciente. Mi sonrisa me delataba.

– ¿Por qué tan contenta?... ¿Has sabido algo de tu tía? – Preguntó tratando de descubrir el motivo de mi alegría

–Aún nada en concreto. Te pido estés tranquila, no pienses nada negativo, las malas noticas corren rápido.

–Pues yo si tengo noticias –dijo tajantemente, yo comenzaba a ponerme tensa otra vez..

–Aquí estuvo más temprano Cachitica, comentó que Ferni le envió un recado con alguien pues quiere reunirse con ella.

–¿Con Cachitica? –reaccioné sorpresivamente.. ¿Y por qué con ella?

–Acuérdate, hija, que Cachitica tira las cartas, los caracoles, hace limpiezas de energías y dice que adivina el futuro; yo imagino será para algo de eso. Lo importante es que se reportó y al menos... ¡está viva!

–Y... ¿por qué no va a estar viva, mamá? Ni digas nada de eso.

–Siempre que hay problemas tengo la sensación que algo terrible va a suceder y no voy a ver más a mis seres queridos.

Comenzaba a entender el trauma de mi madre y el porqué de sus reacciones siempre concluyentes. En su última vida ella quedó huérfana muy chica de su mamá Ferni y luego me perdió a mí de una manera trágica y drástica. La abracé pues sabía que su alma necesitaba consuelo.

–Todo va a estar bien. Al menos tía se reportó con alguien. –Trataba de animarla mientras pensaba en voz alta..

–Tía Ferni debe de estar muy confundida y desesperada para haber llamado a Cachitica, ella siempre ha sido muy renuente a todo eso de brujerías o poderes mágicos. ¡Ni siquiera cree mucho en mis poderes! –objeté.

–Eso mismo pienso, pero si tiene que desahogarse que lo haga, lo importante es que diga y cuente.

Aunque yo tampoco había creído del todo en los poderes mágicos de Cachitica, sabía que era noble y nos tenía un cariño especial a todos en la casa. Era buena idea que tía Ferni hablara con alguien aunque ese alguien fuera la negra santera. Al menos sabríamos que pensaba, pues Cachitica con su imprudencia nos lo contaría todo.

La fe comenzaba a circular por mi cuerpo dándome una sensación de que las deudas pendientes que tenía con ese hombre por trescientos años estaban a punto de ser saldadas.

Pasaron dos horas cuando desde lejos vi llegar cautelosa a tía Ferni a la casa de Cachitica. Estaba de incógnito. Parecía una de esas americanas turistas con un gran sombrero y gafas de sol.

Ese era el momento que yo estaba esperando; quería a mi tía lejos de Felipe por unas cuantas horas y con Cachitica, ese tiempo estaba asegurado, ¡con todo lo que le gustaba hablar! Salí disparada en busca de Felo. Esta vez no me costó trabajo hallarlo pues estaba sobre aviso.

– ¡Llévame al hotel lo más pronto posible! –Casi fue una orden lo que emití.

–¿Al hotel? ¿Estás segura, Carmen?

–Segurísima– Subí a su bicicleta mientras rodaba veloz como un ave por las calles de polvo.

–Tú conserva una distancia prudencial y no interfieras a no ser que yo te lo pida, por favor – le dije.

–¡Prométemelo, Felo! Si interfieres, podrás echarlo todo a perder.

–Bueno…. dijo entre dientes.. No estoy muy de acuerdo con tu plan pero confió en que tú sabrás lo que haces.

– ¿Me das tu palabra que no te meterás a no ser que te llame? –insistí.

—Te lo prometo, Carmen, cuenta conmigo.

Llegamos al hotel. Apresuradamente bajé de la bicicleta.

—Escóndete cerca de aquí, Felo, y mantente alejado.

—Cuídate, Carmencita, que no te pase nada. —Sonaba preocupado.

—Nada me pasará, mi amor. —Traté de calmarlo atreviéndome a llamarlo "mi amor" por primera vez; me sonrió y parecía que entendía mi osadía.

Más decidida que nunca entré al hotel. Con el rabo del ojo vi a Felo alejarse del lugar.

De inmediato, caminé muy valiente hasta la carpeta de la recepción.

—Buenas, tardes, ¿podría llamar a la habitación del señor Felipe Ignacio y la señora Ferni?

—Un momento, ¿quién lo busca?

—Dígale que su sobrina Carmen. —El mozo subió a tocarle en la puerta, al rato regresó.

—Nadie contesta, parece que no están en la habitación, ¿quiere dejar un recado? —Inquirió el muchacho. Comencé a inquietarme pues temía no salieran las cosas como lo había pensado. Estaba intranquila y un poco nerviosa, en eso, sentí una mano posarse sobre mi hombro.

-¿! Carmencita!? ¿Qué haces aquí? - ¡Era Felipe! Tratando de aparentar cierta calma le respondí inmediatamente:

-Hola, Felipe, vine a buscar a mi tía. Bueno, en realidad a los dos, queríamos invitarlos a comer con nosotras en la casa, y de alguna manera para agradecerte la cena de la otra noche. -Felipe me miró un poco confundido, pero de inmediato reaccionó.

-Justo estaba en salida, tu tía no está aquí, me dijo iría a ver a tu madre, por eso no comprendo que haces tú por acá buscándola a ella- Definitivamente, Felipe era un hombre astuto. Lo miré detenidamente. Menos mal que no recordaba nada de la vida pasada; el solo hecho de pensar que ese ser tan negativo y repugnante pudo ser mi esposo en una época de mi existencia, me revolvía el estómago. Yo debía continuar como si nada.

-Pues en verdad, no sé, Felipe, desconocía que mi tía andaba por allá. Yo estaba cerca del hotel y quise invitarlos sin contar con mi madre. -Me observó por unos instantes mientras depositaba su llave con el conserje, y tomándome del brazo caminamos hacia la puerta.

-Vamos, salgamos tú y yo, iremos a donde tú quieras. Deja a tu tía y tu madre solas por un rato. Voy a llamar un coche, uno de verdad de los que tiene motores -dijo mientras su mirada recorría todo mi cuerpo; sentí asco pero me contuve.

- ¿Qué te parece si vamos a mi casa y ya nos juntamos con tía Ferni? –Acababa de tirar una "moneda al aire"; si Felipe aceptaba ir a casa descubriría que tía Ferni no estaba allí y las cosas podrían tornarse peor.

–En realidad, prefiero pasear a solas contigo, conversar y conocerte más aún.... –me contestó endulzando su voz..

–La otra noche fuiste muy simpática y amable, no quiero que pierdas esa buena racha de estar a bien conmigo –agregó un tanto meloso tratando de ser simpático.

–Muy bien, tío Felipe –le dije queriendo enfatizar en el hecho de que él era hermano de mi padre.. ¿Qué te parece si vamos al río que está cerca de casa?

–¿Al río? –exclamó un tanto sorprendido.

–Si, al río. Es un sitio muy tranquilo y hermoso. Ya que dices que me quieres conocer, te voy a llevar a mi lugar favorito. Usualmente no hay nadie allí, podremos conversar a gusto –Yo estaba engatusándolo tal vez de la misma manera que él me había engatusado a mi hacía trescientos años atrás, cuando planeó matarme sin piedad. Estaba segura de que no correría peligro. Primero, porque Deborah siempre andaba por allí y segundo, tenía a Felo de guardaespaldas.

−Pues vamos...me gusta la idea. Espérame aquí sin moverte, déjame buscar al chofer del único coche que se puede alquilar en este pueblo. ¿Nunca has montado en un carro de motor?

−Nunca −le respondí .Felipe volvió a entrar al hotel, vi a lo lejos a Felo quien intranquilo me hizo un gesto con su mano tratando de averiguar qué pasaba; yo le respondí rápidamente indicándole que todo estaba muy bien. Pasaron unos diez minutos cuando apareció Felipe, lucía contento, como si fuera a ganarse un premio.

−Todo arreglado, pasan por nosotros en un rato, si quieres te invito a un refresco .

Asentí con la cabeza y entramos al bar del hotel. Felipe hablaba y actuaba con mucha soltura, seguro de sí mismo. Haciéndose el importante con el poder que da el dinero ajeno, me lo imaginaba en su época de capitán haciendo las mismas ridiculeces. El único auto disponible que había en el pueblo vino a recogernos y nos fuimos. Nunca había tenido en mis planes subirme a un aparato de esos de cuatro ruedas; estaba inquieta, pero la ansiedad de lo que planeaba era más fuerte que detenerme a pensar en cosas banales. Con disimulo traté de mirar hacia atrás y vi muy lejos la bicicleta de Felo a toda velocidad tratando de no perdernos. Pasamos por delante de la casa de Cachitica donde se encontraba mi tía en esos instantes en plena sesión de espiritismo buscando respuestas donde no las había. El carro levantaba una fuerte polvareda que Felo de seguro se la tragó.

– ¿Buscas a alguien? –preguntó Felipe con voz de seductor.

–Para nada, es que no estoy acostumbrada a montar en estos aparatos y la velocidad es algo que siempre me ha llamado la atención.–Felipe sonrió ante mi aparente inocencia.

Capítulo 18

El capitán y su víctima

Llegamos al río, el coche regresó por donde vino. A pocos metros se escuchaban las olas del mar furiosas rompiendo contra la orilla. Busque con la vista a Deborah, pero ni rastros. La brisa estaba más fuerte que otros días, mi pelo volaba al viento, saqué de mi bolsillo, a propósito, la peineta dorada de las tres piedras y me recogí el cabello. El brillo de la joya no pasó desapercibida para Felipe.

–Que pieza tan bonita, déjame verla....

Casi con coquetería me acomodé el pelo mientras le mentía:

–Esta peineta es imitación barata de una que dicen existió en este lugar hace tiempo. Al rato te muestro...es que no quiero se me enrede mi pelo con el viento. .

Felipe sonrió con la amabilidad del lobo que prepara a su presa antes de atacar.

–Muy bien, luego me la muestras. –Su tono de voz cada vez se iba volviendo más meloso..

–Estas muy linda, Carmencita, eres ya toda una mujer, te pareces mucho a tu madre... a Norma.

–Eso dicen, que me parezco a mi madre. Siéntate Felipe, ahí en ese tronco. ¿Nunca habías estado en este río?

Felipe miró detenidamente a todas partes, sus ojos se clavaron por unos instantes en las trasparentes aguas, luego en mi peineta, después en mis piernas...y serenamente respondió:

−No, nunca había estado por acá; jamás había estado en un sitio tan hermoso.

¡Ahhh...! −suspiró tragándose el aire..

−¡Y pensar que lo he tenido tan cerca y nunca me había detenido aquí! Es un sitio realmente diferente a todos los que he visto. Hasta podría decir que el olor de tu pelo está impregnado en la brisa que corre por este lado −dijo en tono tentador.

−Este lugar es muy especial para mí −le dije tratando de alguna manera conectar con su alma perversa; quería que recordara la atrocidad que había hecho en este río hacía tres siglos.

−Pues tienes muy buen gusto, este sitio es mágico, aquí se respira paz, armonía, pureza; se percibe la belleza de tu cuerpo, de tu piel.....− Felipe se detuvo en seco por unos segundos y vi que palideció levemente.

− ¿Estás bien? −le pregunté aparentando inocencia.

−Sí, claro, claro, estoy fenomenal... en realidad no... solo tengo un leve dolor aquí en el pecho, algo raro.

Su voz se quebró y de momento cayó derrumbado al suelo sin conocimiento.

–¡Ay, Dios mío! ¿Qué es esto?... ¡Felo, Felo, Felo, Feeelooo!

Felo estaba trepado encima de un cocotero que usó para observar de lejos como el mástil de un barco. Hábil como era, bajó en menos de tres segundos y corrió hacia mí.

–¿Qué le pasó a este hombre, Carmen? ¿Qué le dijiste?

– ¡No le dije nada! ¿Qué hacemos?

–Creo que lo mejor es dejarlo ahí tendido y alertar a tu tía y a tu mamá que este individuo está aquí. Vamos a la casa, corre...corre

– ¡No!, ¡Felo! Él despertará en cualquier instante; vete y avísale a mi madre, dile que lo encontramos acá y que se desmayó, que vaya a casa de Cachitica por mi tía. ¡Dale, Felo! ¡Vete ya! –No muy convencido de dejarme a sola con Felipe, se fue rumbo a mi casa.

Felipe seguía tendido en la arena, estaba sin conocimiento. Miré a todos lados con la esperanza de ver a Deborah aparecer, pero nada. Agarré con mis manos un poco de agua del río y se la eché por la cara. El hombre no reaccionaba. Toqué la vena de su cuello y sentí los latidos de su corazón. Volví a verter más agua en su cara, le di un par de cachetadas bien sonantes y con ganas, y al fin Felipe abrió los ojos lentamente.

—Dulce María....murmuró mientras apretaba mi mano.

Sus pupilas estaban dilatadas, me miraba fijo a los ojos.

—Dulce María. —Repitió. Sentí miedo por primera vez. Su rostro parecía trasformado, traté de zafar mi mano de la suya pero me la apretó más fuerte aún. Creí por un instante que había caído en mi propia trampa. Felipe tenía el control. Entonces reaccioné enérgicamente:

— ¡Yo no soy Dulce María, soy Carmen! —alcancé a gritarte. El pareció reaccionar y lentamente se incorporó.

— ¡Diablos! No sé qué pasó... fue algo muy raro. —Felipe se veía visiblemente aturdido.

—¿Qué te pasó? Estabas hablando muy bien, diciendo que te gustaba este sitio y de momento te desmayaste.

—No entiendo, jamás me había sentido así de mal. De repente comencé a ver cosas raras frente a mí; vi la cara de una mujer borrosa, no sé quién es, no creo la conozca... luego empezó a brotar de la nada mucha sangre, sangre por todos lados... parecía muy real. Siempre me ha aterrado la sangre, no le digas a nadie, pero soy débil ante ese líquido rojo. Cada vez que me sacan sangre me desmayo y mucho menos puedo ver una herida abierta o algo que se parezca. Esto de hoy debe de ser una alucinación, desde ayer tengo un poco de fiebre. –Felipe sonaba convincente de su comentario.

– ¡Sangre! –repitió.– Hasta soñándola me hace perder la razón, no me creerás, ¡pero vi este río lleno de sangre!

Quedé muda por unos instantes.

–Pues sí, debe de ser eso –atiné a responderle. Permanecí inmersa en mis pensamientos, Felipe había logrado traspasar el umbral del tiempo y había visto su final, bueno... nuestro final; ya no me cabían dudan de que los relatos de Deborah eran completamente ciertos.

Era irónico que Felipe confesara que le tenía miedo a la sangre, él que hizo derramar un caudal de mi ser. Tratando de aparentar tranquilidad concluí...

–Tengo remedios en casa, Felipe, unas yerbas muy buenas que te relajarán; si quieres vamos para allá y te preparo un cocimiento. –Aún aturdido respondió.

–Sí, vamos, no me siento bien del todo, estoy mareado...disculpa, yo quería pasar unas horas tranquilas y maravillosas contigo y mira lo que me pasó. – Tratando de no perder su ecuanimidad expresó en forma de broma..

–Eso es la vejez, ya estoy viejo, Carmencita, no estoy como tú, llena de vida. –Felipe trató de no darle importancia a lo ocurrido pero yo sabía que su conciencia se había removido, su alma había recordado y sus días serían un infierno en esta tierra a partir de ese momento.

Caminando lento llegamos a casa. Felo había hecho su trabajo muy bien. Mamá abrió la puerta y allí, en el sofá, estaba sentada mi tía con Cachitica a su lado. Las tres me miraron con cara de asombro mientras trataban de aparentar calma. Entré con Felipe, quien muy despacio y amablemente saludó:

–Buenas tardes a todas, disculpen, pero no me siento bien, si no es por Carmencita, que me recogió y me trajo hasta acá, no sé qué fuera de mí. –Las tres quedaron mudas. Solo mi madre con un gesto le indicó que se sentara.

Yo fui directo a la cocina y comencé a prepararle el té de canela y manzanilla para subirle la presión y calmarlo a la misma vez. Mamá entró de improviso, aunque ya me lo esperaba.

–Luego me vas a explicar qué significa todo esto. ¿Qué hacías tú con ese hombre a solas en el río? Escúchame bien, Carmen, esto se está complicando cada vez más, tu tía Ferni acaba de confesar ¡que está esperando un hijo de ese hombre!

– ¿Qué? ¡¿Un hijo de Felipe?!

–¡Sí! Baja la voz…como lo oyes; apenas tiene un mes y su estado es delicado. El aún no lo sabe. Lo peor que podía pasar en este momento es que llegue un hijo de ese maldito.

Quedé inmóvil. Tía Ferni había muerto en su otra vida al dar a luz a la que fue su hija, ahora mi mamá Norma, justo ella era quien decía que era mal momento para que llegara un ser a este mundo.

—No creas que me da gusto que tía tenga un hijo de Felipe, pero esa alma que viene en camino algo tendrá que aprender en esta vida y no lo veas como el "hijo del maldito", míralo como un "ángel conciliador". Hay que cuidar mucho a tía y a su criatura.

—Pero Felipe la golpea, la trata mal, le roba su dinero; ella no puede seguir con él.

—¡Shsss… Baja la voz! pueden escucharte… todo eso lo sabemos. Yo misma me encargaré de cuidar el embarazo de la tía. Vamos a las autoridades a denunciar a Felipe, ella tiene que alejarse de él y venir acá con nosotros.

—Quien único puede denunciarlo es ella, y tiene miedo…

—Ahora existe un motivo muy grande para luchar contra las fuerzas del mal, una nueva vida va a llegar y tía Ferni tendrá que pelear por ella y por su niño.

Mamá y yo salimos de la cocina. Tratando de disimular, amablemente le di el té a Felipe quien aún lucía pálido. Mi tía se veía agotada, estaba muy delgada. No pude contenerme, fui hasta ella y la abracé fuertemente.

–Tenía muchas ganas de verte, tía. –En sus ojos percibí un brillo diferente, era una mezcla de esperanza pero a la vez miedo. Alcancé a murmurarle al oído:

–Todo estará bien, te lo prometo. –Ella me sonrió levemente casi esforzando una sonrisa. Felipe recostaba su cabeza en el mueble, nunca antes lo había visto frágil. ¿Le habría ganado una batalla o simplemente habría revuelto la maldad de este hombre que aún no se enteraba que se convertía en el padre? ¿Qué alma entraría en ese cuerpecito que comenzaba a formarse? Un ser de luz... o ¿un digno hijo de su padre terrenal? Solo el tiempo podría darnos la respuesta.

El renacer de cacique de oro

Al día siguiente del incidente del río, quería hablar con Deborah. Un pequeño perfume inundaba la costa cerca de donde era nuestros encuentros. Olía a rosas y allí no había ningún rosal. Esta vez, la figura de Deborah se vislumbraba en la orilla del río. Parecía que flotaba, estaba concentrada en su contemplación de las aguas cristalinas. Me acerqué lentamente y traté de no interrumpir lo que parecía su meditación.

- ¿Cómo amaneciste, Carmen? –Sin quitar la vista de su aparente objetivo comenzó a hablarme..

–Conozco todo lo que aconteció ayer aquí, he podido leer la energía que se quedaron impresas en este lugar. Felipe recordó parte de su pasado. En estos momentos está muy atormentado pues él no cree en lo que vio, pero sabe que tiene una condena muy fuerte. Su alma arrastra cadenas pesadas.

–¡Deborah...! –La interrumpí, pues su tono calmado me estaba poniendo nerviosa..

- ¿Cuál será la reacción de Felipe ahora que sabe parte de la verdad?

–Felipe sabe más de lo que te contó ayer. Traerlo aquí al río fue una buena idea de tu parte. Yo estaba segura que tú buscarías la manera de desenredar y ponerle punto final a esta historia justo ahora que él será padre.

–¿Cómo sabes que mi tía está esperando un hijo de Felipe? –No sé ni para qué hice una pregunta tan tonta ¡Deborah sabía todo: pasado, presente y futuro!

–Un alma muy poderosa está a punto de bajar a estas tierras. Es un espíritu al que se le está dando una segunda oportunidad. Los seres de luz pensaron que el vientre escogido para que encarnara fuera el de tu tía. Se había analizado con mucho detenimiento su ADN espiritual.

–Pero, ¿de quién hablas? ¿Quién es ese espíritu que bajará?

–Muchos siglos después de estar atrapado en su cuerpo de oro, los jueces celestiales darán una segunda oportunidad al cacique Ledif. Su alma reencarnará en esta misma Isla, mezclándose con las almas que en ella habitan y quienes también cumplirán y terminarán su propia condena.

Hace tres meses se está planificando este nacimiento, el alma del cacique fue llamada a tribunales y él hizo una promesa al creador: vendrá a hacer el bien a todos los hijos de esta Isla, reencarnados en estas tierras, asegurando que él trabajará para quitarse la maldición que lo había detenido por siglos y a la vez limpiar el "arrastre" de los hijos de Israel que están naciendo en la Isla Mística.

- ¡No puede ser! –casi grité angustiada..

–¿¡El indio de oro nacerá del vientre de mi tía Ferni!?

–Los seres de luz lo bendijeron con la promesa de que no volverían a castigarlo pasase lo que pasase. Su inteligencia, astucia y sabiduría serán devueltas.

- ¿Cómo vamos a educar a esa alma que viene de unos progenitores que están llenos de problemas? No son felices y no se aman. Además, con un padre totalmente desequilibrado, un asesino condenado como dijiste, por el Universo. ¿Qué podremos esperar de ese ser que ha estado atrapado y castigado en ese cuerpo de oro por tantos siglos?

–Todo lo que dices es cierto. Pero existe una persona clave y redentora... que eres tú.

–¿Yo? ¿Qué tengo que ver en esto? ¡No es mi hijo! –inquirí agobiada ante la responsabilidad que pondrían en mis hombros.. –¡Apenas en meses voy a cumplir quince años!– traté de recordarle a Deborah.

–Tienes que ver mucho. Tú estás evolucionada espiritualmente, eres un ser escogido, podrás guiar a esa alma y dejarle que rescate su esencia divina, esa que prevalece por encima de la maldad. Nosotros creemos en los seres humanos, el Creador no se equivocó al imaginarlos y ponerlos en este planeta. El ser humano tiene una capacidad inmensa para hacer el bien no el mal. Solo hay que recordárselo.

– ¿Qué pasará con Felipe? Con ese malvado, tal vez corrompa a su propio hijo.

–¡Nada de pensar cosas negativas! –Por primera vez Deborah me habló enfáticamente. No tenía escapatoria.

–Bueno, me imagino que sea lo que fuera ya está decidido por agentes del mundo que no se ve. Yo lo que veo acá son problemas sobre problemas.

El solo hecho de pensar que el cacique de oro fuera a renacer dentro de mi familia me ponía mal. Y más aun viniendo de un padre tan avaricioso como el mismo Ledif lo había sido en su momento y por lo cual fue castigado. No me quedó otra alternativa que tratar de calmarme, tratar de acoger al niño que sería mi primo por partida doble, llevando la sangre de tía y la de mi padre por ser Felipe hermano de este. Dios me daría la fuerza y sabiduría para guiarle sus pasos por el camino del bien. Si esa era mi tarea, no me quedaba otra solución. Deborah prosiguió:

–El cacique de oro conoce los secretos de los cristales y de la existencia de los restos del continente debajo de esta Isla, y eso, es algo que tú debes dominar.

Nosotros te orientaremos, no te dejaremos sola en esta misión que tienes frente a ti.

Me senté encima del tronco con la cabeza entre mis manos ¡Por Dios, yo empezaba a vivir! Quería hacer mi propia familia con Felo y ser feliz. La tarea pesaba mucho para mis pocos años. ¿Haría del cacique de oro un ser bondadoso y digno de habitar en la Isla Mística? Pensé por un momento que mi futuro con Felo comenzaba a desvanecerse.

–¡Carmencita...! –la voz de Deborah me sacó de mis obscuros pensamientos..

–Todo lo harás. Tienes poderes especiales, dominas secretos que nadie de esta dimensión conoce. Sólo tú lograrás encausar el alma del indio de oro. ¡Sólo tú!

Toda la tensión acumulada por casi un año fluyó por mis ojos, comencé a llorar con fuertes sollozos que retumbaban mi ser. Parecía que el dolor acumulado por siglos estaba descargándolo en ese instante de desahogo.

–Llora todo lo que quieras, las lágrimas son la mejor manera de limpiar el alma– me dijo Deborah mientras detenidamente observaba mi reacción..

–Hay pruebas y obstáculos que parecen nos van a aplastar, pero en realidad nos engrandecen.

–¿Qué sabes tú de dolor y llanto, Deborah si no eres humana? –me atreví a retarla entre sollozos. Ella no se inmutó con mis palabras.

−Es cierto, no sé de lágrimas ni he experimentado dolor físico, pero he visto por miles de años a personas llorar y sufrir. Luego al final, cuando todo pasa, entienden que esa congoja era necesaria para su evolución.

Deborah agarró mis manos entre las suyas, la suavidad de su piel definitivamente no era real. Como por arte de magia comencé a calmarme, a sentir una paz en todo mi ser. Recobré la confianza. Deborah continuó...

−Cuando el cacique de oro nazca, nadie podrá recordarle quien es. Tú lo tratarás como un ser iluminado, en realidad lo fue en su momento, solo que la avaricia y la maldad pudieron más que él. De Felipe no te preocupes, muy pronto escucharás noticias de él. Confía primero en ti, yo he venido de muy lejos para prepararte solo para ese encuentro, además, tú antes de nacer pediste proteger los cristales y encauzar el alma de Ledif, el indio de oro. Sé que no lo recuerdas, pero poco a poco entenderás tu misión.

Capítulo 19

Felipe tras su destino

Los días fueron pasando. Una aparente calma soplaba a nuestro rededor. Preferí concentrarme en mis plantas medicinales, en las personas que necesitaban mis servicios y también en buscar tiempo para compartir con Felo y tener nuestros encuentros románticos. Aquel amor iba creciendo como crecían los cocoteros que él había sembrado con sus manos. Nos veíamos a escondidas, palpitando con esa emoción que solo el amor de adolescentes puede sentir... aunque con Felo esos estremecimientos han durado toda la vida, aún me emociono cuando lo veo llegar, ya viejo, cansado, arrastrando los pies, pero con esa misma sonrisa y su mirada que aún se ilumina y se llena de amor al verme.

Me atreví a interrumpir a Carmen por un momento.

–Dígame algo, Doña Carmen.–Tenía muchas preguntas atoradas en mi garganta..

–¿Cuándo Deborah se fue de su lado?

Doña Carmen suspiró y por unos instantes su rostro se puso triste.

–Deborah nunca se ha ido de mi lado, aunque jamás la volví a ver físicamente, ni escuche más su voz cargada de misterios, sabidurías, secretos sobrenaturales; yo siento su presencia. Ahora que estoy casi al final de mi vida te diría que hay veces que me parece escucharla... Su imagen está aquí, en mi cabeza y presiento que la voy a ver de un momento a otro como cuando la encontraba en el río esperándome.

Doña Carmen me miró fijo a los ojos.

–Desde la noche que partió, no regresó jamás; la vida nos regala amigos y momentos que se quedan para siempre aquí, en nuestros corazones –Dijo en tono melancólico tocándose su pecho..

–Los que ya no están físicamente a mi lado, están cada vez más cerca, pero sigamos con lo que aconteció en aquel tiempo, aún faltan muchas cosas por contar.

Tía Ferni regresó al hotel con su esposo y pasaron días sin saber de ella. Felo se encargaba de pasar en su bicicleta y vigilarle los pasos siguiendo mis instrucciones. Él regresaba de su misión de espionaje y me alertaba: «La vi saliendo con ese hombre del hotel»... «La vi entrando»... «Parece que todo va bien, lucen una pareja normal».

Quería pensar que el episodio del río había movido las fibras sensibles y tal vez había logrado ocasionar algún cambio positivo en Felipe, pero realmente no ocurrió así.

Una tarde un mensajero del pueblo llegó a nuestra puerta, venia de parte de tía pidiéndonos que fuéramos al hotel urgentemente. Mi madre y yo nos asustamos mucho pues sabíamos su estado. Lo más rápido que pudimos nos movimos. Al llegar al sitio la encontramos sentada encima de su maleta afuera del hotel. Al vernos se levantó rápidamente, abrazó a mi madre mientras entre sollozos confesaba su dolor:

– ¡Felipe me abandonó y me lo robó todo!.... No tengo nada, ni siquiera para pasar una noche más en el hotel.

–No importa, hermana– respondió mamá entre acongojada y feliz– tú tienes nuestra casa y ahora mismo regresas con nosotras, pero... ¿Qué pasó? ¿Por qué se fue?

Busqué un vaso de agua para tratar de calmarla un poco; el pequeño bulto de su barriga comenzaba a notarse. Regresé lo más pronto que pude y casi de un sorbo se la bebió y tomando aliento nos contó:

–Después que estuvimos en tu casa, hace casi dos meses, Felipe pasó unos días tranquilo y hasta amable conmigo. Una mañana amaneció cantando como hacía en sus buenos tiempos. No sabía cuál era el motivo de su alegría pero pensé era el momento de darle la notica, me llené de valor y le dije que estábamos esperando un hijo. Yo estaba feliz, creí que de igual manera él se pondría contento. Ese hombre, en vez de alegrarse, se enfureció. Su cara se fue trasformando y parecía otra persona. Me dijo:

«ese niño no va a nacer», y sin pensarlo dos veces me golpeó empujándome contra la pared por lo que temí por la vida de mi hijo. De momento, cesaron los gritos y los puñetazos y Felipe salió por la puerta como un loco desapareciendo por dos días. Yo quise ir a buscarlas a ustedes en ese momento, pero tenía la esperanza de que él recapacitara; cuando volvió me tiró en la cara un papel que me hizo firmar a la fuerza.

– ¿Qué decía ese papel, tía?

–Era un acuerdo de separación, o sea, de divorcio, que según constaba era de mutuo acuerdo y en letras grandes rezaba que yo le traspasaba todos mis bienes.

–¿Y tú firmaste? ¿Así, sin buscarte un abogado? ¿Sin consultar a nadie ni siquiera a nosotras? – indagó mi madre visiblemente molesta.

–Felipe volvió con la misma mirada cruel con que se había ido, con las mismas palabras fuertes y dura con que me había hablado. Agarrándome por el cuello me dijo: «si no firmas ese papel… ¡yo mismo me voy a ocupar de sacarte ese engendro a patadas!» –Tía Ferni comenzó a recordar el mal momento que vivió y entre llantos continuó…

–Yo escogí la vida de mi hijo. Nadie me va a separar de él. Ahora tengo por quien luchar. –Mi madre estaba impactada ante tanta maldad por parte de Felipe; de él me esperaba lo peor y hasta me alegraba que se hubiese largado de una vez y por todas de nuestras vidas.

–Tranquila, tía, vámonos para la casa y dale gracias a Dios que estas bien y saliste de esa lacra humana.

Nos abrazamos y sabíamos que comenzábamos de cero. Trataríamos de olvidar el mal que aquel hombre había dejado impreso en el alma de las tres. Tuvimos suerte que una carreta nos recogiera y nos trajera de regreso a casa. Al llegar, miró todo con detenimiento, arrepentimiento y nostalgia..

–Nunca debí hacerle caso a ese hombre... ¡Jamás debí casarme con él!

–Tía, en la vida nosotros mismos somos los que vamos escribiendo el libreto de nuestro destino. El Universo nos da una sinopsis de la historia y tú la haces a tu manera. Caminas por senderos torcidos y al final todo este sufrimiento tiene un solo propósito, y es que nazca tu hijo y todo parece indicar que nacerá libre y lejos de la maldad de Felipe.

– ¡Esa gente está maldita! –Dijo mi madre de repente.

–¿Qué gente? ¿A quién te refieres? – indagué.

–A tu padre y todos sus hermanos, ninguno sirve para nada, hacen hijos y los abandonan como hizo el tuyo conmigo ¡Yo no escribí ese libreto! Ese fue el destino que quiso se cruzara en mi camino, igual que Felipe se atravesó en nuestras vidas.

De más estaba aclararle que Felipe era un ser que venía persiguiéndonos de otra vida, que ya nos había robado y cometido hasta un crimen; ellas no me entenderían.

Opté por callar y prepararle un té que las haría dormir toda la noche. Definitivamente me tocaba a mí cuidarlas, protegerlas y velar por el niño cuando naciera. La misión espiritual y física que me esperaba, no era nada fácil.

Lo que dicen mis ojos

Los meses fueron trascurriendo lentamente y ¿por qué no? Plácidamente podría decirlo. Mis encuentros con Deborah continuaban y sus enseñanzas se centraban cada vez más en los secretos de los planos superiores.

Había pasado un año desde que aparecieron en mi vida Deborah, Odín y Felo, casi los tres a la misma vez. Había cumplido quince años. Me sentía toda una mujer. Mi madre comenzó a sospechar que traía algo más que una amistad con Felo, pues en dos ocasiones cometimos la imprudencia de encontrarnos frente a la casa. El amor y el dinero no se pueden ocultar.

–¿Qué te traes con ese joven, Carmen? –Su pregunta me agarró de sorpresa y de momento tartamudeé...

–Madre... yo... pues soy su amiga.

–¿Amigos? ¡Cuando tú vas... yo regreso! Así que habla, niña. –Me llené de valor y le dije:

–Pues sí, creo que es hora que lo sepas. Felo y yo estamos enamorados. –Al escucharlo de mi boca, mi madre se sorprendió pues nunca pensó que me atrevería a decirlo.

– ¿Qué? ¿Y desde cuándo esto está pasando?

–Hace apenas unos meses, mamá; amo a Felo y él me ama también, es un buen chico y yo...

–¡Tú estás muy joven todavía! Escúchame bien, Carmen, a mí me fue muy mal en el amor y a tu tía le ha ido fatal... yo no quiero que la historia se repita contigo.

Yo afronté a mi madre...por Felo cualquier cosa haría

–¿Tú no quieres que me enamore? Tanto tú como mi tía se enamoraron de quienes quisieron y se casaron con quienes eligieron, así que tengo el derecho de hacer lo mismo. –Por unos instantes mamá quedó muda; recobrándose volvió a la carga:

–¡A mí no me vengas con sermones de que tú tienes derechos!... Los tiempos han cambiado, además, eres una joven con muchos talentos, aún te falta mucho por vivir... no cometas mí mismo error.

–Sí, madre, a mis pocos años creo que he vivido muchas cosas y aún tengo una vida por delante... pero deseo vivirla junto a Felo. Ambos deseamos pasar el resto de nuestras vidas uno con el otro. ¡Él es mi hombre! –Le dije categórica.

Mamá abrió los ojos descomunalmente, pensé por un instante que me daría una cachetada. Llevándose las manos a su pecho, casi susurró:

–¡Dios mío!... creo que por primera vez veo a alguien de esta familia realmente loca de amor y mira ¡que eso es mucho decir! –Mirándome fijo, me dijo en tono firme:

–Dile a ese joven que venga aquí, que dé la cara y que me pida permiso para estar contigo.

–O sea... ¿quieres que te pida mi mano?

–¡Carmen! –Mamá comenzó a descomponerse otra vez y haciendo un esfuerzo por calmarse me respondió..

–Sí, eso quiero; deseo leer en sus ojos sus verdaderas intenciones, porque en los tuyos vi que realmente hay amor.

El anillo de Felo

Casi muerto de susto, Felo llegó a mi casa. Traía una camisa recién planchada y unos pantalones que parecían nuevos. Mi madre lo miró de arriba abajo. Sentada en una esquina de la sala, mi tía, tranquila y feliz, parecía solo concentrada en la barriga que iba creciendo por días.

–Señora.... –Comenzó Felo a hablar, pensé que las palabras no le saldrían de la garganta pero para mi sorpresa no fue así. Con una madurez increíble, habló con mi madre cara a cara y directamente le dijo:

–Carmen es el amor de mi vida, deseo que usted me permita visitarla y quiero que sepan que en mí, tienen a un hombre dispuesto a defenderlas de quien sea.

Mamá quedó sin palabras, creo nadie había sido tan directo expresando sus sentimientos. Sin rodeos ni frases rebuscadas y bonitas como hacia el que ya no estaba... gracias a Dios.

–Muy bien, Felo, eres bienvenido a esta casa. Aquí, como sabes, somos tres mujeres con dos niños y uno en camino, pero estamos más unidas que nunca y no permitiré que nadie venga a interrumpir nuestra paz.

–Yo quiero ser parte de esta paz. Sé que Carmen y yo aún estamos muy jóvenes, pero le pediré se case conmigo. –Sin preámbulo, metió la mano en su bolsillo y sacó un anillo; arrodillándose frente a mí me dijo:

—Carmen, ¿quieres ser mi novia? ¿Quieres convertirte en mi esposa en cuanto la ley nos lo permita?

Aquella declaración espontánea de amor me parecía que ya la había vivido. Con el rabo del ojo vi tanto a mi madre como a mi tía emocionarse hasta las lágrimas.

—¡Sí quiero, Felo! quiero estar junto a ti el resto de mi vida. —Y colocó el anillo en mi dedo, luego me enteré había pertenecido a su madre; no tenía mucho valor monetario pero sentimentalmente cargaba un mundo de emociones. Mi madre se acercó toda excitada y nos abrazó.

—Es bueno contar con un joven audaz como tú en la familia. Solo quiero que sean pacientes y prudentes. Aún tienen tiempo y mientras tanto se van conociendo.

Mi madre ignoraba que ya Felo y yo nos conocíamos hacía siglos. Lo que ella veía era simplemente la segunda parte de nuestro amor. Tía Ferni se unió a la celebración.

—Carmen, espero hayas elegido correctamente. Sé que eres una chica muy madura para tu edad; pero la inteligencia, sabiduría y picardía quedan opacados ante el brillo ciego del amor. Alguna mujer de nuestra familia tiene que ser feliz y yo brindo... ¡porque seas tú! ¡Felicidades, mi niña...!

Tía y mamá parecían contentas con mi alianza con Felo pues formalmente estábamos comprometidos. En medio de la algarabía llegó la negra Cachitica que no se perdía una: «Yo ya lo sabía...» lo comentó haciendo alarde de sus poderes; luego nos bendijo: «Que Oshum lleve este amor por los caminos correctos, ¡dicha y prosperidad para Felo y Carmen!». –Yo me sentí aliviada, ya no tendría que esconderme más para ver a Felo. El mundo se enteraría que él y yo éramos novios y que en algún momento no muy lejano, nos casaríamos.

Doña Carmen hizo una pausa como repasando y saboreando aquellos momentos de felicidad prendados en su memoria, luego prosiguió su relato de amor...

–Después de esa hermosa noche, tuvimos que esperar cincuenta años para que pudiéramos casarnos realmente ante la ley de los hombres y frente a un altar y yo vestirme de novia. –Sorprendida pregunté:

– ¿Qué pasó? ¿Por qué tantos años?

–¡Así es la vida! ¡El hombre propone y Dios dispone! Pero eso sí, Felo y yo nunca más nos volvimos a separar. Las circunstancias y obstáculos que fueron apareciendo en nuestro camino impidieron que realizáramos la tan anhelada boda. Creo que los seres de luz querían comprobar que realmente éramos almas gemelas, que nuestro amor perduraría y quedaría intacto a pesar de no tener firmados un pedazo de papel.

Cada vez que planeábamos casarnos algo pasaba que lo impedía. En cuanto cumplí la mayoría de edad, decidimos vivir juntos y formar nuestra familia. Muy a pesar de mi madre que quería casorio. Además, me amaba y me ama con todas sus fuerzas, ahora puedo decirte que cada promesa que me hizo la cumplió, hasta la de sembrar cocoteros para que su familia lo disfrutara. Sembró miles de cocoteros en toda esta región. En mucho de los troncos de esas matas están grabadas sus iniciales y las mías encerradas en un corazón. Yo me sentía tan feliz a su lado que hasta se me olvidó todo ese trajín de bodas y trajes de novia! El anillo nunca me lo quité de mi dedo, míralo, ¡aquí lo traigo! – Doña Carmen me mostró la argolla, incrustada en su dedo por varias décadas y continuo narrando:

–Después de aquella petición de mano, y tras recorrer juntos más de medio siglo de amor, luchas, sacrificios, vivir experiencias que nos hicieron crecer como seres humanos y como pareja, una tarde cualquiera firmamos el documento legal frente a nuestros diez hijos, catorce nietos y veintidós bisnieto. Mamá tuvo vida para estar con nosotros y creo que fue mucho más emocionante decirle: «sí acepto», mirando sus ojos ya cansados por los años y las arrugas en su rostro, sabiendo que no me había equivocado al escogerlo por estar completamente segura y lo estoy... Sé que él es el hombre de mi vida.

Capítulo 20

El adiós de Deborah

Al día siguiente de que Felo pidió mi mano, fui al río en busca de Deborah, quería compartir con ella mi felicidad. Odín me acompañaba moviendo su rabo al ser parte de mi buen estado de ánimo. Mi alegría fue doble al verla sentada en el mismo lugar esperando por mí con su cabello rojo flotando en el viento. Ella, como siempre, sabía todo con anticipación y sin que yo pudiera expresarle lo acontecido la noche anterior, me dijo:

–Los designios del cielo se están cumpliendo, Carmencita. Nosotros te debíamos este pedazo de felicidad. Las dichas se van ganando al igual que las desdichas. Tú has superado todos los obstáculos y tu alma no se ha corrompido, por el contrario, has crecido espiritualmente. Felo es tu trofeo en esta vida.

–Deborah, ¡no sabes la alegría que me da escucharte decir esto! Eso quiere decir que estamos bendecidos.

–Sí lo están. Ustedes tienen que vivir ese amor desde muy jóvenes, recuperar el tiempo perdido en la pasada reencarnación, cuando él no estuvo a tu lado y nosotros cometidos un error celestial.

–Todo está olvidado ya, encontrar el verdadero amor borra cualquier tropezón o fracaso que haya tenido en esta o en diez vidas anteriores.

Mi alma se siente completa, ahora entiendo eso de la "otra mitad".

−Nunca pierdas esa esencia que te hace brillar, Carmen. Ámate mucho y ten piedad primero contigo misma, si no tienes piedad contigo, no tendrás piedad de nadie. Tú has descubierto a muy temprana edad cuál es tu misión en esta tierra y por eso tienes paz espiritual. Entiendes los secretos del cielo y eso santifica tu cuerpo y el alma.

Deborah me hablaba con un caudal de conocimientos en sus palabras, y yo comencé a entristecerme, sentí que estaba a punto de abandonarme.

−Deborah, presiento que este encuentro será el último, ¿ya no te veré más? Mi pecho está apretado, tengo deseos de llorar y... ¡y no quiero que te vayas! −Deborah clavó su mirada celeste en mis negros ojos y sin pestañar me dijo:

−Yo nunca me iré del todo. Los apegos hacen débiles al humano ante la inmensidad del Universo. El hombre se apega a cosas materiales a sentimientos que son pasajeros, y ¿por qué les digo pasajeros? Simple y sencillamente, porque los verdaderos afectos, así como los auténticos amigos o el amor al creador nunca se van, nunca muere. Ese amor vive eternamente dentro de tu mente y corazón y de ahí nadie puede arrancarlo, ni la propia muerte.

Cuando sientas que necesitas un amigo a tu lado, yo estaré contigo; cuando creas que la fe se te escapa de las manos dedícale un pensamiento al creador y de inmediato Él escuchará tus ruegos. Algunas veces si lo que pides no llega al momento, hay una razón. El tiempo tuyo y el tiempo del Universo no trabajan de igual manera. Las cosas llegan cuando tienen que llegar, como Felo llegó ahora después de siglos de separación. ¿Crees que las almas de ustedes contaban las horas, los minutos y segundos para volver a estar juntos? Nada de eso, el alma no tiene reloj, un siglo puede ser un segundo en los mundos de arriba, eso del tiempo es un invento de este plano que pierde el tiempo mirando el tiempo. La paciencia es un don; esperar y confiar que lo que deseas, si es para la grandeza de tu alma, llegará. La mesa está siempre servida. El Universo es un gran banquete donde hay de todo y al alcance de tus manos, solo hay que saber pedir, desearlo, ir escogiendo y tomando decisiones correctas. No olvides que los seres humanos tienen la libertad de reescribir sus libretos, trazar sus destinos y si caen en codicias, envidias, mezquindades, ambiciones descomunales, poder, egocentrismo, egoísmo, ingratitud y todo lo que trae el espíritu del mal o los ángeles caídos, entonces las consecuencias serán nefastas; ya conoces la historia del indio de oro. –Al mencionar ese personaje no pude dejar de sentir un escalofrío pues sabía que ya venía en camino y derecho a caer en mi familia.

–Estoy un poco asustada con ese tema, sé que ya hablamos sobre esto, pero aún tengo un poco de miedo.

–No temas –Dijo Deborah colocando su mano en mi frente como siempre hacia para calmarme.. Ten confianza en ti misma. Estas lista ya te lo dije, lo que vaya a pasar pasará. Tú ponle corazón y vida a ese niño que está a punto de nacer.

Odín comenzó a ladrar.

–¡Carmencita!! –A lo lejos vi la figura de mi madre que venía corriendo hacia nosotras.

–¡Carmen, hija, ven, tu tía se puso mal!

–¿Qué dices, madre? –Le grité..

–Aún le falta casi un mes para que dé a luz.

–Hoy hay luna llena en Aries –comentó Deborah muy pausadamente..

–En el cielo se perfila el signo de Leo, con todo el poder del astro rey que brillará como el oro que lo acompañó por siglos. En el horizonte comienza a salir Escorpión, dominado las aguas que rodean esta Isla Mística. El tiempo llegó…

– ¿Qué dices?

–Vete a tu casa, tu tía te necesita. Todo saldrá bien, confía, Carmencita, confía.

Traté de correr hacia mi madre, pero una energía desconocida aprisionaba mis pies a la tierra, estaba inmóvil.

-Deborah, no me dejes -Atiné a decirle mientras veía cómo frente a mis ojos su cuerpo se esfumaba convirtiéndose en un ser luminoso; primero parecía una bola de fuego y después se convirtió en una estrella fugaz. Comenzó a moverse rumbo al cielo. Subía y subía rápidamente haciéndose cada vez más pequeña hasta confundirse con las miles de constelaciones que hay en el infinito.

Estaba absorta, no podía mover ni un músculo y de mis ojos comenzó a brotar un río de lágrimas que se convirtieron en sollozos. No conseguía dejar de sufrir por su partida aunque ella dijera lo que dijera. Su presencia en mi vida por un año había cambiado mi ser. Desde ese instante comencé a extrañarla. Escuchaba como si estuviera en otra dimensión, los ladridos de Odín, él también veía la luz. Sentí la mano de mi madre zarandearme por el brazo.

- ¡Carmen, ¿Qué tienes?! ¿Qué estás viendo? ¿Por qué lloras? -Casi no podía hablar, mi madre miró al cielo tratando de adivinar lo que yo veía.

- ¿Qué pasa, hija? Dime. -Un fuerte viento llegó desde el mar y me hizo recobrar la razón.

- ¡Madre! Vamos, el niño está naciendo y tengo que ayudarlo.

Llegó el anhelado

Los tres salimos disparados rumbo a la casa; no pude evitar la tentación de volver a mirar el cielo en busca de Deborah. La noche estaba iluminada, parecía de día, la luna llena guiaba nuestros pasos y el gran regreso a la tierra del indio de oro. Entramos a la habitación donde tía Ferni se retorcía por los dolores de parto; la ausculté y me di cuenta que la noche sería muy larga.

– ¡Vete a casa de Cachitica! –Le sugerí con un grito a mi mamá..

–El parto será difícil y no podemos correr riesgos, necesito que ustedes estén pendientes a cada cosa que yo requiera.

Sin decir una palabra y sin contradecirme, mamá fue en busca de Cachitica. Tía Ferni jadeaba y sudaba mucho, el calor de agosto tampoco ayudaba. Distinguí a mis hermanitos asomados a la puerta con cara de terror.

–Tranquilos, niños, no pasa nada, al rato nace su primito... Odín, vete con los niños al cuarto, vamos, vete, no dejes que salgan de ahí.

Mi perro me obedecía entendiendo cada palabra. Me concentré en mi tía; yo había asistido a múltiples partos anteriormente, pero aquel era muy especial. En la vida anterior tía había muerto al dar a luz y ese temor lo tenía insertado en su subconsciente y ponía las cosas más difíciles. El alma que nacía venía cargada de una energía muy fuerte. Palpé una vez más su vientre con cuidado... El niño estaba atravesado.

–Me duele mucho... tengo miedo –Susurró jadeante.

–¡No tengas miedo, tía! Ese niño tiene que nacer y tú tendrás que ayudarme. Ahora voy a enderezar la criatura, aguanta... Introduje mi mano en la vagina de tía Ferni y sentí el pequeño cuerpo del bebé.

Escuché la puerta abrirse. Sofocadas entraron mi mamá y Cachitica.

–¡Respira profundo! ¡Respira y aguanta! ¡Pronto... agua hervida, tijeras y muchos trapos limpios! ¡Apúrense!

Lentamente y con mucha delicadeza agarré al niño por el tórax; lánguidamente fui volteándolo hasta colocar su cabeza en posición hacia abajo, tenía que tener cuidado con el cordón umbilical no fuera a enredarse en su cuello. Estaba haciéndole a mi tía una radiografía con los ojos del alma. Sentí la presencia de los seres de luz muy cerca de nosotros. Estaban observando todo y a la vez iluminándome para que tomara los pasos correctos. Se infundía una paz infinita y sabía que el cuarto estaba lleno de espíritus de luz con sabidurías superior a la de cien médicos juntos, y yo era una vez más un instrumento de sus poderes.

–Ahora, ¡puja! ¡puja!

Un grito ensordecedor salió de la garganta de tía Ferni. Mi madre y Cachitica estaban petrificadas. Los niños salieron del cuarto asustados, Odín quedó parado sin moverse.

Un silencio que hería los oídos llenó el breve espacio. Era cerca de las cinco de la mañana, la hora cuando el planeta Venus brilla más en lo alto del cielo.

– ¡Mi hijo no llora! ¿Está muerto? –Yo tenía el cuerpecito del crío entre mis manos, estaba inerte, su color medio morado. No respiraba. Sin pensarlo, le di respiración boca a boca; de pronto observé una luz blanca, resplandeciente, traspasar su piel. El niño tomó aliento y gritó, más bien rugió, parecía un leoncito acabado de nacer. Su pelo era negro como el azabache y la piel blanca; era largo y delgado con manos grandes.

Se escucharon los gritos de alegría de mi madre, de Cachitica y hasta de mis hermanitos secundados por los ladridos de Odín moviendo el rabo.

–¡En nombre de Dios, te damos la bienvenida a este mundo! –Exclamé.

–Llegó mi hijo anhelado. –Ferni comenzó a llorar y yo a continuar la tarea de cortar el cordón, limpiar al niño y asistirla apoyada por Cachitica que imploraba a sus dioses africanos.

Mi madre se percató que los niños estaban en la habitación y habían presenciado parte del nacimiento.

—Niños, al cuarto, todo está bien, ya su primito nació.

—Has salvado a mi hijo, Carmen. Sin ti, hubiese muerto.

—Lo ha salvado Dios y sus ángeles. Yo sólo fui un instrumento para ayudarlo a llegar al mundo.

Ya no sentía la presencia de los seres de luz. Estábamos nosotras y el pequeño envuelto en sábanas limpias gemiqueando y chupándose su dedo meñique. Había llegado con hambre de tragarse el mundo. Lo observé detenidamente; la apacible visión de niño recién nacido no da señales obvias del tipo de alma que encierra ese cuerpecito aparentemente inocente. Yo sí sabía quién era mi primo: el indio de oro, castigado por casi novecientos siglos y que acababa de reencarnar buscando una segunda oportunidad de redención para su alma. Acaricié suavemente su pequeña cabeza cubierta con el pelo aún mojado. Hizo un leve gruñido que me recordó a mi sabueso cuando lo encontré tirado en medio de la nada. ¡Qué indefensas se ven las criaturas recién llegadas a este mundo! De mí dependía la misión de su rescate.

—Dios te bendiga siempre, Carmen, eres la segunda madre de mi hijo. Lo has traído al mundo y nos has salvado a los dos.

–Está muy hermoso el pequeño, ¿Qué nombre le vas a poner?

–A ver, déjame verlo bien –Dijo tía Ferni que comenzaba a recuperarse de las horas de angustia y expectativas que había atravesado..

–Tiene cara de varón, se nota que va a ser muy inteligente... seguro salió a su prima Carmen. No sé, deja pensar.

– ¿Cómo quiere llamarse mi niño? –Inquirió la estrenada mamá mirando fijo los aún cerrados ojos de su criatura.. Tengo el presentimiento que eres muy especial, has luchado como un león para nacer, has demostrado ser muy valiente, peleaste contra todos los obstáculos por llegar a este mundo. Te llamarás Alejandro... Sí, Alejandro, en honor a Alejandro Magno. Sé dignó de tu nacimiento, ese será tu nombre, pues he visto en tu rostro el brillo de la luna llena, ¡serás grande!

Alejandro y los cristales sagrados

El alma del indio de oro había escuchado de la boca de su propia madre las primeras palabras que lo incitaban al poder. Hay que tener cuidado con los nombres que le ponemos a nuestros hijos, cada nombre o apodo, trae su propia energía. La intención con que mi tía pronunció el nombre de Alejandro venía con doble carga por estar inspirada en uno de los grandes conquistadores de la historia universal. Alejandro Magno, quien llegó a obtener todos los honores en su época.

– ¿Por qué mejor no le ponemos Francisco por San Francisco de Asís? O tal vez Lázaro por San Lázaro? –Ingenuamente traté de persuadir a mi tía pensando en la historia milenaria que se escondía en el alma de aquel niño.

–¡No! Está decidido, mi pequeño se llamará Alejandro.

Y así fue bautizado, como Alejandro, llevando el apellido Galán perteneciente a mi abuela materna. Alejandro Galán le hizo honor a su nombre, pues desde pequeñito dio síntomas de ser muy audaz, decidido, astuto, guapo y a la vez galán.

Sus primeros cuatro años trascurrieron en una aparente normalidad. Yo observaba como su fuerza de carácter se imponía. Lideraba los juegos. Aprendió a hablar muy rápido. Tenía un poder de convencimiento extraordinario, con sus argumentos conquistaba a quien fuese. Desde que estaba en el vientre de su madre le leíamos, por eso no se hizo raro que con apenas tres años y medio memorizara cada texto de los libros que pasaban por frente a sus ojos. Le gustaba hablar mucho y que todos le prestaran atención. Tal parecía que todo giraba a su alrededor. Mis hermanitos fueron creciendo y él se convirtió en el eje de la casa, del barrio y del pueblo entero. Mi querido Odín también se rendía ante su encanto; lo cuidaba y protegía. Muchas veces se dormía a los pies de su lecho sin moverse en toda la noche. Luego, mi perro venía a mis pies como dejándome saber que yo seguía siendo su ama.

Mi adorado Felo, el inquieto joven de ojos verdes, constantemente me preguntaba: «¿Cuándo nos casamos?» y yo le respondía: «¿para qué quieres casarte si estamos bien así? Además soy yo quien cuida al niño y no puedo alejarme de él». Felo no entendía mi apego con Alejandro, al principio se molestaba, luego ya no le importó, él también le había tomado mucho cariño.

Una mañana Alejandro amaneció muy enfermo. Estaba ardiendo en fiebre, algo parecido a lo que le pasó a mi amiga Tita, la primera persona a quien hice una curación. A cada hora que pasaba, el niño se ponía peor hasta que cayó en un estado medio inconsciente. Precipitadamente fui en busca de la ayuda de mis matas. Tenía confianza que en el monte hallaría el remedio correcto como siempre. Tras una hora caminando de un lado para el otro, las plantas hablaron y esto fue lo que expresaron:

«El remedio que buscas, aquí no lo encontrarás. Ese niño tiene una enfermedad congénita pegada a su alma y nosotros no podemos ayudarlo». Desesperada salí del campo, no sin antes arrancar algunos gajos que conocía para hacer medicina casera.

Entré apresuradamente a la casa encontrándome la noticia de que Alejandro se había puesto peor. Cachitica estaba allí con sus oraciones y dioses africanos; se acercó y bajito me susurró: «Léele las estampitas milagrosas que te di del Pirata Negro, esas harán el prodigio». Pensé que tal vez era buena idea, en la desesperación todo es posible. Corrí a mi cuarto y escudriñé en la mesita de noche donde guardaba las estampitas de hacía ya varios años. Nos postramos alrededor de la cama de Alejandro y rezamos con ferviente devoción.

El médico del pueblo también se hizo presente al llamado de mi tía. El galeno lo consultó y no pudo diagnosticarlo. Aquello no era gripe, sarampión, ni un virus. El doctor lo revisó de arriba abajo pero no sabía qué hacer. Le puso una inyección y se fue moviendo la cabeza de un lado a otro ajustándose los viejos lentes en su puntiaguda nariz. Muy preocupado y con una voz balbuciente me dijo casi llegando a la puerta: «Carmen, si tú no puedes ayudarlo, yo no tengo capacidad de hacerlo. Otra alternativa sería que lo lleven a la clínica más cercana que esté equipada con tecnologías nuevas, pero pueden correr el riesgo de que muera por el camino; lo siento». En esa época los hospitales o centros de salud no eran muy abundantes por esta zona. Mi tía estaba justo detrás de nosotros y al oír estas palabras comenzó a gritar.

–¡Haz algo, Carmen! Tú lo ayudaste a nacer. Tú has curado por años a toda la gente de esta comarca ¡¿Cómo no vas a poder salvar a mi niño?! –Tía Ferni estaba desesperada y yo me exasperaba. Recordaba que las plantas me habían advertido que: "era una enfermedad del alma".

Las ninfas, diosas y espíritus de la naturaleza que siempre me habían acompañado, nunca se equivocaban, pero... ¿cómo podría yo curarle su alma? De sobra sabía el pasado espiritual que Alejandro estaba cargado. Mi madre trató de alentarme.

–Tu darás con el remedio, hija, siempre lo has hecho. Descansa un rato que se te ve muy agotada.

Quedé medio embelesada y fue cuando tuve una visión muy clara. Reconocí a uno de los seres de luz que habían rondado la habitación la noche en que nació Alejandro hacía cuatro años. Percibía el murmullo de los presentes pero yo estaba en el limbo entre despierta o dormida, escuché claramente al ser de luz indicarme: « ¡pásale el cristal de cuarzo violeta que tienes en tu cuarto por todo su cuerpo, sólo los cristales podrán salvarlo! Además, hay un alma aquí presente que se sacrificará y recogerá la impureza que soltará el espíritu que habita en el niño, y tendrás que estar atenta y acoger ese sacrificio como un acto de amor y heroísmo» –Agregó.

De un salto brinqué de mi silla. ¿Habría estado soñando o realmente vi y escuche al ser de luz? Lo que si oí muy claro fue la voz de Felo quien acababa de entrar a la casa. Estaba igual de preocupado que todos. Como único hombre que teníamos en casa, era quien traía el sustento en esos días que todas estábamos como locas.

Sin saludar ni hablar con Felo, me fui a mi habitación y busqué el cuarzo violeta que una vez me había dado Deborah a la orilla del río. ¡Qué falta me hacía mi guía, mi maestra! Pero ni una señal de ella... ni en sueños. ¡Al fin... encontré el cristal! Nunca lo había usado para ninguna curación a pesar de que Deborah me dijo que el violeta me ayudaría mucho en mi trabajo. La piedra estaba llena de polvo. La lavé con agua de mar y traté de recargarla con la energía de los últimos rayos de sol que quedaban de ese día y con los primeros de la luna que asomaban en las alturas. Esperé varias horas.

Justo a la media noche entré con el cuarzo a la habitación donde estaba Alejandro.

Se veía muy pálido, su respiración era lenta y por momentos parecía detenerse; alrededor de sus ojos se notaban la sombra de unas ojeras negras que marcaban su tierna cara. Tenía en su cabeza un paño con agua fresca para tratar de bajarle la temperatura. Chachitica le había colocado borra de café en los pies envuelto en papel de cartucho y con unas medias ajustadas que funcionan muy bien para extraer el calor del cuerpo, pero la salud del niño se deterioraba por segundos. El panorama que tenía frente a mí no lucía nada bien,

–Necesito que salgan todos de la habitación, por favor. ¡Voy a trabajar con energías muy poderosas! –Les advertí.

–¡Quiero estar al lado de mi hijo! –Gritó su madre que ya estaba fuera de sí.

–Dije que todos deben irse, ¡es una orden! Si quieres que salve a tu hijo, déjame a solas con él. –Muy a su pesar, mi tía caminó hasta la puerta donde aún estaban parados Felo, mi madre, mis hermanos y Cachitica.

–Confió en ti, Carmen, ¡ayúdalo! –Me imploró antes de retirarse. Todos salieron, menos Odín que parecía un guardián al lado de la cama.

Comencé a implorar a los seres de luz: «Que mi mano sea su mano, que mi vista sea su vista, que mis palabras sean las de ustedes, ayúdenme a recibir vuestra sabiduría». Inmediatamente me sentí segura, sentía una fuerza que venía del exterior, no veía ni oía a nadie, pero sabía que no estaba sola. Comencé a pasar el cristal por cada poro de la piel del niño mientras las palabras salían sin pensarlas de mi boca; era como si alguien hablara a través de mí :-"Ledif" -Lo llamé por su nombre original.. Tú conoces los poderes de los cristales, solo tú y los seres de luz guardan el secreto milenario de estas poderosas reliquias. Ahora tienes que vivir tu vida como Alejandro, has vuelto a nacer y con toda la conciencia elevada que tienes, a partir de este instante ¡te declaro sano!

La ventana de la habitación se abrió de golpe, un fuerte viento entró de pronto arrebatándome el cristal de mis manos y tirándolo al piso donde se hizo añicos. Yo di un paso atrás. No esperaba una reacción sobrenatural. Quedé inmóvil, tenía la piel erizada. Miré a todos lados buscando una explicación y no la encontraba, como todo lo que me pasaba en mi vida. Miré al niño, Alejandro comenzó a abrir lentamente sus ojos. "¡Alejandro!" Grité sin creer lo que veía. De un golpe se abrió la puerta. Tía Ferni entró como trastornada y detrás de ella el grupo completo; tal parecía que tenían el oído pegado a la pared.

- ¿Qué paso, Carmen? ¿Qué le pasa a mi hijo?....
¡Hijo...!

Todos enmudecieron al ver la sonrisa del niño, débil pero revivido y me miraron con asombro. Yo me agaché a recoger las astillas del cristal que estaban esparcidas por doquier. De pronto vi, casi debajo de la cama, el cuerpo blanco con pintas negras de Odín. No se movía. Me tiré a rastras por el piso.

–¡Felo! Ayúdame, parece que algo le pasa a Odín. –Él se agachó y sacó a Odín halándolo con sus dos manos. Vi palidecer a Felo quien con voz cortada logró decir:

–Carmen... parece que.... está muerto.

Un silencio se hizo en la habitación. La alegría de que Alejandro estuviera bien se convirtió en confusión ante la súbita muerte de mi adorado perro.

–¡No puede ser! Dámelo –Dije con un nudo en mi garganta y con un fuerte dolor en el pecho, agarré su cuerpo inerte. Parecía una mota blanca con sus manchas negras, sus ojos cerrados y las orejas caídas; la vida se le había escapado en un segundo. Lo apreté contra mi corazón y salí corriendo de la casa. No sé qué rumbo tomé, llevaba a Odín entre mis brazos y lloraba sin consuelo. Felo trató de alcanzarme. La madrugada estaba obscura. No sé cuánto tiempo estuve llorando con él en mi regazo. Sabía que su muerte era el sacrificio del cual me habían advertido. El pobre animal había sufrido desde vidas anteriores junto a nosotros y ahora entregaba su ser para ayudar a Alejandro. Felo trataba de consolarme pero no existía ninguna palabra ni nada en el mundo que me pudiera calmar. Había perdido a mi cómplice, a mi amigo, a mi confidente; el único testigo de tantas historias vividas en los últimos e intensos años.

Con los primeros rayos de luz regresamos a la casa. Ya había perdido a Deborah, ahora a Odín; igual como aparecieron en mi vida, así se fueron.

Alejandro dormía plácidamente, se veía con mejor rostro, sus cachetes ya tenían color. Tía Ferni descansaba a su lado. Entré a la cocina, mi madre al verme me abrazó llorando, ella sabía lo que significaba Odín en mi vida. Recordé el primer día que lo llevé a la casa. Ella lo rechazó, pero poco a poco se ganó su amor convirtiéndose en parte de nuestra familia.

– Al rato lo vamos a enterrar –Le dije.. –Iremos Felo y yo.

– ¿Dónde lo piensas sepultar? –Preguntó mamá visiblemente acongojada.

–En el mismo lugar donde lo encontré hace casi siete años. Allí depositaré su cuerpo y esperaré a que algún día regrese a buscarme. Si lo hizo una vez, lo volverá a hacer.

Capítulo 21

El emperador de la isla mística

La improvisada tumba la cavé con mis propias manos. Arañé la tierra para depositar envuelto en una sábana blanca a mi insustituible e inolvidable amigo. Puse una pequeña cruz para marcar el sitio, realicé una breve ceremonia y lavé mis manos con el llanto que brotaba de mis ojos. Ahí sigue, enterrado entre los arbustos, en el mismo lugar donde lo encontré. Felo me acompañó durante toda el rito. No pronunció palabra alguna, sabía que aquel momento era sólo entre Odín y yo.

Mis problemas se convirtieron en los problemas de Felo. Mis sueños en sus sueños, mi familia en la de él. Alejandro lo adoraba. Con Felo aprendió a subirse a los cocoteros con gracia y habilidad; amaba la paz del campo pero también le gustaba jugar a la guerra. Se enfrascaban haciendo dos bandos: piratas contra corsarios, indios contra españoles.... Soldados contra insurrectos. Alejandro siempre ganaba, parecía que tenía una táctica innata para crear estrategias, no le gustaba perder y cuando lo hacía, convencía con palabras sabias el por qué había dejado ganar al otro.

Yo había cumplido mis 20 años, no quería irme de mi casa. Sabía que si me casaba corría el riesgo de que Felo quisiera trasladarse a otro lado y mi misión con Alejandro no la abandonaría por nada en la vida, ni siquiera por mi amado. De Felipe, por suerte, nunca más habíamos vuelto a escuchar, parecía que la tierra se lo hubiese tragado.

Felo era la figura paterna para el niño y un buen ejemplo. Tía Ferni le leía su colección de libros: poesía, historia, geografía y en especial se deleitaba narrándole la vida de Alejandro Magno, el guerrero macedonio a quien le gustaba pelear y matar más que disfrutar del sexo. El joven inquieto que fue educado por el filósofo griego Aristóteles, y quien le aconsejaba sabiamente no dar nada por sabido, pero sí analizar los hechos antes de sacar conclusiones ya que cada situación es diferente y firmemente le repetía: «el que desea gobernar debe saber pelear...». Alejandro escuchaba y absorbía aquellas historias; parecía identificarse con el modo de vida del guerrero más célebre que haya conocido el mundo antiguo y moderno, y del cual heredó su nombre. Mi madre lo educaba con buenos modales como siempre lo hizo con todos en la casa. Mis hermanos lo llevaban a sus juegos silvestres y baños en el río, chapuzones en el mar y excursiones por las montañas. Yo lo guiaba espiritualmente. Le hablaba del Universo, le mostraba las estrellas, el sol, la luna. Le relataba que en lo alto del firmamento tenía una amiga que se llamaba Deborah, Alejandro apuntaba con su índice tratando de adivinar en cuál de las miles de las constelaciones estaría ella observándonos.

También le iba contando poco a poco los secretos del cielo. Él escuchaba atento y por la seriedad en su rostro sabía que lo entendía todo. Nunca le hablé del poder de los cristales, pues tenía el conocimiento de que ese había sido su punto débil en su pasada encarnación. En ese aprendizaje no podían faltar las historias de Cachitica, quien también le fue mostrando la mitología de sus dioses africanos, a los cuales reverenciaba. Entre todos, creo, estábamos haciendo un buen trabajo. Alejandro era inteligentísimo y asimilaba como una esponja lo que sucedía en su entorno. Conocía cada mata del monte, hacia muchas preguntas. En las noches se dormía escuchando alguna canción que su madre le entonaba y otras veces rendido encima de mis piernas, escuchaba atento las poesías que le leía de algún libro. Entre juegos y risas, los niños se juntaban en la mesa cada anochecer para hacer sus tareas y comer antes de dormir. Una de esas noches, de momento nos preguntó:

– Mamá, ¿Quién es mi papá? ¿Por qué no está aquí conmigo? –La pregunta nos tomó por sorpresa y tía, para no causarle dolor a su hijo, prefirió decirle una mentira de esas que llaman piadosa.:

– Tu padre murió antes de que nacieras. – Alejandro prosiguió:

- ¿Y dónde está enterrado? Quiero ver su tumba.

Yo no era partícipe de mentirle al niño pero no me quedó otra solución que continuar lo que su madre comenzó.

–No sabemos dónde está su tumba, hijo. Pero ya olvídate de eso, que es un recuerdo triste. –Él no se dio por vencido y prosiguió con mucha convicción para sus cortos años.

–Alejando Magno también perdió a su padre...pudo darle un entierro digno y le fabricó una gran tumba al Rey Filipo, aunque no lo quería mucho.

–¡Pero tú no eres Alejandro Magno, tú eres Alejandro Galán!. –Mi madre trató de cambiar la conversación pensando que tantas historias estaban confundiendo la cabeza del niño.

–A ver, niños, díganme... ¿qué van a ser cuando sean grandes? –Mi hermano Kiko, ya de once años, rápidamente respondió:

–Yo seré doctor para curar a las personas como haces tú, Carmen.

–Muy bien... ¿Y tú, mi niña, ¿Qué serás? –Mi hermanita Rita, de nueve años apuntaba.

–Yo quiero ser una bailarina.

–¡Muy bien!

–¿Y tú, mi pequeño Alejandro? ¿Qué vas a ser cuando crezcas? –Poniéndose de pie y firme contestó:

–¡Yo seré Emperador! –Todos rieron

– ¿Emperador? Nunca esta Isla ha tenido un Emperador –Le aclaré

– ¡Yo seré el primero! –Alejandro había hablado tan radicalmente a sus escasos años que las risas cesaron por un instante.

–Entonces yo seré tu doctor de cabecera...el único en quien confiarás –Replicó Kiko ágilmente.

–Y yo tu bailarina preferida; me llevarás contigo a todas partes y me ayudarás a ser famosa.

Esas conversaciones infantiles que parecen inocentes suelen ser el preámbulo de lo que será el futuro de quienes lo expresan. Y como decía Deborah, todos escribimos nuestro propio libreto. Definitivamente Alejandro no era un niño común ni corriente y tía Ferni había alimentado su imaginación con sus lecturas y la historia de Alejandro Magno.

Felo pasaba más tiempo en mi casa que en la de él. Un día llegó con toda su ropa y le dijo a mi madre: «de aquí no me voy más. Carmen no quiere mudarse a otra parte y tampoco le pone fecha a la boda, entonces yo vengo a vivir con ustedes». Mi madre primero se encolerizó, luego para sorpresa mía le respondió: «tienes mi consentimiento». Entre gritos de alegría y un brindis improvisado Felo entró a esta casa para nunca más salir de ella. Así comenzamos nuestra vida formalmente en pareja.

Dos años después, nacería nuestro primer hijo. La familia comenzaba a crecer.

Nuestra vida se estabilizaba, todo era color de rosas.

Mi pequeño emperador creció, se convirtió en un joven alto, delgado, amante de los deportes, fuerte y de muy bien ver. Cariñoso con su madre a quien adoraba. A mi mamá le decía abuela y a mí, madrina.

Tía Ferni se volvió a casar, esta vez, con un hacendado adinerado, Don Emiliano, había llegado de Galicia, España, restableciendo nuevamente su economía. Poco después tía Ferni enviudó y quedo heredera de todos los bienes de Don Emiliano . Pudo darse el lujo de colocar a Alejandro en los mejores colegios de los alrededores. Cuando cumplió sus dieciocho años, lo envió a La Habana para que concretara sus estudios superiores.

Lejos de Duaba

Los años pasan rápido. Felo y yo habíamos procreado cuatro hijos más. Tuvimos que fabricar y expandir la casa pues no cabíamos de tanto amor. Mis dos hermanos, Kiko y Rita estaban lejos de casa, internos en una escuela en la ciudad de Santiago de Cuba, Kiko terminado su carrera de enfermería y Rita sus estudios de danza tradicional cubana, ambos cumpliendo hasta cierto punto, lo que habían visualizaron desde pequeños. Ahora le tocaba el turno a Alejandro, quien muy a su pesar se marchó a la capital. El adoraba estas tierras, le gustaba la vida campestre, la sencillez que lo rodeaba y la sabiduría de la naturaleza.

Tal parecía que al regresar e incorporarse en este plano, el que unos siglos atrás fuera el indio de oro, olvidó sus errores pasados; su alma estaba limpia, su luz era brillante, sus palabras alentaban y consolaban a quien lo escuchara. Alejandro entró a la Universidad, sería abogado. ¡Qué orgullo! El primero en la familia que tendría un título universitario.

En cada una de sus vacaciones venía a vernos, hasta ese momento no dejó de hacerlo. Lo primero que pedía al llegar a casa era un puerco asado a la vara en el patio con dulces típicos de la zona. Con alegría y en unidad familiar cocinábamos todos los antojos que traía. Él subía a los cocoteros retando a Felo, quien ahí siempre le ganaba. Alejandro le llamaba "el Mambí de Duaba". Todo indicaba que lo obscuro de su alma se había eliminado, al menos eso parecía.

Los tiempos comenzaron a ponerse difíciles a nivel político y económico. La Isla Mística parecía un campo de batalla no un lugar sacro. Entonces fue cuando el espíritu de guerrero y cacique intrépido, le salió a flor de piel y comenzó a revirarse contra los gobernantes de la época. Pensé que estaba cumpliendo la promesa que hizo a los seres de luz de proteger estas tierras.

Una noticia devastadora llegó un día a través de las ondas radiales. Alejandro estaba preso, lo tenían aislado con un grupo de amigos de la Universidad quienes se habían unido en la lucha comandados por nuestro Alejandro.

La situación se tornó muy difícil para la familia. El liderazgo, elocuencia y firmeza de Alejandro fueron motivo de noticias y comentarios en periódicos, radio y revistas de todo el país. El pueblo lo apoyaba; la angustia se apoderó de nuestra casa. Tía Ferni lloraba y yo oraba para que los seres de luz lo protegieran, esperando lo mejor de él, pues sabía que había ofrecido al Universo, cuidar estas tierras.

La familia no se quedó de brazos cruzados, inmediatamente mi tía se unió al grupo de madres de los encarcelados para protestar públicamente contra el atropello. Cada día estaba cargado de incertidumbre. Recibíamos el apoyo de los vecinos del pueblo quienes moralmente ayudaban a que la tristeza fuera menos. Pasaron muchos meses sin tener noticias de él, sólo escuchando todo tipo de rumores: que lo habían matado o que lo iban a matar; que estaba aislado, que lo torturaban. Un sinfín de cuchicheos que se convierten en inquietudes y en noches de desvelo ante el dilema que vivíamos.

Una mañana nos llegó la tan esperada carta de Alejandro. ¡Estaba vivo y eso era lo importante! Rápidamente rompí el sobre y comencé a leer en voz alta, frente a toda la familia. La carta de Alejandro se convirtió en nuestra verdadera pesadilla.

El diablo ronda

"Querida madre y madrina. Espero que al recibo de esta se encuentren bien. Me han tenido apartado a más de cincuenta metros de mis amigos y compañeros de lucha por considerárseme peligroso y ser una mala influencia. He logrado resistir y sacar fuerzas para vivir este injusto encierro. Entiendo que no hayan podido venir a verme. No han dejado entrar a nadie, sólo hasta ayer, que logró pasar un hombre que asegura ser mi padre, se llama Felipe...".

Al leer este nombre mi corazón se detuvo por fracciones de segundos. ¿Felipe?

¿Después de veinticuatro años aparecía ese mal nacido? ¿Qué querría? . Todos quedaron mudos. Continué la lectura:

"No sé por qué ustedes me ocultaron su existencia, me mintieron diciéndome que había muerto. Él me ha contado cómo quedó destruido tras mi madre abandonarlo. Me ha hablado de su tristeza y dolor al no poder estar a mi lado y cuidarme como es el deber y la obligación de un padre, todo por esa situación existente antes de yo nacer. Tú, madre, me quitaste el derecho de crecer junto a mi verdadero padre, esto es algo que no podré perdonarlo. El egoísmo y el dejarme huérfano sin serlo, me están causando una herida que duele más que el encierro que vive mi cuerpo en este húmedo y obscuro calabozo. Con pesar me doy cuenta que toda la familia se hizo cómplice de tal infamia, incluyéndote a ti, madrina, en quien siempre confié. ¿Por qué tanto desprecio hacia mi padre?

¿Por qué tanto rechazo por parte de ustedes? ¿Será porque mi padre es un hombre humilde y sin dinero? A partir de ahora, nada ni nadie podrá separarme de este hombre. Deseo recuperar el tiempo perdido. No sé qué planes tenga el destino conmigo, ni cuánto tiempo tendré que cumplir en esta prisión, soy abogado además, el pueblo pide a gritos mi libertad y desean mi presencia para que yo los rescate del yugo opresor. Pero de lo que sí estoy seguro, es que no me dejaré embaucar más por demagogias frías y calculadas; yo he tomado control de mi vida y quiero seguirla al lado de mi padre. Si ustedes quieren continuar siendo parte de mi vida, será conmigo y con él. Un abrazo a las dos y saludos para la familia, Alejandro".

La incertidumbre y desconcierto se dibujó en nuestros rostros. Ante aquella carta, una terrible tormenta se nos venía encima. El mismo diablo en persona ¡había aparecido! Felipe regresaba haciéndose pasar por víctima y nosotras éramos las victimarias. Felipe había cambiado la historia a su favor y omitía su infamia. El peor error fue mentirle a Alejandro diciéndole que su padre había muerto, debimos de haber sido claras desde un principio, pero fue una mentira que creció y se volvió en nuestra contra. Felipe fue y seguía siendo muy peligroso. ¿Para qué enumerar todo el daño que ese hombre nos había causado?

–Ahora mismo me voy para La Habana, tengo que hablar con Alejandro –dijo tía con la voz entrecortada por la indignación.

 –¡Alejandro va a saber quién es en verdad ese tipejo que tiene por padre!

– ¡Yo voy contigo, tía! –Reaccioné de inmediato.

– Yo también quiero ir para avalar tus palabras frente a Alejandro.– insistí

–No, Carmen, tú no puedes salir de aquí, tienes cuatro niños a tu cuidado y tu marido te necesita.

–¡La que va con mi hermana soy yo! –Rectificó mi madre a quien los años comenzaban a pasarle la cuenta; el cansancio se reflejaba en su rostro, pero la rabia de saber que Felipe estaba mintiendo deliberadamente, la convirtió en una leona.

– ¡Pues rápido, tienen que irse para allá! Felipe está inventando cosas y enmarañando la cabeza de Alejandro –Concluí.

Esa misma tarde las dos salieron rumbo a La Habana. La furia, la angustia y el temor eran sus compañeras de equipajes. Yo me quedé con Felo y los niños en la casa.

Pasaron diez largos días sin saber ni una sola palabra de lo que estaba aconteciendo, hasta que un telegrama sin muchas explicaciones me calmó un poco la ansiedad: "Regresamos a Duaba, Norma".

Capítulo 22

De tal palo tal astilla

Tía Ferni y mi madre volvieron más desesperadas y tristes que cuando se fueron.

Encontraron a un Alejandro bastante cambiado. Tía se encerró en su habitación y no quiso hablar del asunto. Yo atiborraba con preguntas a mi madre, que por fin me contó detalladamente lo que aconteció en la prisión.

–No sabes que trabajo nos costó que nos dieran permiso para visitar a Alejandro. Lo tienen en una celda aislada, lejos del resto del grupo. Yo lo vi fuerte, muy seguro de que pronto saldrá de ahí, y pienso que tiene razón, pude comprobar con mis ojos que el pueblo lo quiere, realmente es todo un líder.

– ¿Y Felipe, Madre? Dime qué pasó con ese hombre.

–Eso fue lo peor, Carmen. El segundo día pudimos volver a entrar a la cárcel y ahí nos encontramos con Felipe. Si lo vieras... está viejo y feo, debe haberse gastado todo el dinero de Ferni, pues andaba mal vestido, a no ser que se está haciendo el pobre para inspirarle lástima a su hijo. Entró con cara de carnero degollado pasando por víctima.

Ferni al verlo no se pudo aguantar y se le lanzó encima. Comenzó a golpearlo, le gritó en su cara lo que nunca se atrevió a decirle. Todo esto frente a Alejandro. Él solo observaba.

– ¿Qué dijo Felipe?

–No dijo ni hizo nada. Se dejó pegar e insultar. Yo apoyé cada reclamo y cada palabra de Ferni. Le dije a Felipe frente a su hijo, que él lo abandonó antes de nacer, le dije que Ferni le entregó todo su dinero a cambio de la vida del niño. Le recordé que entre nosotras tres lo habíamos criado, lo educamos y con muchos sacrificios pagamos sus estudios, convirtiéndolo en un hombre de bien... ¿y sabes lo que me dijo el muy atrevido de Felipe?

–¿Qué?

–Pues que nosotras queríamos hacer de Alejandro un hombre débil, manipulado por mujeres y un enfaldado. Que "su hijo" tenía todo el potencial para ser el dueño absoluto de esta Isla.

– ¿Cómo? ¿Así les dijo? ¡No puede ser! ¿Y qué decía Alejandro?

–Él nos observaba pelear. Analizaba cada palabra a su manera; Alejandro es otro, se trasformó, se le salían rasgos de prepotente, endiosado y convencido de que su padre Felipe era víctima. Estaba inerte, frío... como si nada. Lo desconocía. Ya el último día que estuvimos visitándolo, sus palabras fueron sentencias sobre nosotras. Sin ser cariñoso como era, y poniéndose muy serio, nos dijo que por favor, no nos metiéramos más en su vida, que ya él sabía lo que tenía que hacer. También nos dijo que si nosotras seguíamos atacando a su padre, él nos quería lejos para siempre. Se atrevió a decir que su padre era un hombre de visión y que le había despertado un deseo que él tenía dormido, no nosotras, que sólo alimentábamos su lado débil. No sé a qué se refería.

Al escuchar aquello, me petrifiqué. Felipe quería tomar ventajas del momento de fama que vivía su hijo y había despertado la avaricia en él. El alma de Alejandro estaba confundida y bajo la influencia de otro ser igual o peor de lo que fue el indio de oro. Mis sacrificios de veinticuatro años se tambaleaban, mi mente y mi cerebro se degeneraban pensando si habría fracasado en la misión de reivindicar el alma que los seres de luz me habían asignado.

Lo que vino después

Rápidamente, comencé a preparar una pequeña maleta. Seria yo quien iría en persona a verlo y a decirle más de cuatro verdades. Nunca había salido de esta pequeña ciudad. Nada me detendría, yo lo haré entrar en razón. Ya me encontraba lista para zarpar, cuando entró una noticia impredecible y que corrió por todos lados: los presidiarios habían sido liberados. Alejando y el grupo de sus amigos tenían amnistía y obligatoriamente tendrían que abandonar el país indefinidamente.

No pudimos hablar más con él, se volvió inalcanzable. No hubo despedidas, cartas ni telegramas; nada. Alejandro se fue a México donde le perdimos el rastro. Lo único que podíamos hacer era rezar por él. La angustia y el dolor de mi tía la fueron deteriorando física y emocionalmente. De Felipe tampoco supimos nada más.

Pasaron dos largos años y Alejandro entró clandestinamente a Cuba desembarcando muy cerca de estas costas tal y como ocurriera muchos siglos atrás con el indio de oro.

Se intrincó en la Sierra con sus doce hombres recordándome aquella historia de las doce tribus de Israel y los doce apóstoles de Cristo. ¿Coincidencias?

Una madrugada tocaron a nuestra puerta. Felo saltó de la cama y asustado abrió sigiloso; los tiempos eran de terror y más aún que las personas de la comarca sabían que Alejandro era familiar cercano nuestro, por lo que siempre nos vigilaban pero esa noche, cuál no sería la sorpresa al escuchar la voz del ser querido y tan esperado y de vuelta a casa:

- ¿Cómo está el mambí de Duaba?

- ¡Alejandro! ¡Hijo, por Dios! ¡Bienvenido a tu casa! –Felo lo recibió con un caluroso abrazo.

Todos saltamos de la cama, el hijo pródigo había regresado. Su madre corrió hacia él envuelta en llanto. Alejandro entró a la sala con dos hombres que lo acompañaban, barbudos y sucios. Felo se dispuso a cerrar rápidamente la puerta, cuando una cuarta persona se deslizó en el umbral para no quedar fuera, empujando la portezuela y con una voz de trueno dijo:

–Un momento, no me dejes fuera, que yo estoy con mi hijo.

¡Era Felipe! El muy descarado se había atrevido a pisar nuestra casa. Se sentía protegido por Alejandro.

- ¿Qué hace este hombre aquí? –Preguntó indignada tía Ferni.

–Él está a mi lado, mamá, mi padre ha sido un eslabón súper importante para todos mis logros en esta contienda –Comentó firme y sereno..

–Espero que no sea una molestia pues hemos tenido que dar muchas vueltas para llegar hasta aquí sin ser vistos ni perseguidos. Papá nos ha guiado muy bien por estos senderos que se conoce al dedillo; hasta me contó la vez que allá abajo en el rio, se desmayó de la emoción, cuando se enteró que yo iba a nacer –Tía Ferni no se podía aguantar...

–Pues yo no creo que él...

–Él es bien recibido –interrumpí antes de que aquello se fuera a poner peor, no sin antes mirar fijamente los ojos de Felipe quien me retó...

–Mira no más a Carmencita hecha toda una mujer y muy sensata –comentó Felipe en su tono cínico de siempre. Felo se puso en alerta por si se propasaba.

– ¿Cómo estás, Felipe? Es una alivio saber que estas acompañando a Alejandro en estos momentos tan difíciles para todos; por favor, señores, siéntense, están en su casa.

Tía Ferni y mamá me miraron como en los viejos tiempos, cuando yo era una adolescente y cometía alguna locura que ellas no aprobaban o no entendían, pero yo estaba segura que sólo así podríamos tener contacto y estar cerca de Alejandro.

–Ven, ahijado –Le dije..

–Ven para que veas a mis niños. Pasa para acá...

Hubo un silencio en la sala pero poco a poco la tensión fue bajando.

-No tengo mucho tiempo, madrina, tenemos que regresar al monte antes que salga el sol.

Mamá y tía Ferni se movilizaron a la cocina para prepárale su plato favorito.

Teníamos que ser cautelosos para no levantar sospechas entre los vecinos. Cerramos las ventanas por si algún curioso pasaba por el lugar; nos alumbramos con unas pocas velas. Hacía ya más de cuatro años no veía a Alejandro, el ser que me había encomendado Deborah como mi misión. Lo llevé a un costado, lejos de todos y bajando la voz le dije:

-Tengo que hablar muy en serio contigo, Alejandro.

-A ver, madrina, te escucho.- Firmemente comencé mirándolo a sus ojos.

-Yo ayudé a que tú nacieras y luego salvé tu vida cuando eras aún muy pequeño... -Me interrumpió de forma enérgica.

-Eso lo sé y estoy muy agradecido. Otras personas después de ti han salvado también mi vida y no me lo sacan en cara. He estado en peligro de muerte varias veces y siempre he salido airoso.

-No te lo digo por reclamo, sino para recordarte que tú tienes una misión muy importante en esta vida. Tienes un ángel protector muy grande; tienes el don de la palabra, carisma, personalidad y una educación que tu madre te pagó. Si has quedado vivo es porque tienes un gran cometido que cumplir, Alejandro; yo debo ayudarte.

–Madrina, no quiero contradecirte. Mi misión yo sé cuál es... creo que lo que tú ibas a hacer por mí ya lo hiciste, ahora tengo que continuar mi vida y asumir mis propias consecuencias.

–Alejandro, hay cosas que tú no sabes y que son más grandes de que lo que se ve a simple vista. –Cínico como su padre, me respondió:

– ¿Aún esconden más cosas? ¿De qué tamaño es el engaño después que nunca me hablaron de mi padre? –Las palabras de Alejandro eran hirientes y llenas de rencor. Tenía frente a mí a un hombre que se estaba convirtiendo en un ser poderoso y a la vez cruel; no se veía ni un rastro del niño indefenso que crie.

– ¡No voy a discutir contigo lo de Felipe! –Le contesté fuertemente..

–Tú mismo te darás cuenta quien es quien en esta historia. Pero... ¡no puedes perder tu enfoque! Tú naciste para hacer el bien, no el mal. Naciste para convertir todo revés en victoria.

–Muy bien, madrina, esa filosofía tuya y esas palabras me gustaron, algún día las aplicaré. No te preocupes, que yo estoy aquí para hacer el bien y convertir... como acabas de decir, el revés en victoria. Siempre... iré caminado hacia la victoria...

Sentí que mi conversación con Alejandro caía en un saco vacío. Estuvo en nuestra casa unas cuatro horas. Se dio un baño, comió y luego se fue con su séquito incluyendo a Felipe, que guiaba un jeep pintado de verde olivo para confundirse entre las matas del campo. Alejandro salió de la que fue su casa... para nunca más regresar a nuestras vidas.

Intuitivamente volvió a las montañas desde donde combatía a sus enemigos. Fue estando allí, cuando precisamente un descendiente de taino, conocedor de la leyenda del indio de oro, descubrió en la mirada de este naciente líder, la misma mirada del indo de la estatua de oro y le contó a Alejandro la historia que había circulado de generación a generación, que hasta ese momento era sólo un secreto entre los tainos.

Alejandro hizo que lo llevaran hasta la mismísima estatua. Estuvo cara a cara con su propio ser, descubriendo que su verdadera esencia estaba atrapada en medio del bosque. Conoció su auténtica identidad y recordó la promesa que había hecho a los seres celestiales, la cual falló. Se hizo un gran conocedor del uso de los cristales y los usó a su favor.

Empleando su seducción, logró convencer a unos ricos hacendados que vivían cerca de la sierra donde se libraban los combates para que lo escondieran en su hacienda y desde allí dirigía toda la operación con el mayor confort del mundo. No se quiso exponer pues según decía, él era el cerebro de todo. Se sabía poderoso.

Alejandro se convirtió en un líder adorado por multitudes, la gente lo comparaban con un ser sobrenatural, místico y un enviado de Dios; su carisma era descomunal.

Nosotros observábamos desde lejos sus logros y triunfos. Triunfó en su lucha y se convirtió en el máximo líder de la Isla Mística. Felipe salía en todas las fotos, resplandeciente de gustos al lado del poderoso hijo.

Tía Ferni sentada en el portal de la casa esperaba día a día su regreso o al menos una carta, un telegrama o una llamada; nada de eso sucedió. El alma de la tía enfermó gravemente y no pude ayudarla. La tristeza la consumía ante el dolor de ver que su único hijo la había echado al olvido. Un amanecer en su lecho y llamando a Alejando...murió. Felo trató de hacer contacto con el todopoderoso líder, ya para entonces vivía en La Habana y con mucho trabajo logró hablar con Felipe quien atendió la llamada de Felo y para sorpresa nuestra, puso a Alejandro al teléfono.

–Tu madre falleció, Alejandro; murió de tristeza por no verte .–Su respuesta nos dejó más desconcertados que antes:

–Nada puedo hacer por ella, háganse cargo ustedes de sus funerales que yo estoy muy ocupado, ahora millones de personas dependen de mí. Tengo una Isla completa que me aclama y todas las mujeres que aquí viven, son mis madres.

Con tía Ferni murió el Alejandro que nosotros conocimos, el niño que criamos con tanto amor y el joven cariñoso que vivió en nuestra casa hasta sus dieciocho años... El que gobernaba la Isla Mística, era el indio de oro.

Capítulo 23

Bajo el poder del indio de oro

–Conozco ese personaje –le dije a Doña Carmen, que con el rostro compungido contaba el final de su historia.

–Todos creen conocerlo, pero nadie sabía la procedencia de su alma hasta ahora que te lo cuento a ti.

No sabía cuántas horas habían pasado pero ya se estaba haciendo de noche. Doña Carmen se veía triste.

–No te vas a poder ir de aquí hoy. Además, amenaza con llover, el cielo está color violeta – Me dijo limpiándose dos lagrimas que salían de sus cansados ojos.. El aire sopla diferente, nosotros los campesinos sabemos leer la naturaleza. Quédate a dormir aquí en nuestra casa, hay una habitación, la que fue de Alejandro, donde puedes descansar y mañana temprano al amanecer nos levantamos y te vas a tu país de regreso.

–Pues sí, creo que será lo mejor, mi avión sale mañana sobre las tres de la tarde, así que tendré todo el día.

–El aeropuerto está muy cerca de aquí. Quiero que te quedes para poder terminar lo que empecé contigo hace unas doce horas, regálame doce horas más.

Doña Carmen casi me estaba suplicando que me quedara. Yo tenía otros planes, pero sentí que todo mi ser me pedía no moverme de esa casa al menos por unas horas más.

–¿Qué pasó con Felipe, Doña Carmen?

–Felipe subestimó a su hijo. Estuvo disfrutando de su poder unos cuantos años y un buen día nos enteramos por las noticas que el padre de Alejandro había abordado una avioneta de La Habana a Santiago, la cual se estrelló en las montañas. Todos dijeron fue un accidente, pero yo tuve una revelación...

–Y... ¿qué fue? –Pregunté intrigada.

–Felipe sabía muchas cosas íntimas y ya le estorbaba a su hijo; aunque me cueste decirlo, el mismo Alejandro lo mandó a desaparecer, como ya había ocurrido otras veces con otras personas.

– ¡Por Dios, Doña Carmen! ¿Tanto así?

–Tanto así y mucho más. Con nosotros nunca se metió pues nos quedamos callados.

Después que vimos su actitud ante la muerte de su pobre madre, sabía que Alejandro estaba poseído. Conociendo el poder que encerraban estas tierras, el vuelve a cometer el mismo error y falla una vez más. Utilizó el poder de los cristales para ser invencible.

Gobernó por muchas décadas esta Isla, aún a sabiendas del castigo que había recibido hacía siglos... a pesar de ver con sus propios ojos la estatua del indio de oro, o sea, él mismo, no le importó.

Él no quería que ningún intruso forastero llegara a estos lares y descubriera lo que tú ahora sabes, por eso decidió aislar a Cuba del resto del mundo. Deteniendo el tiempo en este país, justo en el año en que él tomó el poder. Nadie nunca podría descubrir su secreto, jamás nadie se acercaría a los cristales ni a los restos del continente hundido.

Ninguna persona jamás imaginó de dónde venía su protección. El guajiro descendiente de tainos que lo llevó y le enseñó al indio de oro, también desapareció misteriosamente y nunca se supo más de él, como si la tierra se lo hubiese tragado. Alejandro no tomó represalias contra mí, pues no imaginaba que yo conocía esos secretos. Yo jamás le llegué a confesar mis pláticas con Deborah, no me dio tiempo decírselo y hoy me alegro que no lo hice, sino no estuviera aquí para contarlo.

He visto su vida desde lejos y en silencio, orando por su alma. A Felo le tengo prohibido que comente nada sobre su niñez o adolescencia. Aquí han venido periodistas de todas partes indagando sobre la vida de él, y nosotros no decimos ni una palabra. Sólo les he mostrado la tumba donde descansa su madre, la mujer que dio vida a Alejandro, el "Emperador" de esta Isla. Tía Ferni ha sido la madre más mentada de este país, pues a cada rato escucho a la gente decir bajito: «me cago en su madre», y yo digo: «luz para el alma de mi tía quien su único error fue parir al indio de oro ».

Más de cinco generaciones de cubanos se han cagado en la madre de Alejandro y mi pobre tía, nunca obtuvo ningún beneficio de su fama o fortuna, por el contrario, esa fama y ese poder de su hijo le causaron la muerte.

A él, la buena suerte siempre lo acompañó, parecía un Dios inmortal tal y como lo había deseado. Como mismo dijo muchas veces, trataron de matarlo pero nadie logró rozarlo ni con el pétalo de una flor. De vez en cuando corría el rumor de que había muerto o que estaba muy enfermo. Mi corazón se paralizaba pues lo quise, lo quiero y lo querré. Veía la gente celebrar la supuesta defunción, pero nada de morir, Alejandro reaparecía, resucitado por los poderes de los cristales que dominaba extremadamente bien. Llegó a ser el hombre más poderoso no sólo de esta Isla, sino del Continente, además de ser uno de los hombres más ricos del mundo. La gente adjudicó su buena suerte a la protección de dioses africanos, pero en realidad, era conocedor del secreto de los cristales programados, resguardados en estas tierras por cientos de miles de años.

Alejandro se había convertido en Ledif, no permitió que nadie explorara ni se acercara mucho a esta región, donde se encuentran partes del misterio de la Atlántida, a pesar de que grandes mentes humanas ya habían sido contactadas por seres celestiales y estaban informadas del acontecimiento.

Mi ahijado, Alejandro se inventó su propio gobierno, creó sus propias leyes. Yo observaba horrorizada las cosas que a veces hacía o decía, también aplaudía cuando llevaba a cabo cosas buenas para su gente. Con el tiempo, la situación se fue poniendo cada vez más caótica en el país mientras trascurría su gobierno que parecía no tener fin. Creó todas las trabas posibles para que nadie pudiera traspasar los límites de estas costas. Las almas, descendientes de los hijos de Israel y reencarnadas en esta Isla, vivieron nuevamente el horror del éxodo que habían padecido muchas veces desde épocas inmemorables. Millones de personas tuvieron que huir hacia otras tierras despavoridos; ese fue el caso de mis hermanos Kiko y Rita que se escaparon y huyeron por mar, nunca más los volvimos a ver, eso destrozó a mi madre y a la familia.

Esas almas buscaban una libertad que nunca encontraron pues quedaron prisioneras en el recuerdo y la nostalgia de la Isla Mística. Otros que trataron de revirarse contra Alejandro fueron encerrados por años en obscuros calabozos por desobedecer las órdenes del líder. La gente aprendió a vivir con miedo. Era algo natural.

Los que se quedaron y los hijos de los hijos que nacieron aquí en más de cinco décadas, fueron desinformados totalmente, engañados. Viviendo bajo un país gobernado por el cerebro brillante del cacique de oro.

El cubano erró de un lado para otro, se esparció por el mundo. Muchos murieron en exilio sin dejar de llorar un día por la tierra que los vio nacer. Los que han ido envejeciendo en destierro sienten la añoranza de su tierra mágica cargada de bellezas, pero gobernada por un hombre que fue influenciado por el espíritu del mal y no puedo dejar de pensar que fue su padre quien le abrió ese portal que estaba escondido dentro del alma de mi ahijado. Él fue noble, cariñoso y familiar desde chico, también tenía su personalidad, su brillantez, pero todos los años que estuvo entre nosotros esa maldad no salió a relucir, esa es otra deuda que Felipe tiene con el Universo.

Yo sé que la hora de la verdad ¡llegó! La profecía que se emitió cuando se perdieron las diez tribus de Israel, se cumplirán muy pronto, está escrito en el libro sagrado: "Las tribus regresarán y florecerán". Todos los descendientes de Efraín están a punto de volver a su tierra prometida, a Cuba.

Yo escuchaba con los ojos llenos de lágrimas esta última parte del relato de Doña Carmen, pues mis abuelos y padres eran de los que se fueron al extranjero y por eso yo había nacido en un lugar que no me correspondía nacer. Millones como yo éramos errantes sin saberlo, vagábamos como piratas por los mares.... Sí, como el pirata negro que regresaba sigiloso y clandestinamente a La Habana sólo para poder abrazar a su madre. Así muchos volvieron sigilosos y llenos de miedo solamente para abrazar a algún ser querido o llorarle sobre la tumba.

– ¿Qué pasó con Cachitica, la negra santera? – Pregunté recordándola.

–Mi querida Cachitica... ella sufrió junto a nosotros el desprecio y el abandono de Alejandro. Cachitica murió de vieja, abrazando sus recuerdos. Sabía exactamente el día que se iba a morir, no por adivina, sino porque la vejez te da esa sabiduría, una intuición que no falla. Aquel día de invierno, me pidió la llevara a la orilla del río. Ahí estuvo preguntándome mucho sobre el más allá. Quería saber qué pensaba de las almas que se van y luego regresan.

– ¡Me gustaría volver a nacer! –Me dijo mirando fijamente el paisaje.. Si pudiera elegir, elegiría vivir aquí otra vez... no me interesa conocer ningún otro lugar del mundo– declaró con su voz entrecortada.

–Claro que volverás a nacer. No te quepa la menor duda. –Cachitica me miró con sus pequeños ojos rodeados de surcos y arrugas llenas de sabiduría.

−Le pediré a Dios que me deje ser tu mamá o alguien importante en tu vida, pues he visto como los ha cuidado. −Abracé el delgado cuerpo de la negra y conteniendo el llanto le respondí:

−Yo te he considerado siempre de mi familia, Cachitica, claro que nos volveremos a ver en algún otro instante. −Inesperadamente me preguntó:

− ¿Dónde está tu amiga? Aquella pelirroja que parecía niña pero no lo era. −La pregunta me sorprendió, habían pasado casi cincuenta años desde la última vez que vi a Deborah.

−¿Mi amiga?... pues a ella nunca más la volví a ver, pero sé que desde donde esté nos está cuidando.

−Se fue... −contestó Cachitica.. −Un día la vi, que se esfumó por el lado norte.

En ese punto no sabía qué tanto sabía ella sobre Deborah.

−Esa pelirroja era "mágica".−Yo quedé muda escuchándola..

−Un día que ustedes platicaban ahí donde siempre estaban, la observé desde lejos, tenía un cuerpo casi trasparente, irradiaba luz. Ese día supe que no era un ser de aquí, pero tú, Carmencita, siempre tuviste el don de escuchar las matas hablar, entonces pensé que yo tenía el don de ver los espíritus, creí que tu amiga era un espíritu.

–Ella... bueno, en verdad no sé...

–Era un ángel –Me interrumpió..

–Ella era un ángel, ahora lo sé; después que tu amiga se fue, cambiaste para bien, te convertiste en una mujer mucho más espiritual, intuitiva, sabia... quería aprender de ti. Y aprendí mucho a tu lado. –Cachitica suspiró como quien siente nostalgia por el tiempo que ya se fue..

–Gracias, Carmencita, gracias por ser parte de mi vida. Nunca tuve hijos pero Dios me premió con tu cariño.–Dos finas lágrimas rodaron por sus arrugados cachetes.

–Vamos a la casa, Cachitica, estás cansada, te voy a preparar una infusión de hojas para que duermas bien.

–No, Carmen, no quiero dormir, quiero disfrutar cada segundo que me queda en esta tierra hasta el final; quiero ver la puesta de sol, las estrellas, la luna, las nubes; las matas moverse graciosamente con el viento y si aún me queda aliento, veré el alba.

Esa misma noche, Cachitica cerró sus ojos para siempre. Pudo ver el atardecer, las estrellas y la luna, pero no llegó al alba. Murió en el albor donde el tráfico hacia el más allá se activa. En ese instante, sólo quedábamos mi madre, Felo y yo... y la gracia de un montón de hijos multiplicados por nietos y bisnietos. Tiempo después, mi querida madre Norma murió plácidamente en su lecho a los ciento y tres años, rodeada de toda su familia; la ausencia de sus hijos Kiko y Rita y el desapego de Alejandro, la hicieron suspirar de dolor.

–Está rodeada de amor, Doña Carmen. No se pongas triste –Le dije viendo su rostro languidecer. Doña Carmen llamó a una de sus hijas mayores.

–Lili, prepara el cuarto que era de Alejando para que nuestra invitada descanse esta noche aquí. – Volteándose hacia mí, me recomendó:

- Es hora de dormir, yo estoy muy cansada y tú tienes un largo viaje mañana. Te despertaré muy temprano.

El sol ya se había escondido en el horizonte. Parecía que todo se había paralizado. De vez en cuando un grillo interrumpía el silencio. La noche era muy obscura en el campo. En el cielo se divisaban claramente todas las constelaciones del Universo. La luna se reflejaba en el inmenso mar, dando la sensación de espejo. Entré al cuarto donde de pequeño y de joven había vivido Alejandro. Era una habitación humilde, sencilla y limpia. Pasé al baño y traté de asearme lo mejor que pude con un cubo de agua templada que Lili, la hija de Doña Carmen, me alcanzó amablemente.

–Disculpe que no tenemos agua potable porque hace mucho cortaron todo eso. Que tenga usted buenas noches.

Caí en la cama y me puse a pensar cuantas energías acumuladas tendría ese cuarto.

Antes de que Alejandro naciera, fue el cuarto de Doña Carmen de niña y de soltera, luego lo ocupó su tía Ferni mientras esperaba a su hijo y por último, donde nació Alejandro el "magno", el "invencible", el que llegó rodeado de amor y terminó odiando a su propia gente. Pensé que no lograría conciliar el sueño por tantas emociones vivida en ese día y por tanta información recibida de un golpe, pero el cansancio fue más fuerte que mis pensamientos y quedé profundamente dormida.

Capítulo 24

Último amanecer en Duaba

Aún era obscuro cuando tocaron en la puerta de mi habitación.

–Señorita Razziela, despierte, mi madre la está esperando. –Lili, la hija de Doña Carmen, amablemente me daba el de pie. Estaba soñolienta, no me gusta madrugar.

Lo más rápido que pude me arreglé, recogí el pequeño equipaje; el día de regresar a mi casa había llegado. Por un lado quería volver, pero por otro decirle adiós a Duaba, a Carmen y a todos en la pequeña ciudad me causaba una sensación de angustia. El olor a café recién colado me animó a apurarme.

Imaginé que así serían los tantos amaneceres de Doña Carmen en el trascurso de sus ochenta y pico de años. Uno tras otro el mismo olor, el mismo sabor y la misma armonía en el ambiente. Salí a la cocina y allí parada estaba ella con una bata blanca bordada con finos hilos amarillos; sus collares colgaban en su cuello, su rostro fresco y lozano como quien ha dormido plácidamente muchas horas. Sonriendo me recibió.

–Antes de que te vayas, quiero llevarte al río para que no te pierdas el amanecer.

Eso es algo único. Las puertas del cielo se abren cuando entra el primer rayo de sol y tus plegarias son escuchadas.

- ¡Para luego es tarde! –le dije animada.. – ¡Vamos a ver el amanecer de Duaba! ¿Puede andar bien?

–Perfectamente –me respondió.

–¡Buenos días, jóvenes! –Felo se unía al grupo amable y dinámico. Mirándome con sus ojos verdes ya opacos por los años y siempre sonrientes, se me acercó..

–Espero hayas pasado una noche agradable en nuestro hogar, que a partir de ahora, es el tuyo también.

–Muchas gracias, Felo, y buen día. ¿Nos acompañas al río?

–No, mija, vayan ustedes dos. Yo me quedaré con mis hijos preparando la faena del día de hoy. Tenemos mucho que hacer.

- ¿Usted aún trabaja? – Felo rio ante mi pregunta.

–Nunca me pienso retirar, el trabajo me hace estar activo y me ayuda a olvidar que tengo noventa y no sé cuántos años. Ahora mi cuerpo se mueve más lento, pero mis pensamientos van más rápidos... Yo todavía subo las matas de coco como si nada, creo que moriré encima de una de ellas.

—No hables de muerte, Felo —Lo interrumpió Doña Carmen.

—La muerte no existe, sólo existe un cambio de piel.

—Como tú digas, mi amor querido —Felo depositó un beso en la frente de su amada para después de un sorbo beberse su café.

Doña Carmen y yo salimos caminando por la orilla del mar. Aunque aún no salía el sol, el reflejo del alba rompía contra la arena gris y ésta a su vez nos iluminaba el paso.

—Respira y absorbe todo ese aire fresco que llega del mar —Me recomendó Doña Carmen..

—Concéntrate en el panorama, no pienses en nada más. Trata de ser una con el Universo y podrás vivir la experiencia. Esto es la energía vital la que renueva tu alma.

Me quité los zapatos tenis, quería sentir la sensación de la fría arena entrarme por las plantas de los pies y conectarme con la naturaleza. Agarré todo el aire que pude y lentamente comencé a exhalar. Realmente era como entrar en meditación profunda a pesar de que estaba con los ojos abiertos y caminando. El silencio del amanecer es portentoso. En las alturas la luna aún se divisa en el firmamento mientras que el resplandor del sol comienza a asomarse. Los dos astros coinciden en un momento, saludándose en el infinito; uno se va y otro que llega. Los colores en el horizonte comienzan a cambiar, hay diversas luces que van matizando el alba. Es una ceremonia metódica y precisa. Si prestas atención podrás escuchar el murmullo de las aún dormidas olas del mar despertando también. El viento que te pega en la cara es una caricia de bienvenida y en mi caso, una débil lágrima de despedida.

Me entretuve contemplando el panorama. Por un momento me dieron ganas de no irme jamás de ese sitio, quería abrazar a Doña Carmen y pedirle que no me dejara partir.

– ¡Mira! –Me interrumpió ella..

–Ya va a salir completamente el sol. Es un parto cada día... el astro rey asoma su cabeza y cambian todos los colores de repente, es la hora mágica.

Las dos quedamos contemplando el horizonte; siempre me han gustado las puestas de sol, pero ver nacer un nuevo día, es algo único. El Universo palpita, es una entidad de la cual formamos parte todos. Quedé absorta por varios segundos, descubriendo la grandeza del creador, viviendo el gran amanecer de Duaba. Las aves comenzaron a levantarse de sus nidos y la vida renace.

Seguimos andando rumbo a la desembocadura del río. Pude percibir la silueta de una persona parada en la arena, cerca del mar.

–Ahí hay alguien, Doña Carmen. ¿Vienen algunas personas a estas tempranas horas por acá?

Los seres de luz regresan

Ella levantó su cabeza.

–No distingo bien de lejos, mija. Pero usualmente nunca hay nadie a estas horas en este lugar. Tendremos compañía –Me dijo.

Seguimos avanzando sin apuros mientras la luz del sol que se levantaba en el horizonte se tornaba amarilla rojiza, anaranjada y blanca. Doña Carmen caminaba en silencio, tal vez recordando a Odín, su amado perro, quien siempre la acompañaba por este sendero, o tal vez invocando los recuerdos de su madre, su tía Ferni, la negra Cachitica y hasta de su ahijado Alejandro corriendo descalzo, alegre y feliz por esas orillas antes de ser quien era ahora.

–Vivimos recordando a los que ya no están, se extraña su presencia –Comentó, adivinando mis pensamientos.

–Pero yo sé que volveremos a vernos y de eso, no me cabe la menor duda. A los muertos no se les puede llorar tanto, ellos están en paz y más cerca de nosotros de lo que pensamos. Mucho más he llorado a mis hermanos que están lejos y a Alejandro que está vivo y no lo veo hace años; he sufrido al ver cómo su evolución espiritual ha ido en retroceso. Fracasé en la misión de recobrar su alma, le fallé a los seres de luz, no pude...no pude meterlo por el buen camino.

Estábamos llegando a la desembocadura del río. Claramente vi una mujer parada contemplando el mar, su cabello largo flotaba con la brisa.

–¡Es una chica la que está allí! –Le comenté a Doña Carmen que caminaba firme pero lento.

La mujer que estaba parada en la arena a unos metros de nosotras era de piel muy blanca casi trasparente, pelo largo, ondulado de un color rojizo, que se confundían con la luz del alba. Carmen se detuvo en seco, por un instante palideció; pensé se desplomaría.

– ¿Deborah? –Logró murmurar.

– ¿Qué? ¡¿Cómo que Deborah?! –Clavé la mirada en la joven mujer. Nos fuimos acercando más, sus intensos ojos azules de mirada penetrante se clavaron en los míos como espadas. No sabía si era una visión o una realidad, tal vez estaba sugestionada por los cuentos de Doña Carmen. Su voz, clara y cristalina, dulce y tranquila como las aguas del río me despertaron de mi aturdimiento.

–Carmencita... –dijo ella..– Carmencita...

Doña Carmen estaba estática parada al lado mío. De repente sus ojos se llenaron de lágrimas y como recibiendo una carga de energía, salió corriendo hacia su amiga con el brío de una adolescente.

–¡Deborah! ¡Deborah! –Las dos se abrazaron y yo quedé inmóvil.

–Deborah... Mi querida amiga, cuando te he extrañado. –Doña Carmen estaba visiblemente emocionada.

–Acércate, Razziela. Sé que Carmen te lo ha contado todo, bueno, casi todo. –Yo no sabía si salir corriendo, gritar o qué hacer; nunca había visto un ser del más allá tan claro y tan "humanamente" normal.

–No temas, tú estás preparada para esto y para más. Esperé setenta años terrenales para volver a materializarme. Escuché junto a ti todas las historias que Carmen te narró. Los seres de luz le dieron la señal para que te contara todos los secretos que han rodeado por siglos a la Isla Mística y muy pronto entenderás porqué todo te fue revelado.

Poco a poco sentí que la sangre volvía a circular por mis venas; Deborah inspiraba paz, trasmitía amor. Me fui calmando y abrí mis oídos para enterarme que querían de mí. Doña Carmen interrumpió con un poco de nostalgia en su voz.

–Aún me dices Carmencita, como cuando nos conocimos. Yo tenía trece años...ya soy una anciana. Deborah, mis ojos están casi cerrados por las cataratas, mi cuerpo me pesa... camino lento, ya no puedo ir al monte como antes para buscar remedios ni hablar con mis plantas.

–Yo veo tu alma, Carmen, siempre fue lo que vi, la envoltura de los años terrenales no cuenta.

Recuerda que nada es lo que parece ser. Has vivido una larga y hermosa vida.

–Pero les fallé... Alejandro se convirtió en un mal hombre, regresó a ser el indio de oro y creo que hasta peor; se trasformó en el dueño y señor de esta Isla. –Yo estaba sorprendida de escuchar a Doña Carmen tan melancólica y triste. Deborah la atendía con un amor infinito.

– ¿Has venido por mí? –Preguntó firmemente Carmen.

–No, aún no es tu hora. Quiero que sepas que Alejandro está muy enfermo, la maldad que ha desarrollado y acumulado en su mente y en su alma, han enfermado su cuerpo. Tú hiciste un gran trabajo hasta que él pudo elegir entre el bien o el mal, pero prefirió el mal. Alejandro ha jugado con la sabiduría de los cristales, los ha usado para su beneficio y por eso aún permanece vivo. Desde que Ledif reencarnó como Alejandro, los Ángeles caídos esperaron el momento para usarlo como juez destructivo.

Todos los nacidos en estas tierras, han sufrido, han errado y han vagado por el mundo y hasta dentro de su propia Isla. Era una lección para la evolución de todos los cubanos nacidos en la era de Alejandro; tenían que cumplir un castigo, muy pocos emigraban de esta Isla hasta que llego el justiciero ¿Qué error cometieron los nacidos en la Isla Mística que les toco vagar? Las sagradas escrituras lo dicen muy claro: "Las vasijas de barro a veces salen mal, entonces ¿no puede el Todopoderoso hacer lo mismo que el alfarero? La clave es comenzar de nuevo. El exilio es volver a empezar.

El pueblo elegido fue enviado al exilio. La historia de sus ancestros salva al pueblo de la extinción". Todo lo que aquí se ha dicho forma parte de la Isla Mística. Tienen que conocer la verdad y cambiar de actitud. Cuando se ama y se perdona con toda el alma y el corazón hay esperanzas, entonces "Dios regresa a los cautivos aunque te hubieran mandado exiliado a los límites del firmamento, Dios puede hacerte volver incluso desde allí". Está escrito, si quieres volver a casa, tu deseo se convertirá en realidad. Alejandro les quitó todo, menos la espiritualidad, el misticismo siempre ha caracterizado a las almas encarnadas de las tribus errantes y perdidas, pero el tiempo de Alejandro está llegando a su final. –Doña Carmen comenzó a llorar.

–¿Qué castigo eterno le espera a Alejandro? Si estuvo atrapado en un cuerpo de oro por tantísimos años, ahora, en esta segunda oportunidad que ha demostrado ser más despiadado que antes, ¿qué pasará con él? – Deborah colocó su mano en la frente de Doña Carmen y esta se calmó al momento. Yo observaba sin atreverme a decir ni un palabra, pues aún no entendía que hacia allí.

-Alejandro tendrá una nueva y última oportunidad. -Mirándome fijamente Deborah dijo:

-Y serás tú, Razziela, eres quien carga con la tarea de reivindicar el alma del indio de oro. Tu nombre lleva impreso el "Secreto de Dios". Secretos que estás obligada a contar; tú glorificarás la misión que Carmen no pudo terminar.

Quedé inerte, creo que la que se había convertido en oro sólido era yo. No movía ni un músculo de mi cuerpo, no pestañaba, sólo pensaba ¿Yo? Y... ¿qué haría yo con el indio de oro que según Deborah estaba a punto de morir? Si Doña Carmen no había podido con él, ¿cómo pensaban estos seres de luz que yo podría hacer semejante trabajo y además no vivía en Cuba? Deborah leía mis pensamientos y eso debí de pensarlo antes de pensar.

-Tú te irás a tu casa, a tu país, a tu vida. Estas en el deber, primero, de contarle al mundo todo lo que Carmen te dijo, todo lo que has visto y oído. Los que viven del lado de allá tienen que olvidar, perdonar y regresar. Alejandro morirá muy pronto.

Exactamente un año después de su muerte, volverá a nacer. Tú, Razziela, serás la encargada esta vez de criarlo, educarlo y convertirlo en el ser de luz que debió ser siempre. El alma de

Alejandro fue creada para hacer bien a la humanidad, no el mal.

–Ya tengo un hijo y no puedo tener más – Interrumpí de pronto el plan divino que Deborah trazaba para mí.. –¿Cómo va nacer?

Estaba desesperándome. Pensé que me pasaría como cuenta la Biblia en el Antiguo Testamento sobre Sara, la mujer de Abraham, quien no había tenido hijo, pero por un decreto de Dios, salió encinta y ya muy vieja dio a luz a su hijo Isaac, cambiando la historia del pueblo judío.

–No nacerá de ti –Enfatizó Deborah..

–El regresará a este plano por el vientre de otra mujer y llegará a ti por voluntad Divina.

– ¿Dónde nacerá? ¿Cómo voy a saber que es él?

–Lo sabrás... cuando lo veas lo reconocerás inmediatamente. Esta tercera vez es la vencida y no habrá fallos, pues Felipe ya no existe ni en este plano ni en el otro. Su alma fue borrada de todos los recónditos del Universo.

Mi misión

Deborah prosiguió...

-Todos traemos el bien y el mal dentro de nosotros. Hay circunstancias y personas que nos sacan el lado bueno, pero hay circunstancias y personas que nos despiertan el mal. Los errores que cometió Alejandro fueron producto de la influencia de Felipe, por lo que ese espíritu cargó con todo el peso de la ley divina. En la vida anterior Felipe se convirtió en doble asesino al matar a Carmen, y luego suicidarse. Pero en esta vida que acaba de vivir, ¡fue mucho peor! Se aprovechó de la parte obscura y débil de su hijo, lo incitó a la maldad. Hizo que diera la espalda a su madre y a su propia familia y más infame todavía, le falló al pueblo que debió proteger. Usando la inteligencia de su hijo, Felipe provocó un holocausto en la Isla Mística. El planeta estuvo a punto de otra guerra mundial. Felipe le inyectó odio, le aconsejó robarse todas las pertenencias de los habitantes de esta Isla; él es el dueño de todo lo que no le pertenece. Luego, Felipe lo sedujo para que aislara la Isla y no permitiera entrar a nadie aquí, dictando así, sus propias leyes. Alejandro se dejó guiar por este ser maléfico. Los hijos de esta Isla han sufrido el calvario de un gobierno dictado indirectamente por un Felipe destructor y egoísta.

Millones de familias separadas... Nosotros todo lo estábamos observando, pero no podíamos interferir por la ley del libre albedrío. Hemos estado pendientes a cada lágrima que los hijos descendientes de la tribu de Efraín "el fructífero", han derramado desde que Alejandro empezó a gobernar y encabezó el caos. Los siete cristales enterrados en las siete primeras villas, comenzaron a perder poder y magnetismo.

Gracias al repicar de los tambores africanos, gracias a la fe, a la nobleza y a la esperanza que nunca perdieron las personas de esta Isla, lograron que los siete cristales no se destruyeran. Cada rezo, súplica y plegaria las escuchábamos, cada alma que murió en el mar tratando de huir, cada ser que fue asesinada o sucumbió en el destierro, volverá a reencarnar en esta Isla. Todo regresará a la normalidad en cuanto entiendan el poder del amor.

–Yo no veré eso– Interrumpió Doña Carmen..

–Ya estoy en el ocaso de mi vida.

–Sí lo verás, Carmen, desde otra dimensión lo veras y tú serás la encargada de guiar en otro plano el alma de Alejandro para que vuelva a nacer. Aunque su legado de ideas erróneas perdure en algunas cabezas débiles, poco a poco la Isla Mística florecerá como está escrito en las profecías: "las tribus regresarán y florecerán".

Quedamos por unos instantes en silencio, entendí que el legado de cuidar el alma del indio de oro había sido traspasado a mí, por lo que ya no quería preguntar ni averiguar más. Lo que me tocaba, me tocaba. Alejandro llegaría a mí, Dios sabrá cómo o cuándo.

Miré el reloj. Era hora de regresar a mi país.

–Rumbo Norte –comentó Deborah. –No temas, siempre estaremos a tu lado y Carmen también.

Deborah estaba dando a entender que Doña Carmen partiría al otro plano muy pronto. Ya no la volvería a escucharla ni verla. Sin pensarlo dos veces me le abalancé encima y le di un fuerte abrazo. Ella entendió mi tristeza y como mujer espiritual, la muerte no le asustaba.

–Ya puedo irme tranquila sabiendo que Alejandro caerá en tus manos –me dijo..

–Y muy feliz estoy porque le den otra oportunidad. El legado que les dejamos a nuestros hijos es lo que impulsa al mundo a ser mejor cada día. Yo traté de hacer de mi ahijado un buen hombre y creo que en el fondo, muy en el fondo lo fue aunque lo olvidó.

–Él ya no es el indio de oro ni Alejandro Galán, "el Emperador de la Isla Mística"; ahora su alma nacerá con la generación de milenios.

– ¿Y eso qué es? –Preguntó Doña Carmen.

–Las almas nuevas evolucionadas y dinámicas que poseen la llave para abrir el mundo, son los encargados de conducir a los habitantes de este planeta en la era de Acuario.

–Alejandro no es un alma nueva –Les recordé.

-Efectivamente, pero vamos a desprogramarlo completamente para que se adapte a las circunstancias, por eso no nacerá aquí en Cuba, el volverá a su origen.... donde todo comenzó y así de cero, revertirá su historia y tú estás a cargo, Razziela.

Deborah me repetía lo mismo para que yo lo asimilara. Tragué en seco. Dios me ayudaría. Contemplé el paisaje que tenía frente a mí para impregnarlo en mis pupilas.

Las veinticuatro horas que había pasado junto a Carmen habían sido las más intensas y trascendentales en mí vida. Llegué a su casa de casualidad, pero definitivamente era una causalidad. Todo había sido planeado por los seres de luz.

-Tu espíritu es muy viejo -Deborah me indicó.

-Tú eras nieta directa de la tribu que formó Efraín "el fructífero". En esa vida en Israel, conociste a Carmen y la acompañaste en cada segundo de su existencia. Ustedes eran primas muy cercanas. Tu evolución espiritual comenzó desde entonces. Conoces los secretos del cielo aunque no los recuerdes, pero tu alma no olvida. Carmen te pudo reconocer a pocos minutos de comenzar a platicar ayer contigo. Ustedes transitaron muchos caminos juntas en aquella encarnación. Yo existía como ser humano en esa época junto a ustedes; era Deborah, "la profetiza de Israel", después tuve la gracia del creador al convertirme en un ser de luz. En varios momentos de esa vida, las tres nos cruzamos, yo les vaticiné este encuentro, sus mentes humanas no recuerdan, pero sus esencias sí.

Las enseñanzas divinas las acompañan desde siempre. Y desde que el tiempo es tiempo, los seres de luz han estado ahí, observando cada gesto, cada palabra, esperando el momento preciso para que este encuentro entre las tres volviera a repetirse y se hiciera realidad. En esta encarnación, una nació primero otra nació mucho después y yo hace siglos estoy elevada. Los caminos estaban marcados para volvernos a encontrar aunque fuera por pocas horas. A ustedes dos las une un ser en común. En aquella vida, en Israel, hace ya dos milenios, antes de ser Ledif y antes de ser Alejandro, esa alma nació y vivió junto a ustedes y le llamaron Adif, que en hebreo quiere decir: "el Preferido"; fue el hijo primogénito de Carmen y Felo. Y tú, Razziela, lo amaste y lo cuidaste a la par que su madre en aquel entonces.

Adif creció bajo las leyes de Dios y el aliento del bien creció en él; así comenzó su evolución espiritual y parecía que todo marcharía como su nombre lo profesaba. En aquel entonces, "el preferido" realmente fue un preferido del Creador, predestinado a grandes cosas. Pero al nacer como Ledif, se corrompió con la avaricia del conocimiento, convirtiéndose en el indio de oro como ya saben y luego al venir de Alejandro fue seducido a la maldad por los ángeles caídos.

–Nunca me dijiste que Alejandro había sido mi hijo en una vida pasada, Deborah –Comentó Doña Carmen con su melancolía de los últimos minutos reflejada en su rostro.

–No podía revelarte ese secreto, era mucho para ti. Además no hubieses sido objetiva al tenerlo bajo tu cuidado. Ahora Adif, Ledif o Alejandro, como quieras llamarlo, regresará a la tierra un año después de su muerte física y para que retome el camino que dejó inconcluso en su vida como Adif, allá en Israel.

El sol comenzó a picarme en la piel. Rápidamente me di cuenta que si no me apuraba perdería el avión.

–Volveremos a vernos, Razziela –Comentó Deborah mientras me miraba fijo a los ojos..

–Confía, todo saldrá bien. –Puso su mano derecha sobre mi frente..

–Ve con calma y paciencia, con paz y sabiduría, ¡Shalom!.

–Muchas gracias –Fue lo único que pude decir y un nudo insoportable se me hizo en la garganta. Miré a Doña Carmen y sabía que era la última vez.. ¿Se puede tomar una foto conmigo? – Pregunté en mi desesperación de llevarme aunque fuera su imagen en el celuloide.

-Por supuesto, mija, y mándame una copia para colocarte en el altar y rezar por ti siempre – Respondió ella. Saqué de mi bolsa el moderno celular y tomé la anhelada fotografía buscando capturar también la imagen de Deborah. Sus ojos azules sonrieron al lente de la cámara, y yo traté de dar un toque de alegría a la despedida que nada me gustaba.

– A la una, a las dos y a las tres…

Busqué en los archivos que guarda las imágenes para mostrarles cómo habíamos quedado. Posando estábamos Doña Carmen y yo, pero la imagen de Deborah no existía; levanté la cabeza para decirle algo, pero ya había desaparecido. Doña Carmen sonrió.

-Siempre me hacía lo mismo, se esfumaba delante de mis ojos, pero sé que pronto la volveré a ver.

Apretándome la mano prosiguió..

-Hasta pronto amiga querida del alma. Tu presencia, aunque breve, ha sido un regalo. Vamos a la casa para que te lleven al aeropuerto. Ya es tarde.

Sin pronunciar palabras nos agarramos por el brazo y regresamos juntas por el sendero, como seguramente hacíamos por los caminos del viejo Jerusalén. El taxi me esperaba.

Todos sus hijos vinieron a despedirse de mí. Felo me regaló su simpatía y cordialidad: «no te quedas porque no quieres», me dijo.

Doña Carmen me acompañó hasta la puerta del coche que esperaba y metiéndose la mano en uno de los bolsillos de su bata bordada me dijo:

–Toma, ésta es la estampita del pirata negro que me regaló Cachitica, llévala contigo, ella es también parte de mi historia y fue un ser muy especial.

Metí la vieja estampita cargada de energía y fe en mi cartera y lentamente entré al carro. «Directo al aeropuerto, por favor», le dije al chofer. Sin mirar atrás, me fui alejando poco a poco de la casa de Doña Carmen donde había pasado las últimas veinticuatro horas más impactantes de mi vida. No quería llorar pero las lágrimas comenzaron a rodar sin ser invitadas. Sentí por un instante la presencia de Deborah junto a mí, dándome esa energía positiva y de confianza.

Los cientos de cocoteros sembrados por Felo a la orilla de la vereda parecían decirme adiós. A lo lejos las montañas observadoras y mudas que ampararon los secretos por milenios me miraban con complicidad; ahora yo también conocía los enigmas de Duaba. Creí escuchar el murmullo de las plantas que tanto habían hablado con Doña Carmen por los últimos ochenta y tantos años, y a la derecha del camino.... el inmenso mar, siempre bravío, misterioso y penetrante, el océano por donde un día llegó Ledif desde el cono Sur para revolcar estas tierras. El mismo mar por donde un día entraron las embarcaciones de los siete obispos que bautizaron a la Isla Mística de las Siete Ciudades como punto central de las Antillas.

La radio del viejo carro que me trasladaba al aeropuerto hablaba del decadente ex gobernante Alejandro Galán en su más reciente aparición pública; muy acabado físicamente, aunque mantenía su mente clara y precisa. Un escalofrío recorrió mi cuerpo. ¡Alejandro! ¿Qué me tocaría vivir a su lado? ¿Lograría llevar a cabo la misión que Deborah me profetizó? ¿Qué pasará con la Isla Mística? Entonces...como un murmullo que se confundió con el viento que entraba por la ventana del coche, escuché claramente la voz de Deborah: «las tribus florecerán y regresarán, está escrito en las profecías».

FIN

Referencias:

Lost Continents' (The Atlantis theme in history science and literature) L. Sprague de Camp

Kabbalah: Secretos del Zohar, clases de Albert Gozlan

La Biblia

Carmen Paumier – Entrevista

Agradecimientos especiales:

A Carmen Paumier, su esposo Felo, sus hijos y al pueblo de Duaba.

A Ania Legra (DEP) y Plinio Gainza que me llevaron a donde mi "musa" y además me mostraron al "Indio de Oro"

A Tomás Suárez por su hermosa pintura. A Javier Soto–George por ayudarme siempre.

Y a todos los maestros y libros de metafísica que he leído.

A mi hijo Javi, a mi madre, mi padre, mi familia y mis amigos por aguantarme.